OSKAR FEIFAR

Dorftratsch

KLATSCH UND TRATSCH Niederösterreich 1971. In dem kleinen idyllischen Ort Tratschen wird Hans Höllerer, der Trainer der örtlichen Fußballmannschaft, eines morgens tot im Clubhaus aufgefunden. Die herbeigerufenen Gendarmeriebeamten Leonhard »Leo« Adami und Bertram »Berti« Schulz unter der Führung des Postenkommandanten Leopold »Poldi« Strobel treffen am Tatort auf den Platzwart des Vereins, Manfred »Mampfi« Sedlak, der sofort unter Verdacht gerät, weil er zugibt am Vorabend mit dem Opfer Streit gehabt zu haben. Sofort kursieren im Dorf Gerüchte über das Motiv des angeblichen Mörders. Doch Postenkommandant Leopold Strobel hat Zweifel an der Schuld Sedlaks. Er findet heraus, dass mehrere Personen gute Gründe für den Mord gehabt hätten und stößt auf einen Sumpf aus Scheinheiligkeit, Neid und Korruption hinter der dörflichen Idylle.

Oskar Feifar, 1967 in Wien geboren, verbrachte die ersten 13 Jahre seines Lebens in der Großstadt, bevor er in die niederösterreichische Provinz zog. Heute arbeitet er bei der Kriminalpolizei und lebt mit seiner Lebensgefährtin in Salzburg. »Dorftratsch« ist sein erster Kriminalroman.

OSKAR FEIFAR

Dorftratsch

Kriminalroman

Original

GMEINER

Personen und Handlung sind frei erfunden.
Ähnlichkeiten mit lebenden oder toten Personen
sind rein zufällig und nicht beabsichtigt.

Besuchen Sie uns im Internet:
www.gmeiner-verlag.de

Im Ehnried 5, 88605 Meßkirch
Telefon 07575/2095-0
info@gmeiner-verlag.de

2. Auflage 2012

Lektorat: Claudia Senghaas, Kirchardt
Herstellung: Christoph Neubert
Umschlaggestaltung: U.O.R.G. Lutz Eberle, Stuttgart
unter Verwendung eines Fotos von: © joexx / photocase.com
Druck: GGP Media GmbH, Pößneck
Printed in Germany
ISBN 978-3-8392-1229-5

Für Natascha, die mir jeden Tag versüßt und ohne die es dieses Buch nicht geben würde:

Servus Prinzessin, hier ist also der Roman den ich dir eigentlich zu Weihnachten schenken wollte. Ich hoffe, es ist die Leseabwechslung, die du dir gewünscht hast. Falls nicht, probier ich es halt noch einmal. Küsschen

Für die einzigen Kinder, die ich kenne, die sich über Harry Potter als Ostergeschenk nicht gefreut haben:

Hallo, Caroline und Matthias, vielleicht gelingt es mir auf diese Art, euch zum Lesen eines Buches zu verleiten. Die Sache mit dem Film könnte nämlich noch dauern. Euer euch liebender Vater.

1

Bevor ich meine Geschichte erzähle, musst du wissen, dass es ein Irrglaube ist, dass in den kleinen Dörfern auf dem Land ein jeder alles über den anderen weiß. Jeder kennt einen jeden und kann irgendwas über ihn erzählen, aber die Wahrheit, und damit meine ich die richtige Wahrheit, die kennen die wenigsten. Weil, was hinter den verschlossenen Haustüren der Leute passiert, bleibt auch auf dem Land oft im Verborgenen. So und nicht anders war es damals auch bei uns in Tratschen. Ein kleines, abgelegenes Dorf, umgeben von Wiesen, Feldern und Weinbergen, wo die Leute in der Hauptsache von der Landwirtschaft gelebt haben. Der Ort hat fast ein bisschen verschlafen gewirkt damals. Ruhig und friedlich hat er ausgesehen. Das war er im Grunde auch. Vielleicht sogar ein bisschen zu ruhig. Rundherum hat es auch nicht wirklich was Nennenswertes gegeben. Nur sehr viel Gegend, wie man so sagt. Noch dazu war Tratschen fast schon das Ende der Welt. Zumindest an seiner nördlichsten Seite. Denn dort hat der sogenannte Eiserne Vorhang eine unüberwindliche Barriere in Form eines hässlichen Stacheldrahtzaunes gebildet. Das hast du aber, wenn du auf den Ort zugefahren bist, nicht bemerkt. Alles, was du zu sehen gekriegt hast, war Idylle pur.

Eingebettet in die leicht hügelige Landschaft ist der Ort dagelegen. Neben den paar schmalen Straßen sind so viele Kirschbäume gestanden, dass du das Gefühl gehabt hast, du kannst das ganze Land mit den Früchten versorgen.

Das Meer von blühenden Sonnenblumen auf den Feldern hat das Bild abgerundet.

Der Ort selbst ist gewesen, wie viele andere auch. Unspektakulär, aber gepflegt. Die Häuser sind links und rechts von der Hauptstraße gestanden und waren so angeordnet, dass man das Gefühl bekommen hat, durch einen großen Schlauch zu fahren. Mit ihren großen Einfahrtstoren haben sie alle fast gleich ausgesehen. Nur die Fassadenfarben und eben diese Tore selbst haben sich voneinander unterschieden. Da hat es alle möglichen Farben, Muster und Materialien gegeben. Die einen haben viel darauf gehalten, ein schönes Tor zu haben, und deshalb jede Menge Geld dafür ausgegeben, es aus Holz machen zu lassen. Teilweise sogar mit netten Schnitzereien. Dann hat es Holztore der schlichten Art, die völlig schmucklos waren, gegeben. Die meisten Leute haben aber eher auf die praktische Seite gesetzt und funktionelle Tore aus Eisen machen lassen. Überhaupt war vielen Bewohnern die Präsentation ihrer Behausungen unheimlich wichtig, und sie haben jedes Frühjahr sehr viel Zeit darauf verwendet, ihre Vorgärten entsprechend herzurichten und Blumenkästen zu bepflanzen, um sie vor die Fenster zu hängen. Nur einige wenige haben offenbar nichts von schönen Toren und repräsentativen Häusern gehalten und sind deswegen als Ortsbildverschandeler ins Gerede gekommen. Zumindest diejenigen unter ihnen, die entlang der Hauptstraße gewohnt haben. Da ist es dann und wann schon einmal vorgekommen, dass der Herr Bürgermeister höchstpersönlich vorgesprochen und die Hausbesitzer mit hoch erhobenem Zeigefinger zur Herstellung einer dekorativen Garten- und Fensteroptik aufgefordert hat.

Bei den Häusern abseits der Hauptstraße war es ihm und den anderen Saubermännern und -frauen im Ort allerdings egal.

Insgesamt war es sehr sauber entlang der Hauptstraße. Das war ja damals noch kein so großes Thema mit der Umweltverschmutzung und dem Klimawandel. Zumindest nicht in Tratschen. Dort haben die Menschen noch ein klein wenig umweltbewusster gelebt. Da hast du dich schief anschauen lassen müssen, wenn du ein Stück Papier oder einen Zigarettenstummel auf die Straße geworfen hast. Ja, sogar ein ausgespuckter Kaugummi war Anlass zum Kopfschütteln.

Auch der Straßenverkehr ist damals kein Thema gewesen. Der hat nämlich so gut wie gar nicht stattgefunden. Natürlich haben die Leute in Tratschen auch schon Autos gehabt, aber weil sie halt den ganzen Tag auf den Feldern gearbeitet haben, sind sie nicht so viel herumgefahren. Vielleicht ist das aber nicht nur am Umweltbewusstsein gelegen, sondern auch an der Tatsache, dass es weit und breit keine Tankstelle gegeben hat. Da hast du schon dreißig Kilometer fahren müssen, wenn du Benzin haben wolltest. Da es aber rundherum nichts gegeben hat, das eine Ausfahrt unbedingt nötig gemacht hätte, haben sich das die meisten Autobesitzer gespart und sind brav mit dem Fahrrad gefahren. Der wenige Straßenverkehr war vielleicht auch eine Erklärung dafür, warum man in Tratschen keine Gehsteige angelegt hat. Es gibt nämlich keine. Damals noch nicht und heute auch nicht. An ihrer Stelle hat man irgendwann weiße Linien auf den Asphalt gemalt. Andererseits haben die Ortsbildverschandeler wegen dem wenigen Verkehr nicht verstanden, warum sie ihre Häuser schön herrichten sollten. Es sind sowieso kaum Fremde durch den Ort gekommen. Und wenn doch, sind sie nie geblieben, um die hübschen Häuser zu bewundern.

Die Stadtmenschen, die sich ab und zu doch nach Tratschen verirrt haben, haben oft respektlos Kuhdorf gesagt. Aber das hat gar nicht gepasst. Weil es Kühe nicht wirklich gegeben hat. Ein paar schon, aber nicht so viele, dass die Bezeichnung gerechtfertigt gewesen wäre. Die Bauern haben mehr mit Schweinen zu tun gehabt. Aber das ist jetzt auch schon vorbei. Damals, im Jahr 1971, da hat es noch viele Schweine gegeben.

Das war eine gute Zeit. Zumindest haben das die alten Leute immer gesagt. Ich selbst weiß es nicht so genau, weil ich fast noch ein Kind war. Ich habe aber mitbekommen, dass viele Menschen weggezogen sind aus dem Ort. Möglicherweise war es doch nicht so toll, wie man meinen möchte. Vielleicht ist es auch daran gelegen, dass man beruflich nicht viele Möglichkeiten gehabt hat. Als Mann hast du bestenfalls Bauer oder Förster werden können. Für die Frauen war die Auswahl an Berufen auch nicht viel berauschender. Für die hat es Berufe wie Friseurin oder Verkäuferin in einem der beiden Supermärkte gegeben. Für alles andere hast du den Ort verlassen und in die benachbarten Städte fahren müssen, um Arbeit zu finden. Die waren aber gar nicht so nahe. Dreißig Kilometer waren es bis zur nächsten größeren Stadt. Die war aber auch nicht viel anders wie Tratschen. Nur größer eben. Sei's drum.

Jedenfalls sind damals viele junge Leute weggegangen. In die Stadt sind sie gezogen, weil sie geglaubt haben, dass dort alles besser ist. Jetzt könnte man meinen, dass mit der Zeit immer weniger Menschen im Ort gelebt haben, weil so viele gegangen sind. Vom Logischen her ist das auch richtig. Aber so wie auf der einen Seite die Landflucht, war auf der anderen Seite die Stadtflucht in vollem Gange. Es ist bei den Stadtmenschen damals richtig modern geworden, ein Wochenendhaus auf dem Land zu haben. Und so haben die Städter die Häuser aufgekauft, die von den Landfluchtlern geräumt worden sind, und sind in unser Kuhdorf gezogen. Und weil die Stadtmenschen halt so oft Kuhdorf gesagt und Tratschen damit beleidigt haben, haben sich auch die Tratschener einen Namen für die Städter ausgedacht. ›Die Frischluftdepperten‹ haben sie zu ihnen gesagt. Philosophisch betrachtet könnte man sagen, dass das irgendwie gerecht war. Aber nett war es nicht.

Das Leben im Dorf ist größtenteils ereignislos verlaufen. Ich will nicht sagen, dass es fad war. Nein. Es ist halt nur nicht viel passiert. Für die meisten war ein Tag wie der andere. Aber das ist den Menschen gar nicht so recht aufgefallen. Sie haben ja nichts anderes gekannt. Arbeiten, Wirtshaus, Feuerwehr und am Wochenende zuerst Kirche und dann das Fußballmatch vom örtlichen Verein. Mehr hat es eben nicht gegeben. Du darfst nicht vergessen, dass 1971, von der Unterhaltungsseite her gesehen, quasi noch Urzeit gewesen ist. Es war halt noch nichts mit Fernsehen aus dem Weltall. Ich glaube, damals hat die Hälfte der Leute noch gar nicht recht gewusst, was ein Satellit ist. Es hat auch nur zwei Sender gegeben. Keine Spur vom Privatfernsehen mit seinen unzähligen Sendern. Und weil es dadurch keine Konkurrenz gab, haben es sich die Fernsehmacher leisten können, die Sender total fantasielos den Einser und den Zweier zu taufen. Den Zweier hat man noch dazu lange nur fünf Tage pro Woche schauen können. Und mit Farbfernsehen war natürlich auch noch nichts. Alles schwarz-weiß. Damit war das Thema TV schon erledigt. Aber weißt du, was irgendwie witzig ist? Schwarzseher und -hörer hat es damals auch schon gegeben. Na ja, dazu musst du wissen, dass das mit den Gebühren noch recht neu war und die Leute wahrscheinlich nicht verstanden haben, warum sie plötzlich fünf Schilling im Monat fürs Fernsehen und zwei Schilling fürs Radiohören zahlen sollen, wo es doch bis dahin umsonst gewesen ist. Die Gebühren sind nämlich erst ein Jahr vorher eingeführt worden, wenn ich mich recht erinnere. Zumindest hat es damals ungefähr einen Monat lang die Aktion ›Schwarze Antenne‹ gegeben. Vielleicht waren die Menschen zu diesen Zeiten noch viel ehrlicher als heute. Weil sich insgesamt ziemlich viele Schwarzseher haben bekehren lassen. Möglicherweise ist das im ländlichen Bereich auch daran gelegen, dass der ORF ein Jahr zuvor beim Agrarfilmwettbewerb in Berlin die Goldene Ähre gewonnen hat. Wer weiß.

Computerspiele, Spielekonsolen, den Gameboy und solche Sachen hat es auch nicht gegeben. Nichts war mit Onlinespielen, Chatrooms, Singlebörsen oder so seltsamen Errungenschaften wie Facebook. Die Menschen haben nicht die Möglichkeit gehabt, ihren Kummer via Internet auf Knopfdruck mit anderen Seelenstrippern auf der ganzen Welt zu teilen. Heute fragen sich manche wahrscheinlich, wie man damals hat leben können.

Für die heutigen jungen Leute ist es sicher schwer vorstellbar, nicht die Möglichkeit zu haben, irgendeinem nichtsahnenden Fremden in Amerika von den Schmerzen zu berichten, die von kirschgroßen Hämorrhoiden verursacht werden können.

Damals wurden noch Briefe geschrieben, und so intime Sachen wie Hämorrhoiden sind ebenso tabu gewesen wie das Thema Sex. Und weil es das ganze elektrische Zeug noch nicht gegeben hat, waren damals die Kinder mehr im Freien. Die Buben haben viel Fußball gespielt, und was die Mädchen so gespielt haben, weiß ich ehrlich gesagt nicht so genau. Damals hat es mich nicht interessiert und später hab ich nicht danach gefragt. Aber oft haben sie den Buben beim Fußballspielen zugeschaut. Alle Menschen waren freundlich und haben sich auf der Straße beim Grüßen mit Namen angeredet. Das ist heutzutage total abgekommen. Aber damals war es noch so. Und so ist Woche für Woche dahingegangen. Bis dann im Sommer des Jahres 1971 was passiert ist, das das Leben im ganzen Dorf arg verändert hat. Aber bevor ich dazu komme, muss ich ein bisserl ausholen, damit du nachher besser verstehst, wie es soweit hat kommen können, und du einen Eindruck von der Moral im Dorf bekommst.

2

Wie schon gesagt, ist das Leben im Dorf nicht besonders abwechslungsreich gewesen. Deshalb war das, was es gegeben hat, eben besonders wichtig für die Leute. Offiziell war natürlich die Kirche das Allerwichtigste. Jeden Sonntag sind die Menschen in Tratschen brav in ihr Gotteshaus gepilgert, um den dicken Pfarrer Römer predigen zu hören. Der hat nämlich wirklich gut gepredigt. Von Nächstenliebe, Treue in der Partnerschaft und zu Gott und über Ehrlichkeit hat er meistens gesprochen, der Herr Pfarrer. Und vom Respekt, den man vor allen Menschen haben sollte. Die Leute haben ihm andächtig zugehört. Zumindest einige von ihnen. Viele waren mit ihren Gedanken in Wirklichkeit schon ganz woanders. Einigen hat der bevorstehende Frühschoppen dieses andächtige Lächeln ins Gesicht gezaubert und anderen natürlich die Vorfreude auf das kommende Fußballspiel. Fußball hat nämlich einen ganz hohen Stellenwert gehabt. Das war aber nicht immer so. Lange Jahre hat der Verein kein Schwein interessiert, weil die Burschen immer verloren haben. Aber seit der Höllerer vor zwei Jahren das Traineramt übernommen hatte, ist es steil bergauf gegangen mit der Mannschaft. In der letzten Meisterschaft waren sie sogar schon am vierten Platz. Darum war der Höllerer Hans auch so was wie ein kleiner Nationalheld und hat viele Fans gehabt.

Im Laufe der Zeit ist er zur örtlichen Prominenz aufgestiegen. Für den Höllerer war das natürlich eine Genugtuung, weil er, bevor er Fußballtrainer geworden ist, nicht viele Freunde gehabt hat. Genau genommen hat ihn keiner leiden können. Das hat aber nichts mit ihm persönlich zu tun gehabt. Er hat halt das Pech gehabt und ist in die falsche Familie hineingeboren worden. Irgendwann, viele Jahre bevor der Höllerer Hans zur Welt gekommen ist, hat es nämlich einen Vorfall gegeben. Sein Großvater, der auch Hans geheißen hat, hat sich nämlich dazu hinreißen lassen, innerhalb von zwei Wochen drei Stadel anzuzünden. Darunter den vom damaligen Bürgermeister, den vom Feuerwehrkommandanten und zum Schluss den vom Kommandanten des Gendarmeriepostens. Wie er dann versucht hat, im Vollrausch das Pfarrhaus in Brand zu setzen, ist er erwischt worden. Du kannst dir gar nicht vorstellen, was das für ein Skandal war. Noch dazu musst du wissen, dass die Familie Höllerer sowieso keinen guten Stand gehabt hat, weil sie ursprünglich keine Tratschener waren. Sie sind zugezogen und jahrelang Fremde geblieben. Zumindest der Großvater Hans. Seine Frau, die Irmgard, war irgendwann gar nicht mehr so fremd im Ort. Zumindest nicht den Männern. Die hat es ziemlich bunt getrieben, die Irmgard.

Und weil der Großvater Hans ein bisserl ein Depp war, hat er ziemlich lange nichts davon mitgekriegt. Irgendwann hat ihm dann aber jemand erzählt, was die Irmi, wie sie genannt wurde, so treibt, wenn der Hans am Arbeiten ist, und ein paar ihrer Liebhaber genannt. Da sind dem Großvater Hans ein paar Sicherungen durchgebrannt, und er hat Rachepläne geschmiedet. So ist es dazu gekommen, dass er Brandstifter geworden ist. Jedenfalls haben sie ihn erwischt und eingesperrt. Als er dann irgendwann wieder nüchtern war, ist ihm die Sache anscheinend doch peinlich gewesen, und er hat sich in der Zelle erhängt. Das war einigen Herrschaften gar nicht einmal so unangenehm, weil dadurch alles ein Geheimnis geblieben ist. Genauso wie es ein Geheimnis geblieben ist, wer dem Großvater Hans die Geschichte gesteckt hat.

Überraschenderweise hat dann der damalige Pfarrer einen Akt der Nächstenliebe vollzogen und erlaubt, den Großvater Hans im Familiengrab beizusetzen. Das hat, mit Ausnahme von der Irmi, doch viele sehr gewundert, weil Selbstmörder sonst nicht so nett behandelt worden sind. Immerhin waren sie ja Sünder. Und weil sich der Großvater Hans umgebracht und die Irmi bis kurz vor ihrem Tod auch nichts gesagt hat, ist der arme Narr als Brandstifter und Selbstmörder in die Dorfgeschichte eingegangen. Sein Sohn, der ja logischerweise der Vater vom Trainer Hans war, hat das dann fast sein ganzes Leben lang büßen müssen. Zwar hat ihm die Irmi, bevor sie gestorben ist, die Wahrheit erzählt, aber er hat es vorgezogen, derart brisante Informationen für sich zu behalten. Beweisen hätte er es sowieso nicht können, und gelebt hat außer dem Pfarrer auch keiner mehr. So ist es halt gekommen, dass auch der Hans Höllerer Junior noch viel von der Verachtung der Menschen im Ort abgekriegt hat. Weil, vergessen haben die Leute die Sache freilich nicht. Verziehen schon gar nicht. Das ist ein Nachteil vom Leben in einem Dorf. Wenn dich die Leute nicht von Anfang an lieb haben, dann musst du schon ein mittleres Wunder bewirken, damit sich das ändert und du nicht dein Leben lang ein Fremder bleibst.

Dass der Hans Junior gar nichts mit der Sache von

damals zu tun gehabt hat, weil er noch gar nicht geboren war, hat in diesem Zusammenhang keinen interessiert. Und so hat auch der Hans leiden müssen. Bis er dann das Traineramt übernommen hat. Damals wollte nämlich kein anderer den Posten haben, weil jeder der Meinung war, dass die Mannschaft aus einer Sammlung von Flaschen besteht, die nicht Fußball spielen können. Das hat so aber nicht gestimmt. Den Burschen hat nur die Motivation gefehlt. Man könnte auch sagen, dass sie einfach mehr gefeiert als trainiert haben. Nach jedem Training haben die im Clubhaus bis zum Abwinken gesoffen. Ja, sogar an den Tagen vor den Spielen hat sich die halbe Mannschaft fleißig in der Kunst des Alkoholvernichtens geübt. Da brauchst du kein Professor sein, um zu wissen, dass man verkatert nicht gerade wie ein Weltmeister spielt. Nach spätestens einer halben Stunde war dann im Match die Luft draußen, und die Jungs haben sich halbtot über die restliche Spielzeit geschleppt. Dementsprechend haben auch die Ergebnisse ausgeschaut. Glücklicherweise hat der Verein aber nicht absteigen können, weil er sowieso schon in der untersten Spielklasse gespielt hat.

Irgendwann ist dann der Gratzer Franz, der damals Trainer gewesen ist, mit seiner Familie in die Stadt gezogen, weil er dort eine Arbeit gefunden hat, und hat damit auch sein Amt niedergelegt. Jetzt hat der Verein einen neuen Trainer gebraucht. Aber keiner der Männer im Ort, die am Wirtshaustisch immer alle so gut gewusst haben, wie man es machen müsste, wollte die Mannschaft übernehmen. Den Höllerer Hans hat aber auch niemand gefragt. Der war ja damals immer noch persona non grata wegen seinem Brandstifteropa. So ist dann halt die Zeit gekommen, wo gar nix mehr gegangen ist. Da sind dann am Sonntag nicht einmal mehr alle zum Spiel erschienen. Eines Tages hat also die Gemeinde einen Aufruf ans Schwarze Brett genagelt, in dem sie ganz offiziell einen neuen Trainer für die Juxtruppe gesucht haben, und stell dir vor, der Höllerer Hans war der Einzige, der sich gemeldet hat. Ich kann nur spekulieren, was da in seinem Kopf vorgegangen ist. Ich glaube aber, er hat sich gedacht, dass er sich so vielleicht in der Dorfgemeinschaft etablieren kann. Egal war es für ihn wahrscheinlich sowieso. Weil er, was die Einstellung der Leute zu ihm und seiner Familie betrifft, wirklich nix mehr zu verlieren gehabt hat. Das Teeren und Federn war ja schon genauso abgeschafft wie die Verbannung. Also was hat ihm noch passieren können?

Zuerst wollte ihn natürlich keiner haben. Weil sich aber kein anderer gemeldet hat, haben sie ihn dann trotzdem nehmen müssen. Und nach ein paar anfänglichen Schwierigkeiten ist es mit dem Verein dann deutlich aufwärts gegangen. Und weil Fußball trotz allem so etwas wie die heilige Kuh war, die man halt nur eine Zeit lang nicht gestreichelt hatte, ist der Plan vom Höllerer mit jedem kleinen Fortschritt, den die Mannschaft gemacht hat, mehr und mehr aufgegangen. Der Höllerer ist quasi immer höher am Dorfhimmel aufgestiegen, wie der sprichwörtliche Stern, und immer mehr von den Leuten haben angefangen, mit ihm zu reden. Ja, sogar im Wirtshaus hat man ihm auf einmal einen Sitzplatz angeboten, wenn er gekommen ist, um ein Bier zu trinken. Das war eine große Genugtuung für den Mann. Das kannst du dir sicher vorstellen.

Natürlich hat es auch welche gegeben, die auf den Ruhm vom Höllerer neidisch waren und deswegen blöd dahergeredet haben, aber dem Hans war das egal. Er war Schlimmeres gewöhnt. Ich meine, er hat zwar schon gewusst, dass die Mannschaft deswegen so gut gespielt hat, weil so viele junge Burschen dabei waren, die fleißig gelaufen sind, aber trotzdem war er auch überzeugt, dass es an seinen Methoden gelegen ist, dass der Verein auf einmal so viele Spiele gewonnen hat. Immerhin hat er großen Wert auf Disziplin gelegt. Da hat er wirklich total darauf geschaut. Disziplin auf dem Platz und beim Training ist der halbe Erfolg, hat er immer gesagt. Und natürlich die Kondition. Der Höllerer hat seine Mannschaft am Anfang ziemlich geschunden. Darum haben die nach einer Weile eine Kondition gehabt wie die Büffel. Dazu ist noch gekommen, dass der FC Tratschen ein paar wirklich gute Spieler gehabt hat. So wie den jungen Sedlak Jakob. Sein Vater, ein großer und ziemlich dicker Mann, der literweise Bier in sich hineinschütten konnte und auch ein wirklich guter Esser war, was man an seiner Figur deutlich hat sehen können, war bei der Gemeinde angestellt und hat sich als Platzwart vom Verein ein bisserl was dazu verdient. Und weil er jeden Sonntag zu Mittag im Wirtshaus zwei Schnitzel gegessen hat, hat er schon in früheren Jahren den Spitznamen Mampfi gekriegt. Aber das haben nur seine Freunde sagen dürfen. Bei allen anderen ist er ganz schön böse geworden und hat gleich mit ein paar Watschen gedroht.

Na, jedenfalls hat der Mampfi überall herumerzählt, dass sein Bub, der Jakob, so gut Fußball spielt, dass er genausogut bei Rapid Wien hätte spielen können. Und tatsächlich haben das viele Leute in Tratschen auch so gesehen. Weil du musst wissen, dass der Jakob wirklich gut war im Umgang mit dem runden Leder und die meisten Tore in der Meisterschaft geschossen hat. Der Junge hat nicht nur einfach gut gedribbelt. Nein, er ist förmlich durch die Reihen der Gegner durchgetanzt. Es hat wirklich ausgesehen, als würde der Jakob tanzen, wenn er mit dem Ball in Richtung gegnerisches Tor unterwegs war. Nur mit der Disziplin hat es der Jakob halt nicht so gehalten, weil er so etwas wie Starallüren gehabt hat und oft einfach nicht zum Training gekommen ist. Deshalb hat er vom Trainer immer wieder einen Anschiss bekommen. Aber das war ihm egal, weil er sowieso gewusst hat, dass er so gut ist, dass er trotzdem spielen darf.

Der zweite Stürmer war der Konrad Peter. Der wieder hat unheimlich schnell laufen können. Kaum hat man nicht hingeschaut, ist der einmal über den ganzen Platz gelaufen. Das hat voll lustig ausgeschaut, wenn der Peter gelaufen ist. Weil er dabei so ein extremes Hohlkreuz gemacht hat, wenn er über den Platz geschossen ist wie ein geölter Blitz. Viel später haben sie dann diesen Film gezeigt. Forrest Gump hat der geheißen. Der Hauptdarsteller ist genauso gelaufen wie der Konrad Peter. Das sag ich jetzt nur, damit du dir vorstellen kannst, wie das ausgeschaut hat. Nur leider hat der Konrad immer den Kopf in der Höhe gehabt und nicht auf den Ball geschaut. Seine Sturmläufe haben oft nichts gebracht, weil er irgendwo auf dem Weg zum gegnerischen Tor vergessen hat, den Ball mitzunehmen. Er hat ihn quasi ohne Feindeinwirkung verloren. Sein Paradestück hat er in der letzten Saison geliefert. Da ist der Peter wieder einmal in einem ganz wilden Tempo über den Platz geflitzt und hat, du glaubst es nicht, den Ball einmal nicht vergessen, sondern immer vor sich hergetrieben, bis er an den Verteidigern und sogar am Torwart vorbei war. Die Leute haben geschrien wie verrückt, wie der Peter ganz allein vier Meter vor dem Tor war und aus vollem Lauf geschossen hat. Aber es hat nicht sein sollen. Der Ball ist tatsächlich aus vier Metern Entfernung am Tor vorbeigegangen! Der Peter selbst hat so ein irres Tempo draufgehabt, dass er sich nicht mehr hat bremsen können und voll gegen die rechte Torstange gelaufen ist. Die Zuschauer waren entsetzt und belustigt zugleich. Nach diesem Spiel haben die Tratschener dem Peter aus purem Spott den Spitznamen Torjäger gegeben. Und weil die Leute auch ein bisserl nachtragend sind und so schnell nichts vergessen, hat der Peter den Spitznamen heute noch. Obwohl schon vierzig Jahre vergangen sind.

Dann muss ich noch den Tormann erwähnen. Das war nämlich der Friedel Charlie. Eigentlich hat er ja Karl geheißen, aber alle haben Charlie gesagt, weil sie sonst nie gewusst hätten, ob sie jetzt über den Vater oder über den Sohn reden. Weil der Vater vom Charlie auch Karl hieß und der Bürgermeister von Tratschen war. Deshalb haben viele gemeint, dass der Charlie nur mitspielen darf, weil sein Vater dem Verein sonst kein Geld mehr aus der Gemeindekasse gibt. Und viele haben gesagt, dass der Charlie ein Fliegenfänger ist. Das war schon ein bisserl gemein, weil der Bub als Tormann gar nicht so schlecht war.

Na gut, manchmal hat er wirklich voll daneben gegriffen, aber nur, weil er im Match seine Brille nicht hat tragen können. Du musst nämlich wissen, dass er schon als junger Mann sehr schlecht gesehen hat. Heute ist er ohne Brille blind wie ein Maulwurf. Ich muss schon zugeben, dass das manchmal tollpatschig gewirkt hat, wenn der Charlie bei einer Flanke ins Leere geflogen ist. Aber im Großen und Ganzen hat er sein Tor brav sauber halten können. Zum Training ist aber auch er nicht immer gekommen. Die übrigen Spieler waren alles ehrgeizige Burschen mit unheimlich viel Disziplin, die sich nur ab und zu beschwert haben, weil der Charlie und der Jakob immer haben spielen dürfen, obwohl sie nicht so brav trainiert haben. Der Höllerer hat ihnen dann immer gesagt, dass die Mannschaft die beiden eben braucht, weil sie sonst nicht so viel gewinnen würde. Irgendwann ist ihm die Jammerei von der Mannschaft aber dann doch auf die Nerven gegangen, und er hat den Charlie und den Jakob abgemahnt und ihnen gesagt, wenn sie noch öfter als dreimal nicht zum Training kommen, dürfen sie nicht mehr mitspielen. Der Trainer hat wirklich gehofft, dass es nicht soweit kommen würde, weil bis zum Ende der Meisterschaft nur noch fünf Spiele zu spielen waren.

3

Genauso emotional wie auf dem Fußballplatz ist es manchmal auch in den Wirtshäusern zugegangen. Obwohl in Tratschen nur achthundert Menschen gewohnt haben, hat es vier Wirte gegeben. Den Hübner, den Thaler, den Platzer und den Wenger. Jetzt könnte man denken, dass die Leute auf diese Weise eine Abwechslung gehabt haben, aber so war es nicht. Jeder von den Wirtshausgehern hat sein Stammlokal gehabt, in das er gegangen ist und wo er auch Karten gespielt hat. Alle vier Wochen hat es am Samstag ein Preisschnapsen gegeben, bei dem die Mannschaften der vier Wirtshäuser gegeneinander gespielt haben. Gegangen ist es um die Ehre und um einen Wanderpokal aus Messing. Allerdings waren die Kräfte irgendwie ungerecht verteilt, weil fast immer die Spieler vom Platzer gewonnen haben. Die anderen haben sich die übrigen Plätze ausspielen dürfen.

Wie das halt bei Spielen um die Ehre oft ist, hat es immer wieder einmal Streit gegeben. Im Gegensatz zu früheren Jahren, wo sich die Spieler gleich gegenseitig ein paar aufs Maul gehauen und das halbe Wirtshaus zertrümmert haben, war die Streiterei aber harmlos. Das lag nicht daran, dass die Männer auf einmal so brav geworden sind, sondern am Strobel Poldi.

Der ist nämlich Kommandant vom örtlichen Gendarmerieposten geworden und hat bei solchen Sachen überhaupt keinen Spaß verstanden. Sein Vorgänger, der Fürnkranz Wastl, ist mit seinen Leuten immer erst gekommen, wenn alles vorbei war, und hat dann eine eher unbürokratische Lösung angestrebt. Mit ein paar Entschuldigungen und der Bezahlung vom Schaden war alles wieder in Ordnung. Das mag vielleicht auch daran gelegen haben, dass der Wastl nicht nur ein extrem gutmütiger Kerl, sondern auch ein gebürtiger Tratschener war und alle Beteiligten schon ewig gekannt hat. Böse Zungen haben behauptet, dass es mit der Autorität vom Wastl auch nicht recht weit her war.

Ehrlich gesagt könnte da sogar was dran sein, wenn man bedenkt, dass jeder ›Wastl‹ zu ihm gesagt hat. Sogar die Jungen. Niemand wäre je auf die Idee gekommen, Herr Inspektor oder so was Ähnliches zu sagen. Na ja, irgendwann ist der Wastl dann in Pension gegangen, und der Strobel Poldi hat seinen Posten übernommen. Der war ein ganz anderes Kaliber. Der ist zwar bei Raufereien auch erst gekommen, wenn alles vorbei war, hat aber dann immer nach den Schuldigen gesucht und sie zum Verhör mit auf den Posten genommen. Er hat alle Raufer ausnahmslos beim Gericht angezeigt. Du musst wissen, dass er sich da relativ leicht getan hat, weil er keinen in Tratschen gekannt hat. Er ist nämlich erst hierher gezogen, wie er den Posten bekommen hat. Woher er eigentlich gekommen ist, darüber haben die Leute nur spekulieren können, weil er nie etwas über sich erzählt hat. Das hat natürlich jede Menge Stoff für die Alleswisser gegeben, die zu wissen glaubten, woher der Strobel stammte. Aber das war alles nur geraten. Gewohnt hat er allein in einem Haus etwas außerhalb von Tratschen. Anscheinend hatte der Mann keine Familie. Genau wusste aber auch das keiner. Und weil er erstens fremd und zweitens Postenkommandant war, waren die Leute von Anfang an ein bisserl vorsichtig bei ihm.

Es war dann auch ganz schnell klar, dass der Neue nicht sehr viel Spaß verstanden hat. Generell hat er jede Widrigkeit beanstandet und auch abgestraft. Und wie schon gesagt, für das Raufen hat er überhaupt kein Verständnis gehabt. So ist es halt gekommen, dass sich die Leute das Raufen abgewöhnt haben. Bei den Schlägereien am Kirchtag hat er es auch so gemacht. Da sind damals nämlich regelmäßig die Fetzen und die Zähne geflogen. Das wieder war dem Friedel Karl in seiner Funktion als Bürgermeister ein Dorn im Auge, weil immer weniger Menschen aus den Nachbarorten zu dem Fest gekommen sind – aus lauter Angst, verprügelt zu werden, weil Fremde haben die Burschen in Tratschen besonders gern gehauen. Jetzt hat der Friedel zum Strobel gesagt, dass er was dagegen tun soll, und der Strobel, der seine Ruhe haben wollte, hat halt was dagegen getan, und rasch ist es viel ruhiger geworden im Dorf. Bei den Burschen aus den Nachbarorten, die aus reiner Tradition zu diesen Festen gekommen sind, um sich mit den Einheimischen zu prügeln, hat es sich auch schnell herumgesprochen, dass in Tratschen ein neuer Wind weht. Gekommen sind sie zwar immer noch, aber bis auf einige wenige Ausnahmen haben sich alle brav benommen, weil sie einen Heiden Respekt vor dem Strobel Poldi gehabt haben. So einfach war das. Den Strobel hat das natürlich insgeheim gefreut, und auch der Bürgermeister war mit der Situation überaus zufrieden. Immerhin hat er sich jetzt damit brüsten können, zusammen mit dem Strobel Poldi für Ruhe und Ordnung gesorgt zu haben.

Jetzt glaubst du wahrscheinlich, die beiden sind dicke Freunde gewesen. Das waren sie aber nicht. Dem Strobel ist nämlich das Gehabe vom Friedel ganz schön gegen den Strich gegangen. Der hat sich meistens aufgeführt, als gehöre ihm der Ort ganz allein. Quasi wie ein König hat er sich gebärdet und immer wieder versucht, sich in die Angelegenheiten vom Strobel zu mischen und ihn herumzukommandieren. Der Strobel, selbst ein Egomane wie aus dem Bilderbuch, hat sich das nicht bieten lassen wollen, dem Friedel immer öfter die kalte Schulter gezeigt und ihn mit seinen Wünschen und Forderungen abblitzen lassen. Irgendwann hat der Bürgermeisterkönig dann gemeint, er muss dem Strobel drohen, und ihm gesagt, er wird dafür sorgen, dass er seinen Posten verliert. Daraufhin hat er sich von seinem Gegenüber das Götzzitat anhören müssen, und die Fronten waren endgültig verhärtet. Zu allem Übel ist dann auch noch die Beschwerde, die der Friedel an den Vorgesetzten vom Strobel geschrieben hat, ungehört verhallt und somit der Strobel als moralischer Sieger aus dem Kampf hervorgegangen. Von da an sind sich die beiden Männer sehr distanziert begegnet und haben, wenn sie überhaupt miteinander geredet haben, sehr sperrige Gespräche geführt. Am meisten hat den Herrn Bürgermeister geärgert, dass er dem Postenkommandanten nichts hat anhängen können, weil der seine Arbeit immer gründlich gemacht und auch seine beiden Untergebenen gut im Griff gehabt hat. Zu dieser Zeit hat der Friedel noch nicht wissen können, dass er es einmal furchtbar bereuen würde, sich den Postenkommandanten auf derart dumme Weise zum Feind gemacht zu haben. Wie er es dann erkannt hat, war es zu spät.

4

Das alles hört sich jetzt ein bisschen so an, als hätten in Tratschen lauter primitive Menschen gewohnt. Aber so war es natürlich nicht. Das waren alles zivilisierte Leute. Allerdings muss ich dir sagen, dass es auch nicht so war, wie es nach außen hin gewirkt hat. Nach außen hin hat es nämlich so ausgeschaut, als wären die Bewohner eine eingeschworene Gesellschaft voller Hilfsbereitschaft und Nachbarschaftsliebe. Das hat aber getäuscht. Vielleicht lag es daran, dass nicht viel passiert ist und den Menschen abseits ihrer Arbeit ganz einfach fad war. Keine Ahnung. Aber hinter der freundlichen Kulisse hat es ganz schön gegärt. Neid, Eifersucht, ja sogar Hass hast du da finden können, wenn du nur ein wenig an der Oberfläche gekratzt hast. Da waren zuerst die Familienfehden. Die Familie Brauneis, die nebenbei bemerkt ziemlich riesig war, hatte Streit mit der Familie Fellner. An sich nichts Besonderes. Abgesehen von der Tatsache, dass niemand so genau gewusst hat, warum eigentlich. Es war einfach immer schon so gewesen. Seit Jahrzehnten ist der Konflikt von einer Generation zur nächsten weitergegeben worden. Quasi wie eine Erbschaft.

Wundersamerweise hat sich offenbar niemand in den Familien Gedanken darüber gemacht, warum man die Mitglieder der anderen Familie nicht hat mögen dürfen. Es war halt einfach so. Ebenso wenig hat sich jemand Gedanken darüber gemacht, wie es hat sein können, dass die beiden Familien derart groß gewesen sind. Im Grunde waren sie, wenn auch über sieben Ecken, mit den meisten anderen Ortsbewohnern irgendwie verwandt. Und nicht nur das. Sie waren sogar mit vielen Familien in den Nachbarorten irgendwie verwandt. Ich weiß noch, dass ich als Kind einmal meinen Vater gefragt habe, warum es so viele Leute mit dem Namen Brauneis in Tratschen gibt. Vater hat nur geantwortet, dass das aus der Zeit kommt, wo es noch keine Fernseher gegeben hat. Was er mir damit sagen wollte, habe ich damals nicht verstanden. Genauso wenig wie ich verstanden habe, warum sich die beiden Familien gegenseitig als ›Inzüchtler‹ bezeichnet haben. Auf meine Frage, was dieses Wort bedeutet, hat mein Vater nur zwei Worte gesagt. »Kein Fernseher!«

Ich war zufrieden, etwas gelernt zu haben, und habe schon bald von meinem neuen Wissen Gebrauch gemacht. Ich war zu Besuch bei einem Klassenkameraden. Schnell habe ich festgestellt, dass die Familie keinen Fernseher hat. Die passende Gelegenheit also, um zu beweisen, wie klug ich schon war. Jetzt kannst du versuchen dir vorzustellen, wie seine Eltern reagiert haben, als ich sie gefragt habe, ob sie Inzüchtler sind. Eingeladen haben sie mich jedenfalls nicht mehr. Jetzt bin ich aber vom Thema abgekommen. Aber wenn ich an diese Zeit zurückdenke, fallen mir natürlich tausend Dinge ein, die gar nichts mit der eigentlichen Geschichte zu tun haben. Sei's drum.

Jedenfalls war das nicht die einzige Familienfehde im Ort. Großteils hat man sich aber damit begnügt, einfach nicht miteinander zu reden. Daneben hat es noch Streitereien um Grundstücksgrenzen, Wälder, Mädchen und was weiß ich noch alles gegeben. Alles ganz normal. Natürlich hat es hoch angesehene Mitglieder der Gemeinde gegeben und weniger hoch angesehene. Dann gab es die, die sich nirgends eingemischt haben. Also neutral waren. Und die, die keiner leiden konnte und die Zielscheibe des bösen Dorftratsches waren.

Die seltsamste Erscheinung im Ort war aber eine uralte Frau, die von allen Jocha Mutter genannt wurde. Wie alt sie damals wirklich war, weiß ich nicht. Ich glaube aber, dass sie deutlich über neunzig Jahre gewesen sein muss. Auf alle Fälle hat sie ausgeschaut wie eine Hexe. Sie ist bucklig gegangen und hat sich dabei auf einen alten, knorrigen Stock gestützt. Immer hat sie ein geblümtes Kopftuch und ihre dunkelgrüne, mit Flecken und Löchern übersäte Strickweste getragen und mit sich selbst geredet. Von den jungen Leuten im Ort hat keiner gewusst, wie die Frau wirklich geheißen hat. Diese Kleinigkeit ist im Laufe der Jahre irgendwann in Vergessenheit geraten. Nur die ältere Generation konnte sich teilweise noch an ihren Namen erinnern und an das tragische Schicksal, das ihr zuteil geworden ist. Du musst nämlich wissen, dass die Jocha Mutter in jungen Jahren eine ausgesprochene Schönheit gewesen ist, der die Männer aus der ganzen Umgebung nachgelaufen sind. Alte, junge, reiche und arme. Ihre Eltern sind schon sehr früh gestorben, und so ist es dazu gekommen, dass die Elisabeth, wie die Jocha Mutter mit Vornamen hieß und die das einzige Kind des Paares war, mit achtzehn Jahren schon Besitzerin eines Bauernhofes geworden ist. In der damaligen Zeit hätte das allein schon gereicht, um ihr den Hof zu machen. Aber die Elisabeth war eben auch wunderschön. Und ein bisserl naiv. Ihre Naivität hat schließlich dazu geführt, dass sie sich in den größten Tunichtgut der Umgebung verliebt hat. Den Jocha Fritz. Der war gerade solange nett zu ihr, bis sie ihn geheiratet hat. Dann hat er sein wahres Gesicht gezeigt. Er hat gesoffen wie ein Loch und den Hof nach und nach verkommen lassen. Ganz nebenbei hat er die Elisabeth hin und wieder ein bisschen diszipliniert, wenn sie geglaubt hat, sie muss dazu was sagen. Jetzt kannst du dir selbst ausmalen, ob die Elisabeth glücklich war oder nicht. Nach drei Jahren Ehe mit dem Fritz ist sie schließlich schwanger geworden und hat irgendwann zwischen Stallausmisten, Feldarbeit, Kochen und diszipliniert werden eine Totgeburt gehabt. Das war damals nichts Ungewöhnliches. Die Totgeburt nicht und das Disziplinieren von Frau und Kindern wahrscheinlich auch nicht. Zumindest hat sich niemand gefunden, der über Sinn und Unsinn der ›gesunden Watschen‹ geredet hat.

Na ja, die Elisabeth hat noch dazu das Pech gehabt, dass sie niemanden mehr hatte, dem sie hätte erzählen können, was der Fritz so mit ihr anstellt, und hat es einfach hingenommen. Was hätte sie auch viel tun sollen. Es hat ja niemanden interessiert. Den Nachbarn ist schon aufgefallen, dass was nicht stimmt, weil sie ab und zu den Fritz haben brüllen hören und die Elisabeth dazu geschrien hat wie am Spieß. Da ist dann manchmal der Herr Pfarrer vorbeigekommen und hat mit ihr und dem Fritz ein ernstes Wort geredet. Geholfen hat es nichts. Wie dem auch sei. Viele Disziplinierungsmaßnahmen und drei weitere Fehlgeburten später hat die Elisabeth endlich ein gesundes Mädchen zur Welt gebracht. Jetzt hat der Fritz aber einen Buben gewollt und der Elisabeth die Schuld daran gegeben, dass das Kind ein Dirndl war. Logische Konsequenz für den Fritz war natürlich eine Maßnahme zur Förderung der Disziplin. Und weil das Vergehen von der Elisabeth in seinen Augen diesmal besonders schlimm gewesen ist, hat er einen Knüppel in die Hand genommen und ihr damit, noch im Kindbett, fast alle Zähne und ein Auge ausgeschlagen. Ob es Absicht war, dass er dabei auch das neugeborene Mädchen getroffen hat, ist nie ans Licht gekommen. Genauso wenig, wie man je erfahren hat, was er mit dem Körper des Kindes gemacht hat. Die Elisabeth ist dann drei oder vier Tage bewusstlos in ihrem blutverschmierten Bett gelegen. Keiner weiß, warum der Fritz sie nicht auch umgebracht hat. Vielleicht hat er ja geglaubt, dass sie tot ist.

Jedenfalls hat der Herr Pfarrer bei seinem nächsten Besuch die ganze Bescherung gesehen und ist zur Gendarmerie gelaufen. Und wie der Fritz dann gesehen hat, dass die Beamten auf seinen Hof kommen wollen, hat er mit seinem Gewehr auf sie geschossen. Zu seinem Pech ist er im Umgang mit dem Knüppel besser gewesen als mit dem Schießprügel und hat ein schnelles Ende gefunden, wie die beiden Gendarmen zurückgeschossen haben. Dann haben sie die Elisabeth in ein Spital gebracht, wo man sie mehr schlecht als recht wieder zusammengeflickt und nach vielen Wochen nach Hause geschickt hat. Seit dieser Zeit hat sie nur noch zwei Zähne und ein Glasauge gehabt. Den Buckel kannst du nicht dem Fritz in die Schuhe schieben. Den hat sie erst viel später bekommen. Jedenfalls hat die Elisabeth von da an ganz allein auf dem Bauernhof gelebt und mit niemandem mehr gesprochen. Nur mit sich selbst.

Seither haben alle nur noch Jocha Mutter zu ihr gesagt. Warum genau, ist eine gute Frage. Nach und nach ist der Hof dann endgültig verfallen. Aber die Jocha Mutter ist trotzdem dort geblieben. Im Ort hat es niemanden gestört, weil der Hof nicht an der Hauptstraße lag und die Leute vielleicht auch froh waren, dass die Jocha Mutter nicht in ihrer Mitte gewohnt hat, weil sie einfach ein schlechtes Gewissen gehabt haben, weil sie ihr nicht geholfen, sondern einfach weggeschaut haben. Und vielleicht haben sie der Elisabeth auch deshalb den neuen Namen gegeben. Damit sie so tun können, als wenn der Fritz und die Elisabeth nie existiert hätten und dass das alles gar nicht passiert ist. Da haben sie allerdings die Rechnung ohne die Jocha Mutter gemacht. Die hat nämlich auf ihre Art dafür gesorgt, dass sie nicht ganz vergessen wird. Ständig hat man sie irgendwo im Ort gesehen. Bucklig und auf ihren Stock gestützt ist sie herumgegangen und hat dabei dauernd mit sich selbst geredet. Besser gesagt, sie hat vor sich hin gemurmelt. Verstanden hat das keiner. Das war aber nicht alles, was sie gemacht hat. Die Alte hat die Angewohnheit gehabt, einfach in jedes Haus zu spazieren. Ohne anzuklopfen oder zu läuten. Sie ist einfach hineingegangen. Da hat es dir glatt passieren können, dass sie plötzlich mitten im Wohnzimmer gestanden und dich mit ihrem einen Auge angestarrt hat. Alles, was sie dann von sich gegeben hat war: »A Wasser!« Das Wasser hat sie entweder getrunken oder ihr Glasauge herausgenommen, es in dem Glas gewaschen und wieder in die Augenhöhle gedrückt. Das war wirklich ein gruseliger Anblick. Das kannst du ruhig glauben! Jetzt wirst du vielleicht denken, dass es ganz schön arg zugegangen ist in Tratschen.

Aber so darfst du das auch nicht sehen. Schließlich ist so was ja nicht jeden Tag passiert. Und auch die idyllischste Idylle ist letztlich nicht perfekt.

5

Was du noch unter der glänzenden Oberfläche finden konntest, war ein gesundes Misstrauen Fremden gegenüber. Wenn du als Auswärtiger nach Tratschen gekommen bist, hast du danach nicht lange suchen müssen. Diese Eigenschaft haben dir die Ortsbewohner quasi aufgedrängt. Das war eine Erfahrung, die nicht nur die Familie Höllerer machen musste. Nein. Das ist vielen anderen auch so gegangen.

Da fällt mir spontan zum Beispiel der Maier aus Wien ein. Dass die Tratschener unheimlich viel Wert auf das Ortsbild gelegt haben, weißt du ja schon. Da war es natürlich eine echte Katastrophe, dass unmittelbar neben dem Hauptplatz, also direkt neben der Hauptstraße und dem Herzen des Ortes, das Haus vom alten Lehner gestanden ist. Der alte Lehner hat zwei Weltkriege mitgemacht, und in jedem ist er verwundet worden. Im Ersten Weltkrieg war es nicht so schlimm. Da hat er einen Granatsplitter in den Rücken bekommen. Direkt über seinem Allerwertesten. So knapp neben der Wirbelsäule, dass die Ärzte gesagt haben, sie lassen es lieber drin, weil eine Operation zu gefährlich ist. Die Medizin steckte zu dieser Zeit eben auch noch in den Kinderschuhen. Irgendwann ist die Wunde verheilt, und nach und nach hat der Lehner den Splitter vergessen. Er war topfit und hat nichts mehr davon gespürt.

Nachträglich betrachtet wäre es für ihn aber besser gewesen, wenn er nicht ganz so topfit gewesen wäre. Vielleicht hätte er dann nämlich nicht auch noch in den Zweiten Weltkrieg ziehen müssen. So aber ist er wieder eingezogen worden und hat die zweifelhafte Ehre gehabt, von Anfang an dabei zu sein. Und wie viele andere auch, ist der Lehner damals sogar gern für den Führer in den Krieg gezogen. Ja, man kann sagen, dass er ihn sogar richtiggehend verehrt und geliebt hat, den Führer.

Aber was soll ich dir sagen? Es war offenbar eine sehr einseitige Liebe. Wie sonst kann man sich erklären, dass dem Lehner seine Liebe zum Führer lediglich einen Fußmarsch bis nach Frankreich und den Verlust seines linken Beines und seiner Hoden eingebracht hat. Jetzt wirst du vielleicht glauben, dass er deswegen mit seinem Schicksal gehadert und sich als einbeiniger hodenloser Rollstuhlfahrer unglücklich gefühlt hat. Weit gefehlt. Der Lehner war bis zu seinem Tod davon überzeugt, dass es das alles wert gewesen ist. Da waren nur zwei Dinge, die er bedauert hat: Dass er nicht zu Fuß bis nach Stalingrad hat gehen können und wie die Sache letztendlich ausgegangen ist.

Dazugelernt hat er auch nichts, weil er ein begeisterter Anhänger der FPÖ war. Aber nicht, weil die so ein gutes politisches Konzept gehabt haben, sondern weil sie den Friedrich Peter in ihren Reihen hatten, der immerhin SS-Obersturmführer gewesen ist. Der hat in diesem Jahr im Oktober sogar bei den Nationalratswahlen kandidiert. Sei's drum. Jedenfalls hat der Lehner ein Haus gehabt, und dieses Haus ist fast im Zentrum gestanden. Weil er schon sehr alt war und nur ein Bein, dafür aber keine Kinder gehabt hat, konnte er sich nicht wirklich um das Haus kümmern, und es ist mehr und mehr verfallen. Zwar haben sich die Nachbarn in all den Jahren immer wieder eingefunden und im Frühjahr wegen dem Ortsbild den Vorgarten hergerichtet und die Blumenkästen aufgehängt, aber repariert hat keiner was. Und der Lehner hat es sich von seiner Invalidenrente ganz einfach nicht leisten können, das Haus herrichten zu lassen.

Ich denke, du erkennst das Problem: Hauptstraße, Zentrum, halb verfallenes Haus. Ortsbild kaputt. Aufgrund seiner Invalidität ist dem Lehner aber der Titel Ortsbildverschandeler erspart geblieben. Trotzdem waren sich vom Bürgermeister abwärts alle darüber einig, dass etwas geschehen musste, und so haben sie immer wieder dem Lehner seine jüngere Schwester drangsaliert, dass sie gefälligst etwas gegen den Schandfleck machen soll. Die Leni hat jetzt aber auch keine besonders guten Einfälle und schon gar kein Geld gehabt, um das Problem zu lösen. Eines schönen Tages ist dann auf einmal ein Krankenwagen vor dem Haus gestanden, und zwei Männer in weißen Kitteln haben den Lehner aus dem Haus geholt, ihn mitsamt seinem Rollstuhl ins Auto verfrachtet und sind weggefahren. Noch bevor der Rettungswagen aus dem Dorf rausgefahren ist, hat seine Schwester ein Schild an das rostige Eingangstor gehängt. Zu Verkaufen, ist da in ziemlich krakeliger Handschrift draufgestanden. Erst einige Zeit später hat sich dann herumgesprochen, dass der alte Lehner in ein Altersheim gekarrt worden ist, wo er schon kurze Zeit später gestorben ist. Wie sagt schon das Sprichwort: Alte Bäume verpflanzt man nicht! Böse Zungen haben behauptet, dass es dem Lehner sicher nichts ausgemacht hat, dass er gestorben ist, weil er endlich seinen über alles geliebten Führer wiedergesehen hat.

Ob es vielleicht den Friedrich Peter gestört hat, weil er dadurch eine Stimme weniger bekommen hat, weiß man nicht. Wie dem auch sei. Über die Leni haben sich die Leute fürchterlich ihre Mäuler zerrissen, weil sie den alten Mann in ein Heim gesteckt hat, nur weil sie zu geizig war, Geld in sein Haus zu investieren. Worte des Bedauerns über das Ableben vom alten Lehner hat man im ganzen Ort aber nicht gehört, und sein Haus hat von den Ortsbewohnern auch keiner gekauft. Es war weiterhin der Schandfleck im Zentrum. Nur dass der alte Lehner nicht mehr dort gewohnt hat. Sonst hat sich nichts geändert.

Auf jeden Fall hat es nicht sehr lange gedauert, und es ist gekommen, wie es kommen musste. Vielleicht drei Wochen später ist ein Auto vor dem Haus stehengeblieben. Ein großer, schwarzer Mercedes war das. Mit Wiener Kennzeichen. Frischluftdepperte quasi. Der Mann, der sich aus dem Auto herausgewuchtet hat, war fast zwei Meter groß und ziemlich dick. Das Auffälligste an ihm war seine Frisur. Ein Wuschelkopf, der ausgeschaut hat, wie ein hässlicher Sturzhelm. Damals hatten die Tratschener noch nichts vom neuen Afro-Look gehört, der in der Stadt gerade modern geworden ist, und dementsprechend blöd dreingeschaut und sich krummgelacht. Du musst dir das bildlich vorstellen. Ein zwei Meter großer, dicker Mann, der ein Gesicht gehabt hat wie eine übergewichtige Bulldogge und dazu diesen Wuschelkopf in Kupferrot. Der Hammer aber war, dass er eine beginnende Glatze und dadurch eine richtige Tonsur am Hinterkopf gehabt hat. Das hat ausgeschaut, als hätte sich ein Vogel ein Nest gebaut.

Für ländliche Verhältnisse war er noch dazu unglaublich lustig gekleidet. Ganz in Satin war er gehüllt. Ein weißes Satinhemd, das fast bis zum Bauchnabel aufgeknöpft war, und eine ziemlich eng sitzende, schwarze Satinhose. Unten haben aus den Hosenbeinen Cowboystiefel im Schlangenlederlook hervorgeschaut. Um den Hals hat er eine dicke Goldkette und am Handgelenk eine nicht weniger dicke Golduhr getragen. Im Wirtshaus haben die Leute gesagt, dass er wie ein Zuhälter daherkommt.

Na ja, jedenfalls ist der Typ vor dem Haus vom alten Lehner gestanden und hat sich alles genau angeschaut. Dann hat er ein paar Mal angeläutet. Es hat aber niemand aufgemacht, weil ja keiner mehr drin gewohnt hat und die Leni auch gerade nicht da war. So ist der Fremde am Gemeindeamt gelandet, um zu fragen, wem das Haus gehört. Dort haben sie ihn angeschaut wie einen Außerirdischen. Ganz ehrlich, wenn er lila gewesen wäre und gelbe Fühler auf dem Kopf gehabt hätte, wäre er nicht blöder angeschaut worden. Da ist den beiden Sekretärinnen für einen Moment die Luft weggeblieben, und sie haben sich das Lachen verkneifen müssen. Aber der Mann hat so getan, als würde er das alles nicht bemerken, und sich überaus freundlich vorgestellt. So freundlich nämlich, dass es den beiden Frauen schon wieder verdächtig vorgekommen ist. Und seltsam haben sie es auch gefunden. Er hat nämlich gesagt: »Guten Tag, meine Damen. Mein Name ist Maier. Maier mit a und i.«

Die beiden Frauen haben ja nicht wissen können, dass der Herr Maier aus einer Stadt gekommen ist, in der es neben jeder Menge an Müllers und Hubers auch noch etwa 15.000 Maiers mit ungefähr hundert verschiedenen Schreibweisen gibt. Und weil er eben gewöhnt war, dass ihn die Leute nach der Schreibweise fragen, hat er sich angewöhnt, gleich zu sagen, dass er der Herr Maier mit a und i ist.

Der Maier wiederum hat nicht wissen können, dass er in einem Ort gelandet ist, wo es haufenweise Träger der Namen Fellner und Brauneis sowie Lehner, Hübner, Platzer und sonst noch alle möglichen gegeben hat, aber keinen einzigen Maier. Somit konnte er auch nicht im Entferntesten ahnen, dass den beiden Frauen die Schreibweise seines Namens nicht nur völlig egal war, sondern sie auch gar nicht einmal annähernd abschätzen konnten, auf wie viele unterschiedliche Arten man diesen Namen tatsächlich schreiben kann. Kurz gesagt, die beiden bürgermeisterlichen Büroschwalben haben später herumerzählt, dass der Maier nicht nur lächerlich aussieht, sondern auch ein ziemlich merkwürdiger Zeitgenosse ist.

6

Noch am selben Tag hat die Leni das Schild vom Tor genommen, und zwei Tage später ist der Maier schon wieder gekommen. Diesmal hat er einen schwarzen Koffer und seine Frau mitgebracht. Und was soll ich dir sagen, die hat auch nicht viel anders ausgeschaut wie ihr Mann. Der einzige Unterschied bei der Frisur war, dass sie keine Tonsur am Hinterkopf gehabt hat. Ganz im Gegenteil. Die Frau Maier hat einen riesigen Haarknäuel mit sich herumgeschleppt. Sie hat ausgeschaut wie ein Königspudel. Ein sehr dicker Königspudel. Sie war fast um zwei Köpfe kleiner als ihr Göttergatte, aber dafür doppelt so dick. So eine Frau hatte man im Dorf überhaupt noch nie gesehen. Darüber waren sich alle einig. Dann sind die beiden in das Haus gegangen. Eine Stunde später hat man dann die Leni herauskommen sehen. In der Hand hatte sie den schwarzen Koffer und im Gesicht ein verzücktes Lächeln. Die Nachbarin, die das Geschehen, hinter den Gardinen ihres Wohnzimmerfensters versteckt, beobachtet hatte, wusste natürlich gleich, dass in dem Koffer das Geld für das Haus drinnen war und hat das gleich herumerzählen müssen. Das hat dem Ruf vom Maier natürlich auch nicht gutgetan. Weil, wer kauft schon ein Haus und bezahlt in bar? So bekam der Dorftratsch rasch Nahrung. Im halben Ort wurde darüber spekuliert, wer der Maier ist und welchen Geschäften er wohl nachgehen könnte. Was Anständiges konnte es ja wohl nicht sein, wenn er mit Koffern voller Geld in der Gegend herumfahren konnte. Das Ehepaar Maier hat von alledem natürlich nichts mitbekommen.

Freilich hat auch der Bürgermeister bald Wind vom Hausverkauf bekommen und beschlossen, sich die Familie Maier persönlich anzuschauen. Also ist er zusammen mit dem Gemeindesekretär hinmarschiert und hat den beiden einen Antrittsbesuch abgestattet. Gleich nach der Begrüßung, die, nebenbei bemerkt, relativ kühl ausgefallen ist, hat er den beiden dann einen Vortrag darüber gehalten, wie wichtig es sei, das Ortsbild schön und sauber zu präsentieren, und dass das von ihnen gekaufte Haus in dieser Hinsicht nicht einmal annähernd den Vorstellungen der Gemeinde nahekomme und sie demnach dringend etwas daran ändern müssten. Dann fügte der Herr Bürgermeister noch an, dass das Ehepaar Maier ja sicher nicht wolle, dass sie das von hochoffizieller amtlicher Seite schriftlich bekomme. Obwohl derart unhöflich empfangen, blieben die beiden fast schon unnatürlich höflich und erklärten ihre Absicht, den Schandfleck schon sehr bald renovieren zu wollen. Dann hat die Frau Maier den Herren noch einen Kaffee angeboten. Beide haben die Einladung aber, unter Berufung auf nicht näher definierte wichtige Aufgaben, abgelehnt und sind in der Überzeugung gegangen, es den Frischluftdepperten ganz schön gezeigt zu haben.

In der Zwischenzeit sind Herr und Frau Maier schon Dorfgespräch gewesen. Bei den Stammtischrunden in den Wirtshäusern haben sich die Männer die Mäuler über sie zerrissen, und die Weiber beim Einkaufen und beim Friseur. Die Frauen sind ja nicht so viel ins Wirtshaus gegangen damals, weil es sich nicht gehört hat. Darum haben sie sich eben andernorts austauschen müssen. Eben beim Friseur und beim Einkaufen. Das Kaufhaus der Familie Hörmann hat eindeutig die Nase vorn gehabt, was die Kommunikation betraf. Da sind nämlich die echten, also alteingesessenen Tratschener hingegangen. Das Geschäft hat es sicher schon seit fünfzig Jahren gegeben. Mindestens genauso lange hat sich dort nichts verändert. Wenn du da reingegangen bist, hast du das Gefühl gehabt, eine andere Zeitzone zu betreten. In den Regalen haben sich nicht nur Lebensmittel, sondern auch alle möglichen Dinge des täglichen Bedarfes den Platz geteilt. Und das in einer fast schon künstlerisch anmutenden Unordnung. Mehl und Zucker neben Schrauben und Dübeln. Der alte Hörmann hat nämlich die Meinung vertreten, dass man auch in einem kleinen Geschäft alles anbieten muss, was die Leute so brauchen. So ist es halt gekommen, dass der Laden mit der Zeit immer voller geworden ist. Gefunden hat keiner mehr was. Nicht einmal die Platzer Doris, die schon zwanzig Jahre dort gearbeitet hat. Gestört hat das aber niemanden, weil die Leute das schon so gewohnt waren. Außerdem hatten die Damen des Ortes dadurch Gelegenheit, sich lange genug im Geschäft aufzuhalten, um auch ja alle neuen Gerüchte mitzubekommen. Und stell dir vor, davon gab es jede Menge. Wo immer die auch hergekommen sind. Täglich gab es Nachschub.

Von den Stadtmenschen sind nur sehr wenige zum Hörmann einkaufen gegangen. Das lag eventuell daran, dass, wenn einer von ihnen den Laden betreten hat, alle sofort aufgehört haben zu reden und den Störenfried mit Argusaugen beobachtet haben. Vielleicht ist noch dazu gekommen, dass die Städter so eine Unordnung nicht kannten. Weil in der Stadt haben die Supermärkte ganz anders ausgesehen. Alles sauber, ordentlich und übersichtlich. Nichts war mit Milch aus der Kanne und selbst gemachtem Speck. Alles fein säuberlich verpackt, und die Milch pasteurisiert und im Plastikbeutel. So was waren die gewohnt.

Das wieder hat der Thaler schnell erkannt. Der hatte zwar ein Wirtshaus und eine Landwirtschaft zu betreuen, aber auch vier Söhne. Irgendwann ist er auf die Idee gekommen, am anderen Ende von Tratschen ein neues Kaufhaus zu eröffnen. Spekuliert hat er dabei auf die Stadtmenschen. Deshalb hat er geplant, das Geschäft ganz nach den urbanen Vorbildern zu gestalten. Um sicher nichts falsch zu machen, ist er extra ein paar Tage nach Wien gefahren und hat sich dort alle möglichen Supermärkte angeschaut. Zurück daheim hat er die Idee mit seiner Frau und seinen Söhnen diskutiert. Schließlich hat der Peter, sein jüngster Spross, zugestimmt, den Laden zu übernehmen. Gesagt getan. Schon einen Monat später hat der Thaler Peter den Supermarkt eröffnet. Und wie alles Neue ist er bei den Einheimischen damit auf Ablehnung gestoßen. Das war ihm aber egal, weil sie in das Wirtshaus der Familie ja weiterhin gekommen sind, die Einheimischen. Der Thaler war damals quasi der Erfinder von dem Slogan ›Fahr nicht fort, kauf im Ort‹.

Tatsächlich sind dann immer mehr von den Frischluftdepperten beim Thaler einkaufen gegangen, weil sie sich einen Weg gespart haben und das Geschäft eben ein richtiger Supermarkt war. Genau so, wie sie das aus der Stadt gekannt haben. Nur ein bisschen teurer.

Klatsch und Tratsch hat es dort allerdings kaum gegeben. Die Stadtmenschen waren eben viel introvertierter wie das Landvolk. Und über was hätten sie auch reden sollen? Mit der Zeit haben dann auch einige der jüngeren Bürger in Tratschen angefangen, lieber zum Thaler zu gehen und dort einzukaufen. Gern gesehen war das aber nicht.

Durch diesen genialen Schachzug der Familie Thaler war jetzt auch das Einkaufsvolk in zwei Gruppen gespalten. In diejenigen, die sich beim Hörmann ach so viel zu erzählen hatten und über jeden was gewusst haben, und in die Gruppe derer, die das alles nicht hören wollten. Jedenfalls kann ich dir sagen, dass das Getratsche beim Hörmann ganz schön viel Schaden angerichtet hat, nachdem all das Schlimme passiert ist, das vieles im Ort verändert hat.

7

Jetzt, wo du dich ein bisserl auskennst und eine Ahnung hast, wie es in Tratschen so zugegangen ist und ein paar der wichtigsten Leute im Dorf kennst, kann ich die Geschichte erzählen, die das Leben im Dorf so durcheinandergebracht hat.

Begonnen hat das Unheil an einem Sonntagmorgen im Juni 1971. Da hat nämlich die Konrad Herta in aller Herrgottsfrühe am Gendarmerieposten angerufen und angezeigt, dass in der Nacht jemand ihren Maibaum gefällt hat. Jetzt kannst du von mir aus denken, dass das keine besonders aufregende Geschichte ist, aber du darfst nicht vergessen, dass die Konrad Herta eine hoch angesehene Person im Ort war. Sie war Lehrerin in der Hauptschule im Nachbarort und noch dazu im Gemeinderat. Damit nicht genug, war die Herta auch im Kirchenchor. Ihr Mann, der Christian, war Kommandant der Freiwilligen Feuerwehr in Tratschen. Auch ein sehr wichtiges und ehrenwertes Amt. Und weil beide so wichtig und ehrenwert waren, haben sie einen eigenen Maibaum gekriegt. Und das Umschneiden von diesem Baum war schon fast so was wie Majestätsbeleidigung. Na ja, egal. Jedenfalls hat die Herta ein ziemliches Tamtam aus der Sache gemacht und auf umgehende Aufklärung der Angelegenheit bestanden.

Insgesamt hat das mit den späteren Tagesereignissen nicht wirklich was zu tun gehabt, aber die alten Leute haben nachher gesagt, dass das ein böses Omen gewesen ist mit dem Maibaum. Daran siehst du, dass sie auch ein kleines bisserl abergläubisch gewesen sind, die Tratschener.

Für alle übrigen im Ort, die keinen eigenen Maibaum gehabt haben, hat der Tag so angefangen, wie Sonntage in Tratschen eben so angefangen haben. Obwohl es schon ein besonderer Tag war, weil am Nachmittag der FC Tratschen gegen den SC Offern gespielt hat. Dazu musst du wissen, dass der SC Offern der erklärte Todfeind gewesen ist. Das hast du ruhig mit einem Spiel Rapid Wien gegen Austria Memphis vergleichen können. Und weil sich die beiden Mannschaften mit dem Gewinnen brav abgewechselt haben, war die Bilanz recht ausgeglichen. An diesem Sonntag war das Spiel nur deshalb so wichtig, weil die Offerner das letzte Match gewonnen hatten. Jetzt haben natürlich die Burschen vom Höllerer Hans ausgleichen müssen.

Die Spannung war groß und die Erwartungshaltung natürlich auch. Unter einem guten Stern ist die Sache aber nicht gestanden. Das hat man schon eine Stunde vor dem Spiel absehen können. Der Höllerer Hans war zornig und ist herumgerannt wie ein gereizter Stier, weil der junge Sedlak als Einziger noch nicht da war. Und das, obwohl er ganz genau gewusst hat, wie wichtig es dem Trainer gewesen ist, dass alle eine Stunde vor dem Spiel zur Mannschaftsbesprechung kommen. Noch dazu war der Jakob auch nicht beim letzten Training. Da war es wirklich kein Wunder, dass er ein bisserl ausgeflippt ist, der Trainer. Wo er doch dadurch seine Autorität untergraben und die Disziplin gefährdet gesehen hat. Wie ein Wilder hat er in der Kabine herumgeschrien, und die anderen Spieler haben es sich anhören müssen, obwohl sie ja gar nichts dafür konnten. Und wie der junge Sedlak dann zwanzig Minuten später gekommen ist und so getan hat, als wäre gar nichts gewesen, da hat sich beim Höllerer der Zorn noch verstärkt, weil sich der Rotzbub nicht einmal für seine Verspätung entschuldigt hat, und er hat ihn vor allen anderen so richtig zur Sau gemacht.

In dieser Situation hat es dem Jakob nichts genützt, dass

er so gut war, dass er bei Rapid Wien hätte spielen können. Die letzten Worte vom Trainer hat er dann überhaupt nicht fassen können. Der hat nämlich geschrien, dass der Jakob einmal lernen muss, was Respekt und Disziplin ist und deshalb nicht spielen darf. Jetzt kannst du dir vorstellen, was die Anwesenden für blöde Gesichter gemacht haben vor Überraschung. Der Sedlak, weil er nicht hat spielen dürfen, und seine Mannschaftskameraden gleich noch dazu, weil sie sich natürlich gefragt haben, was denn das jetzt werden soll, wenn der Jakob nicht mitspielt.

Dann hat der Friedel Charlie den Fehler gemacht und nicht wie alle anderen einfach den Mund gehalten, sondern versucht, den Trainer zu beruhigen, und darauf hingewiesen, dass die Mannschaft den Jakob aber unbedingt braucht. Jetzt war der Friedel aber auch nicht beim letzten Training. Das hat dazu geführt, dass auch er sein Fett abgekriegt hat. Er hat zwar an dem Tag spielen dürfen, aber der Trainer hat ihm gleich gesagt, dass er die nächsten drei Spiele auf der Reservebank sitzen muss, weil er geglaubt hat, ihn belehren zu müssen, obwohl er immer das Training schwänzt. Dann hat der Höllerer noch irgendwas von neuen Saiten gesagt, die er jetzt aufziehen wird. Aber das hat im allgemeinen Schockzustand keiner mehr mitgekriegt.

Jedenfalls ist die Mannschaft dann ohne den jungen Sedlak auf das Spielfeld gelaufen. Den Zuschauern ist das natürlich gleich aufgefallen und dem Mampfi auch. Der hat dann gleich den Höllerer gefragt, warum sein Bub nicht spielt, und der hat dem Mampfi gehörig die Meinung zum Thema Junior und Disziplin gegeigt. Und zwar in so einer Lautstärke, dass es fast jeder hören konnte. Ein Wort hat das andere ergeben. So lange, bis die zwei Männer angefangen haben, sich gegenseitig ganz arg zu beleidigen. Die haben sich Sachen an den Kopf geworfen, das glaubst du gar nicht. Fast hätten sie angefangen zu raufen. Aber da ist dann der Schiedsrichter eingeschritten, der den Mampfi vom Platz gewiesen hat. Da war der ganz schön blamiert und noch zorniger. Laut murrend ist er abgezogen, und das Spiel hat angefangen. Es war das schwächste Spiel, das man in Tratschen gesehen hatte, seit der Höllerer Trainer war. Nach der ersten Halbzeit hat der SC Offern schon drei zu null geführt. Trotz aller Motivationsversuche vom Höllerer in der Pause haben seine Burschen auch in der zweiten Hälfte nicht besser gespielt und am Ende mit fünf zu null abgebissen. So hoch hatten die schon sehr lange nicht mehr verloren. Und was noch schlimmer war, jetzt waren sie in der Statistik mit zwei Niederlagen hintereinander eingetragen. Das war überhaupt noch nie dagewesen. Alle waren sich einig, dass es die Schuld vom Höllerer war, weil der seinen besten Spieler auf der Reservebank geparkt hatte.

So sind halt alle auf den genervten und gedemütigten Trainer losgegangen. Der hat sein Heil in der Flucht gesucht, ist in die Kabine gegangen und nicht wieder herausgekommen, bis die letzten Zuschauer und auch seine Mannschaft weg waren. Auch hat man ihn dann in keinem der vier Wirtshäuser gesehen, wo die Männer noch ewig lang über das schlechte Spiel gelästert und sich dabei besoffen haben. Sogar der Bürgermeister, der als Freund und Förderer vom Verein bekannt gewesen ist, hat sich beim Platzer-Wirt dazu hinreißen lassen, laut darüber nachzudenken, ob man den Höllerer nach dieser Schmach nicht als Trainer absetzen sollte. Das war dem Höllerer zu dem Zeitpunkt aber schon völlig egal. Weil erstens hat er es ja gar nicht gehört, und zweitens war er da schon mausetot.

8

Gefunden hat ihn dann am nächsten Tag die Fürnkranz Marie. Die wollte aus dem Vereinshaus die schmutzigen Trikots zum Waschen abholen. Das hat sie nämlich jeden Montag gemacht. Und als sie reingegangen ist in die Kabine, da hat sie den Höllerer in einer großen Blutlache am Fußboden liegend gefunden und ist schreiend und mit über dem Kopf zusammengeschlagenen Händen raus und durch das ganze Dorf gelaufen.

Sie hat so hysterisch herumgeschrien, dass keiner verstanden hat, was sie eigentlich sagen wollte. Wie sie dann beim Geschäft vom Hörmann vorbeigekommen ist und der sie gesehen und gehört hat, hat er die Gendarmerie angerufen und dem Strobel erzählt, dass die Fürnkranz Marie den Verstand verloren hat, wie ein aufgescheuchtes Huhn herumrennt und unverständliche Sachen brüllt. Daraufhin hat sich der Strobel ins Auto gesetzt und die Marie schließlich am Hauptplatz, genau vor der Pestsäule, entdeckt, wo sie immer noch schreiend herumgerannt ist. Wie sie dann den Strobel gesehen hat, ist sie sofort zu ihm hin gelaufen und hat versucht, ihm zu sagen, was passiert ist. Aber erstens war sie aufgeregt und zweitens von der Lauferei derart außer Atem, dass sie kein vernünftiges Wort herausgebracht hat. Da ist der Strobel auch zu der Überzeugung gekommen, dass es der Marie völlig den Vogel rausgehauen hat. Er hat sie gepackt, in sein Auto gesetzt und ist mit ihr auf die Dienststelle gefahren. Die Marie hat die ganze Fahrt nur geschnauft und kein Wort herausgebracht. Erst im Büro vom Strobel ist sie etwas ruhiger geworden, hat ihre Sprache wiedergefunden und dem Postenkommandanten vom toten Höllerer in der Kabine vom Fußballplatz erzählen können.

Jetzt musst du wissen, dass es am Gendarmerieposten in Tratschen normalerweise sehr ruhig zugegangen ist. Außer dem Strobel selbst haben dort noch der Schulz Bertram und der Adami Leonhard Dienst gemacht. Die drei haben sich die Arbeit gerecht aufgeteilt. Viel war es sowieso nicht. Verkehrssünder hat es so gut wie keine gegeben, und auch sonst war es ruhig. Natürlich sind auch Menschen gestorben. Aber fast immer eines natürlichen Todes. Ab und zu sind schon böse Unfälle passiert, bei denen dann Rehe, Hasen, Fasane oder ähnliches Getier ihr Leben lassen mussten, aber sonst gab es nichts Aufregendes zu tun. Jetzt kannst du dir natürlich vorstellen, dass der Strobel Poldi augenblicklich in einen fürchterlichen Stress verfallen ist, wie ihm die Marie vom toten Höllerer und dem vielen Blut erzählt hat. Und weil er es nicht so recht glauben konnte, hat er gleich den Berti und den Leo hereingerufen und der Marie gesagt, sie soll das alles noch einmal erzählen. Danach sind alle drei hinausgegangen und haben erst einmal beratschlagt, was jetzt zu tun wäre. So richtig einig sind sie sich aber nicht geworden. Da ist es dem Strobel dann zu blöd geworden, und er hat sich daran erinnert, dass er ja der Chef von den beiden war, und hat beschlossen, dass sie jetzt zum Fußballplatz fahren und schauen sollten, was dort los ist. Weil sie die Marie aber nicht einfach auf dem Posten haben lassen können, hat sie trotz heftiger Proteste mitfahren müssen.

Nur weil der Leo der Jüngste war, hat er immer den Chauffeur machen müssen. Normalerweise hat ihn das gestört, aber diesmal hat es ihm richtig Spaß gemacht, weil er immer schon einmal mit Blaulicht und Sirene zu einem Mordfall fahren wollte. Dazu ist gekommen, dass es zu viert im VW-Käfer ein wenig eng geworden ist. Überhaupt auf der Rückbank. Die hat nämlich der übergewichtige Berti fast ganz allein gebraucht. Die arme Fürnkranz Marie hat daneben fast keine Luft mehr bekommen. Drum war der Leo über zwei Dinge auf einmal richtig froh. Dass endlich was passiert ist in Tratschen und dass er einen Sitzplatz für sich allein hatte. Lang hat die Freude aber nicht angehalten, weil sein Chef gleich gesagt hat, er soll Blaulicht und Sirene wieder abdrehen, weil er nicht wollte, dass alle Leute mitkriegen, dass was Schlimmes passiert ist. Da hat der Leo direkt einen Flunsch gezogen und war beleidigt. Fünf Minuten später waren sie beim Fußballplatz und haben sich gleich einmal wundern müssen, weil das Auto vom Sedlak Mampfi auf dem Parkplatz stand. Außerdem hat man den Motor vom Rasenmäher deutlich gehört. Durch den Maschendrahtzaun haben sie dann den Mampfi gesehen, wie er mit dem Rasenmäher über das Spielfeld gelaufen ist. Das hat die drei Gendarmen sehr gewundert, dass der seelenruhig den Rasen gemäht hat, wo doch der Höllerer tot in der Kabine liegen sollte. Jetzt wollte der Strobel es natürlich genau wissen und ist durch das Gittertor auf den Platz und dann schnurstracks auf die Kabinen zugegangen. Der Berti, der Leo und die Marie sind brav hinterher gelaufen. Vor der Tür hat der Strobel kurz angehalten und versucht, sich seelisch auf den Anblick vom toten Trainer vorzubereiten. Dann hat er sich einen Ruck gegeben und die Türschnalle runtergedrückt.

Der Berti und der Leo haben die Luft angehalten, und die Marie hat das Ganze mit einem spitzen Schrei kommentiert. Passiert ist aber nichts, weil die Tür nicht aufgegangen ist. Der Strobel hat es noch einmal probiert und ist dann zu dem Schluss gekommen, dass die Tür abgesperrt ist. Die Marie hat aber felsenfest behauptet, dass sie die Türe offengelassen hatte. Der Gipfel aber war, dass sie ihren eigenen Schlüssel nicht finden konnte und auch gar nicht mehr wusste, wo sie ihn hingegeben hat. Der Strobel hat in dem Moment schon ein bisschen gehofft, dass der Marie wirklich nur im Kopf ein Zahnrad aus der Führung gesprungen ist, als der Leo von hinten gesagt hat, dass man den Sedlak fragen sollte, ob er vielleicht zugesperrt hat. Der Strobel, der verärgert war, weil ihm das nicht eingefallen ist, hat dann dem Leo angeschafft, dass er den Sedlak herholen soll. Jetzt ist der Leo halt auf den Platz runtergegangen und hat versucht, sich schon von Weitem mit dem Mampfi zu verständigen. Das hat überhaupt nicht funktioniert, weil der Rasenmäher keinen Auspuff mehr gehabt hat und deshalb so laut war, dass der Mampfi sein eigenes Wort nicht verstanden hätte. Ganz zu schweigen von dem, was der Leo aus dreißig Metern Entfernung von sich gegeben hat. Der Mampfi hat den Gendarmen nicht einmal gesehen, so konzentriert hat er sich darauf, in gerader Linie zu mähen. Und so ist der Leo mitten auf dem Spielfeld gestanden, hat mit den Armen in der Luft herumgefuchtelt und laut nach dem Sedlak gerufen. Und weil der nicht reagiert hat, hat der Leo zu hüpfen angefangen, um auf sich aufmerksam zu machen. Sein Chef und der Berti haben sich das seltsame Schauspiel angeschaut und beide ihre Köpfe geschüttelt. Und sogar der vom Schock gezeichneten Marie ist bei dem Anblick ein Lachen ausgekommen.

Das alles hat der Leo aber nicht mitbekommen. Der Mampfi hat den Leo erst gesehen, nachdem er die gesamte Länge fertig gemäht und sich umgedreht hat. Sogar auf die Entfernung hast du den fragenden Blick sehen können, den er dem Leo zugeworfen hat. Der wieder war sicher, dass ihn der Mampfi jetzt sehen muss, und hat angefangen, noch wilder zu winken und noch lauter zu schreien. Da ist der Mampfi stehen geblieben, hat den Kopf schief und demonstrativ eine Hand ans Ohr gelegt, um dem Leo zu zeigen, dass er ihn nicht hören kann, und hat in aller Ruhe weiter gemäht. Der Strobel ist immer noch vor der Kabinentür gestanden und hat sprachlos zugesehen, wie sich der Leo zum Deppen gemacht hat. Wäre er nicht sein Chef gewesen, hätte er das sicher lustig gefunden. So aber war es ihm furchtbar peinlich. Aber auch dem Berti hat man ansehen können, dass er nicht so recht gewusst hat, ob er lachen oder Kopfweh kriegen soll. Er hat nämlich immer Kopfweh bekommen, wenn er gestresst war, der Berti. Sehr viel hat es dazu, ehrlich gesagt, aber nicht gebraucht.

Die Fürnkranz Marie hat sich in der Zwischenzeit auf die Bank neben der Kabinentür gesetzt und angefangen zu weinen. Bis heute hat sie nicht gesagt, ob es am Schock gelegen oder ob ihr der lächerliche Auftritt vom Leo die Tränen in die Augen getrieben hat. Der Mampfi seinerseits hat offenbar sehr viel Spaß an der Vorstellung gehabt und den Rasenmäher nicht abgestellt, bevor er direkt neben dem Leo war. Auch dann hat er, mit der Hand am Ohr, noch ein bisserl gewartet und frech gegrinst. Dann hat er die Maschine doch abgestellt und der Leo hat ihn aufgefordert, mit ihm zu den Kabinen zu gehen. Die Frage nach dem Warum hat er dem Mampfi aber nicht beantwortet.

Vor der Tür der Kabine hat man dem Mampfi dann seine Verwunderung angesehen, als er gesehen hat, dass noch zwei Gendarmen und die total verheulte Fürnkranz Marie auf ihn gewartet haben. Wieder hat er gefragt, was eigentlich los ist. Der Strobel hat aber seine total ernste Dienstmiene aufgesetzt und den Mampfi sogar gesiezt, als er ihn aufgefordert hat, die Tür aufzusperren. Der Mampfi hat seine Jetzt-kenn-ich-mich-gar-nimmer-aus-Miene aufgesetzt, im Hosensack nach seinem Schlüssel gekramt und ihn herausgeholt. Da hat die Marie wieder einen unverständlichen Laut von sich gegeben und auf den Schlüsselbund in der Hand vom Mampfi gedeutet. Diesmal hat der

Leo sehr gut reagiert, dem Mampfi die Schlüssel weggenommen und sie sich angeschaut. Er hat aber nichts sehen können, was die Marie so erschreckt haben könnte. Darüber hat er sich natürlich gewundert und die Marie fragend angeschaut. Die hat wieder zu weinen angefangen und zwischen mehreren Schluchzern gemurmelt, dass es ihr Schlüsselbund ist, den der Mampfi da aus seiner Hosentasche geholt hat.

Der wieder hat sich noch mehr gewundert als vorher und überhaupt nicht verstanden, warum sich die Marie nicht gefreut hat, dass er ihren Schlüssel gefunden und an sich genommen hat. Zeit, ihr das zu erklären, hat er aber auch nicht bekommen, weil der Strobel jetzt darauf gedrängt hat, dass endlich die Tür aufgesperrt wird. Das hat dann der Leo übernommen. Der Strobel hat dem Berti und dem Leo gesagt, sie sollen mit dem Mampfi draußen warten, und ist mit der Marie in die Kabine gegangen. Die hat aber gewusst, was sie erwartet, und ist nur bis in den vorderen Raum gegangen. Dann ist sie mit hängendem Kopf stehen geblieben wie ein sturer Esel und hat sich nicht mehr gerührt. Man hätte meinen können, sie ist eingefroren. Nur wie sie der Strobel dann gefragt hat, wo der Höllerer denn liegen soll, hat sie mit der rechten Hand zum nächsten Raum hingezeigt, und der Strobel ist hineingegangen. Er war aber nur sehr kurz drinnen. Dann ist er, mit einem Gesicht, das so weiß war wie frisch geschlagener Eischnee, wieder herausgestürmt und an der immer noch eingefrorenen Marie vorbei ins Freie gelaufen, wo sich sein Magen erst einmal lautstark von den Würsteln mit Saft verabschiedet hat, die der Strobel zum Frühstück gegessen hatte. Das Ganze hat eine

Farbe gehabt, die den armen Strobel an das eben gesehene Blut erinnerte und seinen Magen zum Weiterwürgen veranlasst hat. Die drei Männer vor der Tür haben ihn mit großen Augen angestarrt. Gesagt haben sie aber nichts. Nach einigen Minuten war der Postenkommandant mit dem Übergeben soweit fertig und hat sich keuchend an die Wand vom Vereinshaus gelehnt. Dass er sich mit dem Ärmel von der Uniform den Mund abgewischt hat, hat er gar nicht mitbekommen. Sein Gesicht war nicht mehr ganz so weiß, sondern hat sich ein bisschen ins Grünliche verfärbt gehabt, und seine Augen waren glasig. Er war so einen Anblick halt auch nicht gewohnt. Kommandant hin oder her.

Irgendwie hat dem Berti sein Chef jetzt doch leidgetan, und er ist zu ihm hingegangen und hat ihn fragen wollen, was mit ihm los ist. Aber der Strobel hat so sauer aus dem Mund gerochen, dass der Berti lieber wieder zwei Schritte zurückgegangen ist. Und während die Fürnkranz Marie immer noch für die Weltausstellung der Eisfiguren trainiert hat, ist der Mampfi gar nicht damit fertig geworden, sich zu wundern. Der Berti war so ratlos, dass er schlagartig Kopfweh bekommen hat. Nur dem Leo hat man nichts angemerkt. Der war in seinem Element, weil endlich was Aufregendes passiert ist in Tratschen. Unbedingt wollte er die Leiche anschauen und war dann wieder einmal beleidigt, weil ihn der Strobel nicht hineingehen hat lassen. Der hat nämlich entschieden, dass niemand mehr in die Kabine gehen darf, bevor der Arzt da war und sich die Leiche vom Höllerer angeschaut und die Todesursache festgestellt hat.

Wie der Strobel das gesagt hat, ist der Mampfi plötzlich kreidebleich geworden und förmlich in sich zusammengefallen. Sein Gesicht hat auf einmal ausgeschaut wie ein vergammelter Apfel. Die drei Gendarmen haben ihn zuerst gar nicht beachtet, weil sie damit beschäftigt waren, die Marie soweit aufzutauen, dass sie aus dem Haus herausgekommen ist. In seiner Aufregung hat der Mampfi den Fehler seines Lebens gemacht und was gesagt, das man ihm wahrscheinlich nie hätte beweisen können. Unter Tränen hat er nämlich erzählt, dass er ein paar Stunden nach dem gestrigen Spiel in der Kabine gewesen ist und den Höllerer getroffen hat. Dabei hat er wieder wegen dem Jakob mit ihm Streit angefangen, und sie haben sich gegenseitig beschimpft. Nach diesen Worten hat der Mampfi eine kurze Pause eingelegt, bevor er mit belegter Stimme weitererzählt hat, dass ihm der Kragen geplatzt ist und er dem Höllerer eine kräftige Watschen gegeben hat. Der ist umgefallen, als hätte ihn der Blitz getroffen und ist mit dem Kopf auf die Holzbank gekracht. Benommen ist er liegengeblieben, und der Mampfi hat ein schlechtes Gewissen bekommen und ihm wieder auf die Beine geholfen. Er konnte sehen, dass der Höllerer eine stark blutende Wunde am Kopf gehabt hat. Der Mampfi hat sich entschuldigt und wollte dem Höllerer die Wunde verbinden. Aber der war mordsmäßig sauer und hat dem Mampfi gesagt, er solle ihn in Ruhe lassen und sich schleichen. Das hat der Mampfi dann auch gemacht. Soweit er sich erinnern konnte, ist das so gegen halb acht gewesen. Nachdem er das erzählt hatte, ist er noch ein Stück weiter in sich zusammengesunken und hat schluchzend gesagt, dass er nicht gewollt habe, dass der Höllerer stirbt. Er hat ihn eigentlich gar nicht schlagen wollen, aber der Kerl hat ihn so böse beschimpft und so schlecht über den Jakob geredet, dass ihm der Kragen geplatzt ist und er zugeschlagen hat.

Kaum war der Mampfi mit seinem Geständnis fertig, ist der Leo auf ihn zugesprungen, hat ihm Handschellen angelegt und ihm gesagt, dass er wegen Mordverdacht verhaftet ist. Der Mampfi war so geknickt, dass er das alles wortlos über sich ergehen hat lassen. Brav ist er mitgegangen und in den VW-Käfer gestiegen. Besser gesagt er hat sich in den Wagen hineingequetscht. Wie der Strobel dann gesehen hat, wie viel Platz der Mampfi in der Hutschachtel von Auto für sich beansprucht hat, ist er zu dem Schluss gekommen, dass der Berti da sicher nicht mehr hineinpasst und hat ihm deswegen gesagt, er soll vor der Tür stehen bleiben und niemanden außer dem Arzt hineinlassen. Er selbst ist zum Leo ins Auto gestiegen, um zum Posten zu fahren. Im letzten Moment ist dem Strobel gerade noch eingefallen, dass sie die Marie vergessen hatten. Die ist nämlich immer noch wie eine Salzsäule vor dem Gebäude gestanden und hat ziemlich hohl dreingeschaut. Der Strobel, wieder ganz Kommandant, hat dem Leo befohlen, die Marie zu holen und hinten neben den Mampfi zu setzen, weil sie sie ja als Zeugin gebraucht haben. Der Leo hat die Marie so vorsichtig ins Auto verfrachtet, als wäre sie zerbrechlich wie eine überdimensionale Christbaumkugel. Anschließend hat er sich wieder hinters Steuer geklemmt und sie sind zum Posten gefahren. Der Berti hat sich derweil vor der Kabine auf die Bank gesetzt und wegen seiner Kopfschmerzen leise vor sich hin gelitten. Dabei hat er auftragsgemäß auf den Arzt gewartet, den allerdings noch niemand angerufen hatte. Weil, du musst wissen, dass das Handy damals noch lange nicht erfunden war und du ein Festnetztelefon gebraucht hast, wenn du jemanden anrufen wolltest. Damals hat es sogar noch viertel und halbe Telefonanschlüsse gegeben. Das war eine schöne Zeit. Niemand hat dich ständig anrufen können, wenn du unterwegs warst. Wenn einer nicht daheim war, dann war er eben nicht daheim und somit einfach nicht erreichbar. Und, ob du es dir vorstellen kannst oder nicht, die Welt hat sich deshalb kein bisschen langsamer oder schneller gedreht und geregnet hat es deshalb auch nicht mehr als heutzutage. Es war nur viel billiger und auch ruhiger, weil nicht dauernd bei irgendwem ein Handy geläutet hat. Heute wäre das undenkbar, dass einer nicht rund um die Uhr erreichbar ist. Damals war das normal. Keiner hat sich dabei irgendwas gedacht.

Der Berti hat sich auf seiner Bank den schmerzenden Kopf nicht über so was zerbrechen müssen. Schließlich hat er ja nicht wissen können, dass irgendwann das Handy erfunden wird. Selbst, wenn es ihm irgendwer gesagt hätte, hätte er sich das kaum vorstellen können, weil er zu Hause ja auch nur einen Viertelanschluss gehabt hat und seine Nachbarn soviel telefoniert haben, dass er nicht einmal dann zu erreichen war, wenn er daheim war. Ja, sogar auf dem Gendarmerieposten haben sie damals nur einen halben Anschluss gehabt. Und so unglaublich das auch klingen mag, es ist auch so gegangen. Obwohl ich schon zugeben muss, dass es für den Berti damals ein Vorteil gewesen wäre, wenn es das Handy schon gegeben hätte.

Dann hätte er den Arzt nämlich selbst anrufen können und nicht warten müssen, bis der Strobel das über zwei Stunden später gemacht hat.

9

Der Strobel und der Leo haben nämlich andere Sorgen gehabt. Kaum waren sie auf der Dienststelle hat der Leo den Mampfi vor dem Schreibtisch platziert und sich selbst vor die Schreibmaschine gesetzt, um das Geständnis aufzuschreiben. Und der Mampfi hat in seiner seelischen Not die ganze Geschichte noch einmal erzählt. Zum Glück hat er ziemlich langsam geredet, sodass der Leo keine großen Probleme hatte, alles mit zwei Fingern zu Papier zu bringen. Sein Chef hat sich derweilen in sein Büro zurückgezogen und sich über die Vorschriften in so einem Fall schlaugemacht. Dabei ist er über etwas gestolpert, das ihn doch ein bisschen beunruhigt hat. Einen Befehl hat er gefunden, in dem gestanden ist, dass bei einem Mordfall die Kriminalpolizei informiert werden muss. Da ist es dem Strobel kalt über den Rücken gelaufen, und er hat sofort nachgedacht, ob er was falsch gemacht haben könnte. Dann hat er den Befehl noch zweimal gelesen und feststellen müssen, dass immer das gleiche dringestanden ist. Sofort Kriminalpolizei informieren! Jetzt hat aber der

Leo schon mit der Befragung vom Mampfi angefangen und war eifrig bei der Sache. In Gedanken hat er sich wahrscheinlich schon in seiner Galauniform beim Landesgendarmeriekommandanten gesehen und sich vorgestellt, wie ihm der Herr Brigadier eine Belobigung aushändigt, weil er den Mord so schnell hat aufklären können. Genau in dem Moment, wo er in seiner Fantasie die Hand vom Brigadier geschüttelt hat, ist dann sein Chef gekommen und hat ihm gesagt, dass er sofort aufhören soll mit dem Schreiben, weil das Sache der Kriminalpolizei ist. Da sind dem Leo die Gesichtszüge ziemlich entgleist, und wenn es anatomisch möglich gewesen wäre, dann wäre seine Kinnlade auf der Tastatur der Schreibmaschine gelandet.

Aber zum Glück für das Kinn und die Schreibmaschine war das unmöglich. Zuerst hat er noch versucht, mit seinem Chef zu diskutieren. Er hat gemeint, dass der Fall eh schon geklärt ist, weil der Mampfi so ein reumütiges Geständnis abgelegt hat. Aber bald hat er einsehen müssen, dass der Strobel ein sturer Hund war und nicht nachgeben wollte. Um dem ganzen die Krone aufzusetzen, hat dann der Strobel auch noch vom Leo verlangt, dass er bei der Kriminalpolizei anruft. Da hätte der Leo fast angefangen zu weinen. Aber nicht aus Trauer, sondern vor lauter Zorn. Angerufen hat er schließlich doch und erzählt, was passiert ist und dass es schon einen geständigen Verdächtigen gibt. Und siehst du, der liebe Gott hat ihn erhört, weil der Mann von der Kriminalpolizei gesagt hat, dass sie nicht kommen, wenn es schon ein Geständnis gibt. Nur die Spurensicherung, die wird er schon schicken. Von dem Moment an war der Leo so gut aufgelegt, dass es schon fast wehgetan hat. Ungefähr zur gleichen Zeit ist dem Chef eingefallen, dass der Berti immer noch auf dem Fußballplatz war und auf den Arzt gewartet hat, den niemand angerufen hatte. Da hat er dann ganz schnell die Nummer vom Gemeindearzt aus dem Telefonbuch herausgesucht und angerufen. Aber es war wie verhext. Beim Doktor war ständig besetzt. Der hat nämlich einen halben Anschluss gehabt, den er sich mit der Apotheke hat teilen müssen. Dann ist er aber doch einmal durchgekommen und hat dem Arzt gesagt, was passiert ist, und ihn gebeten, sich die Leiche vom Höllerer anzuschauen.

Derweil hat sich der Leo locker, lustig und frei mit dem Mampfi unterhalten. Alles, was der ihm gesagt hat, hat der Leo mit zwei Fingern mittels Schreibmaschine zu Papier gebracht. Dabei war er so konzentriert, dass seine Zungenspitze immer wieder zwischen den Lippen hervorlugte. Dass er dabei so fröhlich wirkte, hat irgendwann auch dem völlig am Boden zerstörten Mampfi nicht mehr entgehen können, und er hat den Leo gefragt, was zum Teufel er so witzig findet. Der ist ihm aber eine Erklärung schuldig geblieben. Auch der Strobel hat die unangebrachte Heiterkeit seines Untergebenen natürlich bemerkt und sie mit gerunzelter Stirn zur Kenntnis genommen. Ihm hat der Mampfi nämlich wirklich leidgetan, wie er da so vor dem Schreibtisch gehockt ist, wie das sprichwörtliche Häufchen Elend. Und er hat sich ganz still überlegt, dass er diesem Mann so etwas gar nicht zugetraut hätte. Noch einmal eine gute Stunde später sind die Männer von der Spurensicherung gekommen, und der Strobel ist mit ihnen zum Tatort gefahren. Der Doktor Lasser war gerade mit der Besichtigung vom Höllerer fertig und hat eindeutig festgestellt, dass der Mann ziemlich tot war. Der Strobel hat ihn nur sehr ernst angeschaut und ihm dann geantwortet, dass er das auch schon vermutet hat, weil er schon so lange da drinnen gelegen ist. Dann wollte er noch wissen, wann ungefähr und vor allem woran der Höllerer gestorben ist. Nachdem der Doktor bestätigt hat, dass der Hans einen eingeschlagenen Schädel hat und dadurch wohl auch zu Tode gekommen ist, war der Strobel erstmal zufrieden. Bis der Arzt gesagt hat, dass er selten eine solchermaßen zertrümmerte Birne gesehen hat. Da hat sich der Strobel Poldi dann doch gewundert und sich daran erinnert, was der Mampfi über den Tathergang erzählt hat. Bevor er seine Gedanken zu Ende denken konnte, hat ihn aber der Berti mit der Frage gestört, ob er jetzt endlich nach Hause gehen kann, weil immerhin schon 17 Uhr vorbei war und der Berti nur bis 16 Uhr Dienst gehabt hat. Der Strobel hat ihn ganz ernst angeschaut und nach einer bewusst langen Pause gesagt, dass es sich hier ja eh nur um einen Mord handelt und der Berti ruhig heimgehen kann, sobald die Kollegen von der Spurensicherung fertig sind. Mit diesen Worten hat er den sauer dreinschauenden Berti ganz einfach stehen lassen, ist in den Dienstkäfer gestiegen und zurück zur Dienststelle gefahren.

10

In der Zwischenzeit hat es sich schon herumgesprochen gehabt, dass etwas Schreckliches passiert ist, und die Leute sind in Gruppen in Richtung Fußballplatz marschiert, um nachzuschauen, was genau denn dort los ist.

Allen voran der Herr Bürgermeister und die Konrad Herta, die vor lauter Neugierde für den Moment glatt vergessen hat, dass ja noch das Maibaumverbrechen geklärt werden muss. Beim Eingang vom Sportplatz angekommen, mussten die Herrschaften feststellen, dass dort ein ziemlich grantiger Berti stand, der nicht bereit war, irgendjemanden durchgehen zu lassen. Noch viel weniger war er bereit, zu sagen, was eigentlich passiert ist. Er hat nur immer heruntergeleiert, der Bürgermeister soll doch den Kommandanten fragen, weil nur der befugt ist, irgendwas zu sagen. Das hat dem Möchtegernkönig gar nicht geschmeckt, und der Konrad Herta auch nicht. Die hat angefangen zu zetern wie ein altes Waschweib und mit immer schriller werdender Stimme eine Auskunft verlangt. Ohne Erfolg. Denn wenn der Berti einmal stur war, dann war er eben stur.

Irgendwann haben die beiden eingesehen, dass es nichts bringen wird, und sind in Richtung Ortsmitte abgezogen. Der Rest der Schaulustigen ist geblieben und hat gehofft, etwas mitzubekommen. Eine halbe Stunde später ist dann ein Leichenwagen vorgefahren. Der Fahrer hat mehrere Male hupen müssen, um bis zum Tor fahren zu können. Beim Anblick des schwarzen Gefährts sind die

Dorfbewohner aber dann doch zurückgewichen. Manche haben nur betreten dreingeschaut, und andere haben sich bekreuzigt. Gegangen ist aber keiner. Aus dem Auto sind zwei Männer ausgestiegen und haben hinten einen Zinnsarg herausgeholt, mit dem sie ins Vereinshaus gegangen sind. Zehn Minuten später waren sie wieder draußen, haben den Sarg verladen und weg waren sie wieder.

Spätestens jetzt war der Moment gekommen, wo die Leute angefangen haben, wild darüber zu spekulieren, wer in dem Sarg liegen und was genau passiert sein könnte. Eine weitere halbe Stunde später sind die Männer von der Spurensicherung mit ihren Taschen und Koffern aus dem Häuschen gekommen und auch weggefahren. Der Letzte, der noch da war, war der immer noch mürrische Berti. Und weil der heilfroh gewesen ist, dass er endlich nach Hause hat gehen können, hat er die Fragen der Dorfbewohner schlichtweg ignoriert und schweigend den Sportplatz abgesperrt. Bevor er sich zu Fuß auf den Weg zum Posten gemacht hat, hat er noch einmal finster in die Runde geschaut und den Leuten gesagt, dass jeder verhaftet wird, der auch nur daran denkt, über den Zaun zu klettern oder gar in das Gebäude zu kommen. Dann ist er losgestapft, ohne sich um die vielen Fragen zu kümmern, die ihm die Tratschener hinterher gerufen haben. Solcher Art abgewimmelt sind auch die Leute nach und nach gegangen. Aber nicht etwa nach Hause. Nein. Sie haben die Wirtshäuser gestürmt und sich dort gegenseitig mit Spekulationen und wilden Theorien überflügelt und dabei jede Menge Alkohol getrunken. Ausnahmsweise waren an diesem Abend viele Frauen dabei. Schließlich wollten sie ja nichts versäumen und dann am kommenden Tag beim Einkaufstratsch blöd dastehen, weil sie nicht mitreden konnten.

Der Herr Bürgermeister, die Konrad Herta und die restlichen Mitglieder des Gemeinderates sind auch noch zusammengesessen. Sie haben aber nicht darüber spekuliert, was passiert sein könnte, sondern ausdiskutiert, wer zum Postenkommandanten gehen und ihn fragen soll, was los ist. Blöderweise haben sich alle für unzuständig erklärt und einheitlich beschlossen, dass das eine Sache des Bürgermeisters ist. Wenn du jetzt vielleicht denkst, dass da ein bisserl eine Bosheit dabei war, weil sie dem Friedel eins auswischen wollten, könntest du schon recht haben. Schließlich haben alle gewusst, dass sich die beiden nicht grün sind. Jetzt wollte sich der Friedel aber natürlich keine Blöße geben und hat zähneknirschend zugestimmt, am nächsten Tag, gleich in der Früh, zum Posten zu gehen. Nachdem diese Entscheidung getroffen war, sind auch die Gemeinderäte ins Wirtshaus gegangen. Alle bis auf den Friedel Karl. Der ist heimgegangen und hat sich dort die halbe Nacht lang überlegt, wie er seinem Erzfeind in dieser Situation begegnen soll.

Am Gendarmerieposten war der Leo inzwischen mit dem Verhör vom Mampfi fertig und hat ihn, bevor er ihn in die Zelle gesperrt hat, das Protokoll unterschreiben lassen. Er war immer noch sehr zufrieden mit sich und hat wieder an das Händeschütteln mit dem Brigadier gedacht. Der Berti, der eingeschnappt war wie eine Diva, war zu dem Zeitpunkt schon lange weg. Auch der Leo hat sich verabschiedet, nachdem er sich noch ein letztes Mal davon überzeugt hat, dass die Zellentür gut verschlossen ist, und ist noch auf ein Bier gegangen. Zwar hatte er von seinem

Chef die strikte Anordnung bekommen, dass er zu niemandem was sagen darf, aber das ist ihm egal gewesen. Er wollte es einfach genießen, im Mittelpunkt zu stehen, weil alle was von ihm wissen wollen. Für einen Abend wichtig sein, das hat dem Leo schon genügt.

Nur der Strobel Poldi ist auf der Dienststelle geblieben, um auf den Mampfi aufzupassen. Er ist in seinem Büro gesessen und hat sich die Aussage durchgelesen. Irgendwie wollte ihm die Bemerkung vom Gemeindearzt wegen der Schädelverletzungen nicht aus dem Kopf gehen. Ich glaube, er hat das Protokoll sicher zehnmal gelesen. Dann ist er aufgestanden, hat sich einen Sessel genommen und sich vor die Zellentür gesetzt. Lange ist er nur dort gesessen und hat den Mampfi angeschaut. Der ist auf der Holzpritsche gekauert und hat laut vor sich hin geschluchzt. Der Strobel hat solange gewartet, bis sich der Häftling ein bisserl beruhigt hat. Erst dann hat er ihn ganz nett darum gebeten, ihm die ganze Geschichte noch einmal zu erzählen.

Danach hat er noch viele Stunden damit verbracht, eine Liste von Personen zu erstellen, die er befragen wollte. Warum er das wollte und was er von ihnen zu erfahren gehofft hat, hat er selbst nicht so genau gewusst. Irgendwie hat er nur das Gefühl gehabt, dass an der Geschichte was faul ist. Die ersten beiden Personen auf seiner Liste waren Frauen. Die Frau vom Höllerer und die Frau vom Mampfi. Mit den beiden musste er wohl oder übel zuerst reden. Ob er nun wollte oder nicht. Außerdem ist ihm eingefallen, dass er ja noch die Fürnkranz Marie befragen und ein Protokoll schreiben musste. Das war in der ganzen Aufregung voll untergegangen. Aber das konnte er ja den Leo machen lassen. Und noch ein Gedanke hat ihn beschäftigt. Nämlich der, ob er nicht vielleicht doch noch einmal bei der Kriminalpolizei anrufen sollte. Gegen drei Uhr in der Früh sind dem Strobel dann die Augen zugefallen und er ist, mit dem Kopf auf der Aussage vom Mampfi, eingeschlafen.

11

Von alledem ist das Ehepaar Maier ziemlich verschont geblieben. Besser gesagt, sie haben das alles gar nicht mitbekommen. Die beiden waren nämlich bestrebt, ordentliche und geachtete Mitglieder in der Gemeinschaft ihrer Wahlheimat zu werden, und haben sich voll und ganz der vom Bürgermeister geforderten Renovierung ihres neuen Heims gewidmet. Gleich nach dem Kauf haben sie angefangen zu planen und Handwerker zu organisieren. So ist es halt gekommen, dass die beiden völlig ahnungslos waren, was die Vorgänge im Ort betraf. Und was sie auch nicht ahnten, war, dass sie von jemandem im Haus gegenüber argwöhnisch beobachtet wurden. Und zwar von der Frau vom Berti.

Die war immer schon ab dem frühen Nachmittag daheim und hatte nicht sehr viel zu tun. Überhaupt dann nicht, wenn der Berti im Dienst war. Also hat sie jeden

Tag nach der Arbeit ihren Posten hinter dem Vorhang des Wohnzimmerfensters bezogen und die neuen Nachbarn bespitzelt. Du wirst es kaum glauben, aber sie hat alles mit Datum und Uhrzeit aufgeschrieben. Von ihrem Mann wusste sie nämlich, dass es wichtig ist, alles zu dokumentieren, wenn man nichts vergessen will. Und weil die Hilde halt gar so gründlich war, ist ihr nicht entgangen, dass die Maiers anscheinend nicht arbeiten gingen. Sie waren die ganze Woche über daheim. Obwohl sie sehr komisch aussahen, waren sie doch eindeutig nicht alt genug, um Pensionisten zu sein. Das fand zumindest die Hilde. Und sie hat es auch irgendwie ungerecht gefunden, weil sie halbtags beim Hörmann arbeiten hat müssen, nur weil der Berti als Gendarm nicht so arg viel verdient hat.

Gefallen hat ihr die Arbeit nämlich nicht. Du musst dir vorstellen, dass sie den ganzen Vormittag nichts anderes gemacht hat als Wurst aufschneiden und Putzen. Das ist es aber nicht gewesen, was die Hilde an der Arbeit so gestört hat. Sondern, dass sie nicht zur besseren Gesellschaft in Tratschen gehört hat. Sie wollte unbedingt zur selbst ernannten Dorfelite gehören und mit den Frauen der honorigen Bürger verkehren. Die Frau vom Bürgermeister, die vom Apotheker, vom Doktor, vom Bezirksrichter, die Frau Gemeinderat und und und … Alle sind sie zum Hörmann einkaufen gegangen. Aber sehr zum Leidwesen von der Hilde haben diese blöden arroganten Kühe sie gar nicht richtig wahrgenommen hinter ihrer Wurstvitrine. Schon gar nicht haben sie sie in ihren täglichen Tratsch mit eingebunden.

Natürlich hat die Hilde alles mitbekommen, was die Frauen so erzählt haben, aber mitreden hat sie halt nicht können. Weil, was hätte sie auch groß erzählen sollen? Um aber zu dem erlesenen Kreis der Dorftratschen zu gehören, hat sie eine Sensation gebraucht. Das ist ihr schon klar gewesen. Sie musste es schaffen, den Weibern etwas zu erzählen, das die nicht gewusst haben. Neuigkeiten halt. Aufregende Neuigkeiten. So betrachtet sind ihr die Maiers natürlich gerade recht gekommen. Weil, du musst dir das einmal vorstellen, was sich die Hilde so gedacht hat. Da kommen zwei Leute aus der Stadt mit einem Koffer voller Geld daher und kaufen ein Haus. Einfach so. Obwohl die beiden offensichtlich nicht arbeiten gegangen sind. Da konnte ja wohl was nicht stimmen. Vor allem die übertriebene Höflichkeit der beiden hat die Hilde sehr misstrauisch gemacht. Von Anfang an hat sie sich gefragt, was das Ehepaar Maier wohl zu verbergen hat. So viel Freundlichkeit war nicht normal. Also hat sie angefangen, die zwei zu beobachten.

Besondere Aufmerksamkeit richtete sie dabei auf die Wochenenden. Denn ihr ist aufgefallen, dass ab Freitagabend eine ungewohnte Betriebsamkeit im Hause Maier herrschte. Irgendetwas passierte da im Hof. Leider konnte sie wegen der Mauer und dem geschlossenen Tor nicht sehen, was es war. Nicht einmal vom Dachbodenfenster aus hat sie einen Blick in den Hof werfen können. Es hat sie ganz schön genervt, die Hilde, dass sie nicht gewusst hat, was dort vor sich ging. Sie wusste nur, dass das jeden Freitag so war.

Jetzt musst du wissen, dass die Hilde jeden Tag um halb sechs aufgestanden ist, weil sie dem Berti das Frühstück hat richten müssen. Das hat sie auch am Wochenende gemacht. Obwohl ihr Mann da immer eine Stunde länger geschlafen hat als üblich. Und was glaubst du? Vorigen Samstag war sie um halb sechs am Fenster, um ja nichts zu versäumen, und hat dann irgendwann feststellen müssen, dass der Herr Maier offensichtlich gar nicht da war. Sie hat nur seine unglaublich dicke Frau gesehen, die zum Thaler gegangen ist, um einzukaufen. Da hat sich die Hobbydetektivin berechtigterweise die Frage gestellt, warum jemand am Wochenende so zeitig das Haus verlässt.

Zu einem richtigen Ergebnis ist sie aber nicht gekommen. Zurückgekommen ist der Herr Maier erst am Sonntag, am Abend. Sie hat sofort geahnt, dass da was nicht stimmen kann. Dem Berti hat sie davon allerdings nicht gleich erzählt, weil sie gewusst hat, dass er sie nicht ernst nehmen würde. Sie brauchte noch Beweise. Also stand sie am nächsten Freitag gleich wieder auf, als der Berti zu schnarchen angefangen hat, und hat ihren Posten am Fenster bezogen. Um drei Uhr in der Früh hat sie dann gesehen, dass gegenüber das Einfahrtstor aufgegangen und ein schwarzer Kastenwagen weggefahren ist. Sie hat auch einen Blick auf den Fahrer erhaschen können. Es war der Herr Maier. Und was glaubst du? Er war ganz schwarz angezogen. Da war die Hilde plötzlich ganz aufgeregt, weil sie zu dem Schluss gekommen ist, dass der Maier wahrscheinlich einbrechen geht. Was sonst sollte er um diese Zeit ganz in Schwarz gekleidet machen? Das wäre auch eine plausible Erklärung für das viele Geld gewesen. Trotz dieser Erkenntnis und der aus ihrer Sicht erdrückenden Beweislage hat sie aber wieder beschlossen, dem Berti noch nichts zu sagen. Zuerst wollte sie wissen, wann der Maier zurückkommt. Und der ist erst am frühen Montagmorgen wieder erschienen. Vor dem Tor ist er stehen geblieben und hat kurz gehupt. Da ist seine dicke Frau gekommen, hat ihm das Tor aufgemacht und der Maier ist mit dem schwarzen Kastenwagen hineingefahren. Die Frau Maier hat schnell nach links und rechts geschaut und das Tor wieder geschlossen.

Aus irgendeinem Grund hat die Hilde ihrem Mann aber wieder nichts erzählt, sondern beschlossen, noch eine Woche zu warten und weitere Beweise zu sammeln. Deshalb ist es ihr auch nicht entgangen, dass am Montag in der Früh zwei Autos vor dem Haus stehen geblieben sind. Insgesamt hat sie fünf Männer gezählt, die im Haus der Maiers verschwunden sind. Und, was soll ich dir sagen, sie sind den ganzen Tag nicht mehr herausgekommen. Erst so gegen acht Uhr am Abend sind sie wieder aufgetaucht. Was der Hilde aber ganz besonders ins Auge gestochen ist, waren die Fenster der Maiers. Die waren nämlich alle von innen zugehängt. Spätestens jetzt ist ganz sicher gewesen, dass diese Leute etwas zu verbergen haben. Das mussten Verbrecher sein. Wie sonst hätten sie das Haus in bar zahlen können, obwohl sie offensichtlich beide keine Arbeit hatten. Jeden Tag in dieser Woche sind die Männer gekommen, und die Hilde hat alle Autonummern aufgeschrieben und von jedem eine Beschreibung notiert. Sie war wild entschlossen, es diesem Gesindel zu zeigen und es nach dem kommenden Wochenende ihrem Mann zu erzählen und ihn aufzufordern, etwas gegen diese Leute zu unternehmen. Und gefreut hat sie sich auch, die Hilde. Weil, bald würde sie bei der Arbeit etwas zu erzählen haben.

Blöderweise hat der Höllerer Hans diesen schönen Plan mit seiner Sterberei zum Scheitern gebracht. Weil ausgerechnet an dem Montag, an dem sie ihrem Mann das alles hat erzählen wollen, ist der viel später als sonst von der Arbeit heimgekommen und war stinksauer und deprimiert. Die Hilde hat ihm sein Essen aufgewärmt und sich dann zu ihm gesetzt, um ihm ihre Erkenntnisse unter die Nase zu reiben. Aber was soll ich dir sagen, der Berti ist ihr zuvor gekommen. Und zwar mit einer viel aufregenderen Geschichte. Nämlich dem Mord am Höllerer Hans und dem Geständnis vom Mampfi. Er hat sich gar nichts Böses dabei gedacht, der Berti. Er hat sich ja nur seinen Ärger und natürlich auch seinen Kummer von der Seele reden wollen. Schließlich hat auch er nicht jeden Tag ein Mordopfer anschauen müssen. Nur deshalb hat er sich nicht an die Anweisung vom Strobel Poldi gehalten und der Hilde alles erzählt. Und die hat deswegen vorerst das Nachsehen gehabt mit ihrer Geschichte über das Ehepaar Maier. Aber das hat ihr gar nichts ausgemacht, weil sie den Frauen morgen beim Hörmann was viel Interessanteres erzählen konnte. Vor allem etwas, das anscheinend nur sie wusste. Dem Berti hat das mit den Maiers freilich auch nichts ausgemacht, weil er ja nichts vom neuen Hobby seiner Frau gewusst hat. Was er allerdings hätte wissen müssen, war, dass seine Hilde, mit der er immerhin schon dreiundzwanzig Jahre verheiratet war, eine Dorftratsche war, die wirklich nichts für sich behalten konnte. Ohne es zu ahnen, hat der Berti quasi eine Lawine ausgelöst, die niemand mehr aufhalten konnte und die einige Leute mit sich in den Abgrund reißen sollte. Armer Berti.

12

In aller Herrgottsfrühe ist der Strobel am nächsten Tag vom Läuten des Telefons aus dem Schlaf gerissen worden. Im ersten Moment hat sich der arme Kerl gar nicht recht ausgekannt und nicht gleich gewusst, wo er überhaupt ist. Nach dem vierten oder fünften Läuten ist er dann aber draufgekommen, dass er im Büro ist, und hat den Hörer abgenommen. Irgendjemand hat ihm mit ziemlich lauter Stimme etwas ins Ohr gebrüllt, was der Strobel überhaupt nicht verstanden hat. Er war ja quasi noch in der Aufwachphase.

Nach einigen Sekunden hat sein Hirn aber doch erkannt, dass es sich bei dem Brüllaffen um den Major Schuch vom Bezirkskommando gehandelt hat. Das hat zumindest den Erfolg gebracht, dass der Strobel in seinem Sessel in die Höhe gefahren ist, als hätte er in die Steckdose gegriffen. Genauso hat er mit den zerzausten Haaren und dem mit Schlaffalten übersäten Gesicht auch ausgesehen. Richtig leid hat es dem Strobel aber nicht tun müssen, dass er den ersten Teil von dem Anschiss, den er vom Major kassiert hat, nicht mitbekommen hat. Der hat sich nämlich furchtbar darüber aufgeregt, dass ihn der Strobel gestern nicht verständigt hat, weil es ja immerhin einen Mord gegeben hat und er das schon hätte wissen müssen. Nach dem ersten Donnerwetter hat sich der Major aber dann beruhigt und gemeint, dass es unterm Strich trotzdem ein sehr beruhigender Umstand war, dass der Mörder schon dingfest gemacht wurde und ein Geständnis abgelegt hat. Der

Strobel Poldi hat es sich verkniffen, dem Major zu sagen, dass er da so seine Zweifel hat, was den Mampfi als Mörder betrifft. Weil erstens war er noch immer nicht ganz munter und zweitens in der Früh sowieso maulfaul. Lediglich Besserung hat er dem Major gelobt und ihm zugesichert, in Zukunft regelmäßig Bericht zu erstatten.

Dann hat er aufgelegt und ist zur Zelle gegangen, um zu schauen, was der Mampfi macht. Der hat geschlafen wie ein Murmeltier. Das war an den Grunzlauten, die er von sich gegeben hat, mehr als deutlich zu hören.

Nach einer Katzenwäsche ist ihm dann bewusst geworden, dass es seltsam ist, dass der Major von der Sache erfahren hat. Lange hat er aber nicht darüber nachdenken müssen, wer dem Mann das gesteckt haben könnte. Ganz sicher war das der Leo, weil der ja unbedingt noch was hat werden wollen und dem Major bei jeder Gelegenheit in den Arsch gekrochen ist. Ein richtiger Dickdarmakrobat, wie man so sagt. Letztlich war es dem Strobel aber sowieso egal. Melden hätte er es ohnehin müssen. Mit diesem Gedanken hat sich der Strobel wieder an seinen Schreibtisch gesetzt und sich seiner Personenliste gewidmet, auf der ganz schön viele Namen zusammengekommen sind. Angefangen bei den Spielern bis hin zu Freunden und Bekannten vom Höllerer hat er alle befragen wollen. Insgeheim war ihm das selbst gar nicht so recht, weil er gewusst hat, dass er dafür mindestens eine Woche brauchen würde. Und das ausgerechnet jetzt, wo doch das Wetter so schön geworden ist. Ganz kurz hat er sich überlegt, die Liste radikal zu kürzen. Aber dann hat er an den Mampfi denken müssen und daran, dass er selbst gar nicht so davon überzeugt war, dass der wirklich der Mörder vom Höllerer war. Vielleicht, so hat sich der Strobel gedacht, würden ja die Obduktion oder die Spurenauswertung was Interessantes ergeben.

Pünktlich um sieben sind dann der Leo und der Berti auf der Bildfläche erschienen. Den beiden hat der Strobel Poldi dann beim Morgenkaffee ganz kräftig die Laune verdorben, weil er seine Namensliste präsentiert und ihnen erklärt hat, dass diese Leute alle befragt werden müssen. Dann hat er die Liste in drei gleich große Teile aufgeteilt und jedem der beiden einen Zettel mit jeweils zwölf Namen in die Hand gedrückt. Wie er dann gesehen hat, dass die zwei ziemlich betreten dreingeschaut haben, hat er ihnen zum Trost gesagt, dass sie eine Woche Zeit haben, das zu erledigen. Zum Schluss hat er ihnen noch ein bisserl süffisant viel Spaß gewünscht und hat sich für die nächste Stunde verabschiedet, weil er duschen und sich umziehen wollte. Aber gerade als er gehen wollte, hat sein Telefon geläutet, und weil der Strobel das halt so gewohnt war, hat er auch abgehoben. Zu seiner Überraschung war der Friedel Karl, seines Zeichens Bürgermeisterkönig, dran. Der hat nämlich wissen wollen, was denn nun eigentlich genau passiert ist, und hat sich dabei auch gleich beschwert, weil ihm gestern keiner was gesagt hat. Der Strobel hat sich insgeheim sehr darüber amüsiert, ist aber trotzdem ernst geblieben und hat dem Friedel freundlich, aber bestimmt mitgeteilt, dass er ihm jetzt leider noch keine Auskunft geben kann, weil die Ermittlungen noch im vollen Gange sind. Bevor der Reservemonarch hat anfangen können, den Strobel anzuschreien, hat der den Hörer aufgelegt und ist grinsend aus dem Büro gegangen. Nicht einmal umgedreht hat er sich, als das Telefon wieder angefangen hat zu läuten. Seine Laune hat der Vorfall aber deutlich gehoben.

Lange hat diese Fröhlichkeit leider nicht angehalten. Weil, auf dem Heimweg hat er die ganze Zeit das Bild vom toten Höllerer vor Augen gehabt. Wie der da so am Boden gelegen ist in seinem Blut. Immerhin war es ja eine ganze Menge Blut gewesen. Zu viel für einen Sturz auf die Bank, wie der Strobel gemeint hat. Ernsthafte Sorgen hat ihm aber bereitet, dass er gar nicht so recht gewusst hat, wie er an die Sache herangehen soll. Immerhin hat er keine Ahnung von Mordermittlungen gehabt. Insgeheim hat er gehofft, dass die Kollegen von der Mordkommission den Fall doch noch übernehmen würden, und beschlossen, dort noch einmal anzurufen.

Nach dem Duschen und einem kurzen Frühstück hat er darüber nachgedacht, warum die Frau vom Höllerer bis jetzt nichts unternommen hatte. Auffallen hätte es ihr nämlich schon müssen, dass der Hans seit Sonntag nicht daheim war. Das ist dem Strobel ziemlich komisch vorgekommen. Viel mehr hat ihn aber die Frage beschäftigt, wie er der Frau sagen sollte, dass ihr Mann ermordet worden ist. Davor hat er sich wirklich ein bisschen gefürchtet, der Herr Postenkommandant.

Wettermäßig war an diesem Tag alles in bester Ordnung. Strahlender Sonnenschein und ein wolkenloser, azurblauer Himmel. Und weil der Strobel es gar nicht eilig gehabt hat, der Frau Höllerer die schlechte Nachricht zu überbringen, hat er beschlossen, zu Fuß zu ihr zu gehen. Die Zeit hat er nämlich dazu nützen wollen, sich ein paar Fragen zurechtzulegen, die er ihr stellen wollte. Je näher er dem Haus der Familie Höllerer gekommen ist, umso flauer ist das Gefühl geworden, dass er im Magen gespürt hat. Bevor er um die letzte Ecke gebogen ist, ist er noch einmal stehengeblieben und hat an seiner Uniform herumgezupft. Einen anständigen Eindruck wollte er nämlich schon machen. Das hat er sehr wichtig gefunden, der Strobel. Weil, wie schaut denn das aus, wenn du einer Frau sagst, dass ihr Mann ermordet worden ist und dabei deine Krawatte schief hängt oder ein Hemdknopf offen ist?

Dann hat er sich noch einmal geräuspert, eine stramme Haltung eingenommen und ist um die Ecke marschiert. Er hat gleich gesehen, dass das Garagentor zu war und auch kein Auto vor dem Haus stand. Angeläutet hat er natürlich trotzdem. Aber niemand hat aufgemacht. Um sicher zu sein hat er ganz laut angeklopft. Und weil wieder keiner aufgemacht hat, hat sich der Strobel dazu entschlossen, eine Runde um das Haus zu gehen. Gerade wie er auf der Terrasse gestanden ist, hat er eine Frauenstimme gehört, die »Herr Inspektor« gerufen hat. Er hat sich umgeschaut und die Nachbarin der Höllerers entdeckt. Die hat ihm dann gesagt, dass die Kathi, wie die Frau Höllerer mit Vornamen geheißen hat, am Sonntag in der Früh mit den Kindern zu ihrer Schwester nach Horn gefahren ist. Den Hans hatte sie seitdem auch nicht mehr gesehen. Die Kathi sollte auf jeden Fall morgen wieder da sein. Der Strobel hat die Frage der Frau, was er denn von den Höllerers wolle, geflissentlich überhört und sich freundlich für die Information bedankt und ist ziemlich erleichtert wieder gegangen. Zumindest hatte er so Zeit gewonnen, was das Überbringen der schlechten Nachricht anging. Außerdem hat er auch eine plausible Erklärung dafür gehabt, warum der Frau Höllerer noch nicht aufgefallen ist, dass ihr Mann weg ist. Insgeheim hat er sie gleich von der Liste der möglichen Verdächtigen gestrichen, weil sie ja zur Tatzeit gar nicht da gewesen ist.

Sein mulmiges Gefühl hat sich aber gleich wieder eingestellt, wie er daran gedacht hat, dass er jetzt zur Frau vom Mampfi gehen muss, um ihr zu sagen, dass ihr Mann wegen Mord verhaftet worden ist. Irgendwie hat der Strobel das Gefühl nicht loswerden können, dass das auch nicht viel besser war als eine Todesnachricht. Er selbst hat sich auf jeden Fall genauso schlecht gefühlt. Weil er sich in dem Moment an etwas erinnert hat, das er lieber vergessen hätte. Vor ziemlich genau zehn Jahren war er selbst derjenige gewesen, dem ein Kollege die Todesnachricht von seiner Frau und seiner Tochter hat bringen müssen. Damals hat der Strobel Poldi noch nicht in Niederösterreich gelebt, sondern in Salzburg. Und soweit man das überhaupt sagen kann, war das damals eine sehr glückliche Zeit für ihn gewesen. Die Ehe mit der Sabine ist sehr harmonisch gewesen, und wie sie dann das Kind bekommen hat, war alles fast perfekt. Eine nette kleine Familie sind sie gewesen. Ohne besondere Höhen oder Tiefen. Die Eltern von der Sabine, die Großbauern gewesen sind, haben ein bisschen mehr Geld gehabt als der Durchschnittsbürger und jede Menge Grund. Verstanden hat sich der Strobel mit ihnen auch sehr gut. So ist es halt gekommen, dass er mit der Sabine ein Haus unmittelbar neben ihrem Elternhaus gebaut hat. Der Strobel ist damals schon bei der Gendarmerie gewesen. Zwar hat er nicht so sonderlich viel verdient, dafür war der Beruf aber zukunftssicher, und Karrierechancen hat es auch gegeben.

Einmal ganz abgesehen davon, dass man damals als Gendarm auch eine echte Respektsperson war.

Jedenfalls hat die Sabine an einem Sonntag im Frühjahr 1961 mit ihrer Tochter und den Großeltern einen Ausflug zum Attersee gemacht. Der Strobel hat nicht mitfahren können, weil er Dienst gehabt hat. Die traurige Geschichte kurz erzählt ist, dass sie eine Bootstour gemacht haben und ein Gewitter aufgezogen ist. Aus irgendeinem Grund, den später niemand mehr nachvollziehen konnte, ist das Boot gekentert, und alle sind ins Wasser gefallen. Jetzt hat aber die kleine Silvia mit ihren fünf Jahren nicht sonderlich gut schwimmen können und ist nach ein paar Minuten im Wasser untergegangen wie der sprichwörtliche Stein. Die Sabine hat die Nerven weggeschmissen und ist ihr nachgetaucht, um sie zu retten. Einmal, ein zweites und ein drittes Mal. Wahrscheinlich hat sie dann die Kraft verlassen. Auf jeden Fall ist sie nicht mehr aufgetaucht. Die Großeltern sind so damit beschäftigt gewesen, sich am Boot festzuhalten, dass sie das alles gar nicht mitbekommen haben. Erst am nächsten Tag haben dann Taucher die beiden Leichen gefunden.

Der Strobel ist nach dem Vorfall in eine tiefe Depression gestürzt und hat ein massives Alkoholproblem bekommen. Er hat es gar nicht mehr ausgehalten in Hof. Er wollte die Eltern von der Sabine nicht sehen, weil er ihnen insgeheim die Schuld gegeben hat. Immerhin war der Ausflug ihre Idee gewesen. Und im Haus hat er es schon gar nicht ausgehalten, weil ihn dort alles an die beiden erinnert hat. Was dann noch dazu gekommen ist, waren die mitleidigen Blicke der Leute rundum. Noch nicht einmal im Kollegenkreis war er vor diesen Blicken, die ihn immer wieder an das Geschehen erinnert haben, sicher. So ist das eine Zeit lang gegangen. Zwei Jahre nach dem Unglück hat der Strobel dann beschlossen, dass er eine Luftveränderung braucht, und hat sich nach Niederösterreich versetzen lassen. Und zwar in den hintersten Winkel. Nur da, so hat er gedacht, hat er sicher sein können, dass kein Mensch wusste, was für ein trauriges Schicksal ihn ereilt hatte. Und stell dir vor, es hat wirklich geholfen. Der Strobel hat sein Alkoholproblem wieder in den Griff bekommen und mit der Zeit immer weniger an das Ereignis gedacht. Ausgewirkt hat es sich aber trotzdem auf seine Persönlichkeit. Denn seither war er so etwas wie ein Einsiedler. Er hat sich keine Freunde gesucht und auch keine neue Frau. Noch nicht einmal eine Freundin. Gar nichts dergleichen. Er ist den Menschen, so gut er in seinem Beruf konnte, aus dem Weg gegangen. Im Dienst ist er dadurch so unheimlich streng geworden. Der Strobel hat wirklich jeden Verstoß, und sei er noch so geringfügig gewesen, gnadenlos geahndet.

Vielleicht hat er so seinen Kummer kompensieren können. Dass er in Wirklichkeit gar nicht so hartherzig war, hat seiner Meinung nach keiner wissen müssen. Nach außen hin war er eher wortkarg und hat einen Sarkasmus an den Tag gelegt, der seinesgleichen gesucht hat. Hart und unnahbar hat er oft gewirkt. Hättest du ihn fragen können, ob ihm was gefehlt hat in seinem Leben, dann hätte er wahrscheinlich Nein gesagt. Aber ich glaube, dass es dem Strobel schon sehr zugesetzt hat, dass er niemanden zum Reden hatte. Niemanden, der auf ihn gewartet hat, wenn er vom Dienst gekommen ist, und niemanden, den er lieben konnte und der ihn geliebt hat. Im Laufe der Jahre hat der Strobel schon fast vergessen, dass er seinen kleinen Schutzmann auch für was anderes als nur zum Pinkeln hätte gebrauchen können. Zum Glück hat ihn sein bestes Stück aber hin und wieder beim Aufstehen daran erinnert, dass es da eventuell noch etwas geben könnte. Das Problem ist nur gewesen, dass der Strobel von seinem Innersten her noch gar nicht zu irgendwelchen Ferkeleien bereit war. Damals hatte er eben noch nicht mit seinem Schicksal Frieden geschlossen. Und wenn er dann doch einmal das Bedürfnis nach Sex verspürt hat, hat er auch nix tun können, weil er keine Frauen gekannt hat, die auf Kommando bereit gestanden sind. Und mit den gewerblichen Damen hat er gar nichts am Hut gehabt, der Strobel. So ist es halt gekommen, dass er irgendwann, ohne es selbst zu merken, angefangen hat, Frauen anzustarren. Besser gesagt Busen und Hintern. Manche Frau hat damals das Gefühl bekommen, dass er gar nicht mit ihr, sondern mit ihren Brüsten redet. So sehr hat er sie angestarrt. Etwas Schlüpfriges gesagt oder gar getan hat er aber nie. Das wäre dem Strobel auch gar nicht in den Sinn gekommen, anständig wie er eben einmal war.

Peinlicherweise hat ihn dann aber einmal eine Frau direkt auf seine blöde Angewohnheit angesprochen. Das war bei einem Besuch in Wien. Da hat er auf der Ringstraße eine Frau nach dem Weg zur Hofburg gefragt und ihr dabei in gewohnter Manier auf den Busen geglotzt. Und sie hatte ein ganz besonders riesiges Paar davon. Die Dinger waren so groß, dass der Strobel fast vergessen hätte, was er sie überhaupt gefragt hat. Nur ist er diesmal an die Falsche geraten. Die Frau hat ihn nämlich direkt gefragt, ob er jetzt mit ihr oder mit ihren Brüsten reden will. Dann hat sie schmunzelnd hinzugefügt, dass sie sich nicht sicher ist, ob ihr Busen den Weg zur Hofburg kennt. Das war dem Strobel so derartig peinlich, dass er knallrote Ohren bekommen hat. Er hat so etwas wie eine Entschuldigung gestammelt und ist auf und davon. Die Hofburg hat er trotzdem gefunden. Jedenfalls hat er über den Vorfall lange nachgedacht und sich selbst ein bisschen beobachtet. Da hat er dann gemerkt, dass er den Frauen wirklich immer auf den Hintern oder auf den Busen glotzt und hat sich vorgenommen, das zu lassen. Dieser Vorsatz ist aber schnell wieder in Vergessenheit geraten. Möglicherweise ist das daran gelegen, dass die Frauen, die ihm begegnet sind, wenn er im Dienst war, sich offenbar nicht getraut haben, was zu sagen. Vielleicht hat es ihnen aber auch ganz einfach geschmeichelt. Unattraktiv ist er nämlich nicht gewesen, der Strobel Poldi. Im Gegenteil. Er war schon ein strammes Mannsbild in seiner grauen Uniform.

Sei's drum. Auf jeden Fall war der Strobel wie alle anderen Menschen auch ein Produkt seiner Vergangenheit. Zwar ist er mit sich selbst schon wesentlich besser klargekommen als vor seinem Umzug nach Niederösterreich, aber so ganz hat er die Geschichte noch nicht verdaut gehabt. Im Großen und Ganzen war er aber halbwegs mit seiner Situation zufrieden. Nur manchmal, wenn er nach dem Dienst allein in seinem Haus gehockt ist, hat er so was wie Heimweh verspürt. Dann hat er an die Berge gedacht, die er von seinem Schlafzimmerfenster aus hat sehen können, an seine früheren Kollegen und an seine Schwiegereltern. In diesen Momenten hat er ein richtig schlechtes Gewissen bekommen, weil er den armen Leutchen damals die Schuld gegeben und sie mit ihrem Schmerz allein gelassen hatte. Trotzdem musst du wissen, dass sich der Strobel die Gegend rund um Tratschen nicht zufällig als neue Heimat ausgesucht hat. Nein, ganz und gar nicht. Das hat er schon ganz bewusst gemacht. Weil hier ist überhaupt nichts so gewesen wie daheim. Es hat wirklich nichts gegeben, das ihn an die Vergangenheit erinnert hat. Aber was das Allerwichtigste für den Strobel war, es hat weit und breit keinen See gegeben.

Wie dem auch sei. So in seine Gedanken vertieft ist er die Hauptstraße entlang marschiert. Auf seinem Weg ist er beim Kaufhaus Hörmann vorbeigekommen, das an diesem Tag überraschend gut besucht war. Dem Strobel ist unterbewusst schon aufgefallen, dass sehr viele Frauen beisammen gestanden sind und offensichtlich geredet haben. Was er aber nicht bemerkt hat, war die Frau vom Berti, die inmitten der anderen Frauen gestanden ist und brühwarm alles erzählt hat, was sie gestern von ihrem Mann erfahren hatte. Und weil die Hilde es halt gar so genossen hat, dass diese Weiber, die sie normalerweise gar nicht richtig ernst genommen haben, plötzlich an ihren Lippen hingen und jedes Wort in sich hineingesaugt haben, hat sie, ohne sich viel dabei zu denken, die Geschichte quasi ein bisschen aufgepeppt. Und zwar in einer Art und Weise, dass jede ihrer Zuhörerinnen am Ende vollends davon überzeugt war, dass der Mampfi den Höllerer erschlagen hat, weil der seit Langem schon ein Verhältnis mit der Frau vom Mampfi gehabt hat. Jetzt waren die Ortsbewohner aber nicht nur sehr konservativ, sondern natürlich auch erzkatholisch. Zumindest hast du das auf den ersten Blick annehmen müssen. Die waren teilweise so was von katholisch, dass sich der Papst wahrscheinlich, wäre er irgendwann nach Tratschen gekommen, wie ein Ungläubiger gefühlt hätte. Aber zum Glück für das Ego vom Papst ist er niemals nach Tratschen gekommen. Ich glaube sogar, dass er noch nicht einmal gewusst hat, dass dieser Ort mit seiner Ansammlung an Superkatholiken überhaupt existiert. Dass in Wirklichkeit keiner unter ihnen war, der von sich behaupten hat können, noch nie gegen eines der zehn Gebote verstoßen zu haben oder irgendwas anderes gemacht zu haben, was mit der kirchlichen Lehre nicht vereinbar war, hat für diese Menschen keine große Rolle gespielt. Vielleicht war das einer der Gründe, warum Klatsch und Tratsch so einen großen Stellenwert gehabt haben. Weil die Leute ihre eigenen Fehler gut haben vertuschen können, wenn sie mit den Fingern auf andere gezeigt haben. Wer weiß?

Sei's drum. Jedenfalls war das ein gefundenes Fressen für die, ach, so anständigen Frauen des Dorfes. Eine Sensation quasi. Die Sedlak Elfriede war also eine Ehebrecherin und Sünderin. Was glaubst du, wie schnell sich das herumgesprochen hat. Einen halben Tag, nachdem die Hilde dieses Gerücht in die Welt gesetzt hatte, hat es fast der ganze Ort gewusst. Bis auf die Leute natürlich, die sich nirgends eingemischt haben. Denen war diese Geschichte genauso egal, wie das sprichwörtliche rostige Fahrrad in China. Der Sedlak Elfriede selbst war das später gar nicht egal. Immerhin hat sie die Konsequenzen tragen müssen. Aber das war erst später.

In dem Moment, wo der Strobel Poldi an dem Kaufhaus vorbeigegangen ist, war das Gerücht ja quasi noch druckfrisch. Was Gutes hat es aber trotzdem gehabt, dass sich die Hilde so in die Geschichte hineingesteigert hat. So nämlich ist es dem Ehepaar Maier zumindest noch erspart geblieben, zum Ortsgespräch zu werden. Die beiden hat die Hilde in ihrem Eifer nämlich ganz vergessen. Was man zur Verteidigung von der Hilde allerdings auch sagen muss, ist, dass sie nicht hat ahnen können, was aus ihrer nicht ganz so wahren Geschichte noch werden würde. Bekanntlich ist der Dorftratsch ja so was Ähnliches wie stille Post spielen. Am Ende kommt dabei was heraus, was mit der ursprünglichen Geschichte gar nicht mehr viel zu tun hat. Im Fall von der angeblich untreuen Sedlak Elfriede war das ein klein wenig anders. Unterm Strich war das Ergebnis aber auch nicht besser. Zwar hat sich niemand gefunden, der die Geschichte verändert hat, aber einige der Plappermäuler haben noch ein bisserl was dazu erfunden. Vielleicht ungewollt, vielleicht aber auch, weil sie sich genauso wichtig machen wollten wie die Hilde. Vielleicht aber auch nur, weil sie geglaubt haben, dass die Sache mehr Würze braucht. Keine Ahnung. Auf jeden Fall haben sich die Leute am nächsten Tag erzählt, dass der Jakob, der ja so gut gespielt hat, dass er auch bei Rapid Wien hätte spielen können, in Wirklichkeit der Sohn vom Höllerer Hans war und der wiederum nur deswegen unbedingt Trainer hat werden wollen, weil er seinen unehelichen Sohn öfter sehen wollte. Dem armen Mampfi hat die Gerüchteküche noch in die Schuhe geschoben, dass er die Elfriede praktisch in die Arme vom Höllerer getrieben hat, weil er so ein schlechter Ehemann war und seine Frau immer nur angeschrien und regelmäßig geschlagen hat.

Aber wie ich schon gesagt habe, diese erfundenen Tatsachen sind erst später ans Tageslicht gekommen. Zu der Zeit, zu der der Strobel Poldi auf dem Weg zur Elfriede war, um ihr die schlechte Nachricht zu überbringen, war zumindest in dieser Hinsicht noch alles in Ordnung. Weder er noch die Elfriede haben während ihrer Begrüßung auch nur im Entferntesten geahnt, dass sich die Menge beim Hörmann gerade aufgelöst hatte und über zehn anständige Tratschener Ehefrauen sich aufgemacht haben, all ihre Freundinnen zu besuchen und ihnen die sensationelle Geschichte vom Mord am Höllerer Hans zu erzählen.

Die Elfriede hätte dafür auch gar keinen Kopf gehabt. Weil, die ist ganz furchtbar in Tränen ausgebrochen, wie ihr der Strobel gesagt hat, was passiert ist. Ihr ganzer Körper hat gezittert, und sie hat so laut geschluchzt, dass der Strobel befürchtet hat, sie könnte ersticken. Er hat nichts weiter machen können, wie sie in die Arme zu nehmen und sie zu beruhigen. Und eines kannst du mir glauben, für die Seele vom Strobel ist das gar nicht gut gewesen. Erstens hat er furchtbares Mitleid mit der armen Frau gehabt und zweitens hat er sich wieder an seinen Schmerz erinnert. Und so ist es halt gekommen, dass er fast mitgeweint hätte, der Strobel. Auf jeden Fall war er in dem Moment echt froh, dass er immer ein sauberes Taschentuch einstecken hatte. Das hat er der Elfriede jetzt nämlich borgen können. Irgendwann hat sie sich dann wieder ein wenig beruhigt und den Strobel mit total brüchiger Stimme nach dem Warum gefragt. Der hat ihr halt dann das erzählt, was der Mampfi gesagt hatte. Nämlich, dass das Ganze quasi ein Unfall gewesen ist und der Mampfi das gar nicht wollte. Und die Elfriede hat immer und immer wieder festgestellt, dass sie das überhaupt nicht glauben kann, weil der Mampfi der gutmütigste Mensch ist, den man sich vorstellen kann, und ein ganz weiches Herz hat. Das hat den Strobel dann doch einigermaßen überrascht. Er hatte ja in der Vergangenheit selbst oft mitbekommen, dass der Mampfi recht großzügig war, wenn es um das Androhen von Watschen gegangen ist. Bei näherem Nachdenken ist er dann aber auch drauf gekommen, dass er keinen einzigen Fall kannte, wo der Mampfi auch tatsächlich wen geschlagen hatte. Trotzdem hat es für ihn nicht viel geändert. Immerhin hatte der Mampfi ja selbst zugegeben, dem Höllerer eine aufgelegt zu haben, dass der umgefallen ist und sich den Schädel eingeschlagen hat.

Diese Gedanken haben den Strobel ganz schön verwirrt. Darum war er dann doch heilfroh, dass ihn die Elfriede gebeten hat zu gehen, bevor der Jakob nach Hause kommt. Sie wollte ihrem Sohn selbst sagen, was passiert ist. So ist er halt wieder gegangen, der Strobel. Aufgewühlt und mit verwirrten Gedanken. Und einmal mehr hat sich bei ihm das Gefühl eingeschlichen, dass irgendwas an der Geschichte komisch war. Er hatte aber auch noch deutlicher das Gefühl, dass er selbst der Sache nicht gewachsen sein würde und vielleicht wirklich noch einmal bei der Mordkommission anrufen sollte.

13

Während der Strobel seine Erledigungen gemacht hat, ist auch der Friedel Karl nicht untätig geblieben. Weil der hat natürlich gar nicht einsehen wollen, dass ihm der Herr Postenkommandant nicht gesagt hat, was geschehen ist. Darum hat er angefangen, seine Kontakte auszuspielen, und hat einen Freund bei der Bezirkshauptmannschaft angerufen. Aber nicht, weil er geglaubt hat, dass der was weiß. Nein. Es war dem Friedel schon klar, dass die dort auch nix wissen. Aber dieser Bekannte war seinerseits ein Freund vom Abteilungsleiter, der wieder einen Freund hatte, der mit dem Bezirkshauptmann zum Jagen gegangen ist. Ich glaube, das, was da gelaufen ist, nennt man gemeinhin Freunderlwirtschaft. Jedenfalls hat der Friedel seinem Bekannten sein Leid geklagt und der hat den Ball weitergespielt.

Noch am selben Vormittag ist die Sache dem Bezirkshauptmann zu Ohren gekommen und der hat den Bezirkskommandanten angerufen, mit dem er jeden Freitag Tennis spielt. Der Herr Bezirkshauptmann hat dann ein bisserl auf dem Strobel herumgehackt und seine Meinung kundgetan, dass das so nicht sein kann, dass der dem Bürgermeister keine Auskunft gibt. Der Bezirkskommandant hat ihm daraufhin die Geschichte erzählt, und dann hat sich das Rad in die Gegenrichtung bewegt, bis die Information schließlich kurz nach dem Mittagessen beim Friedel gelandet ist. Weil aber auch seine Frau beim Hörmann einkaufen gegangen ist, hat er zu diesem Zeitpunkt natürlich schon alles und noch viel mehr gewusst und war sehr mit sich zufrieden. Immerhin hatte er dem arroganten Ordnungshüter wieder einmal gezeigt, wer der Herr im Haus ist. Dann hat er seine Sekretärin zu sich gerufen und ihr gesagt, sie soll sofort ein Kündigungsschreiben für den Mampfi aufsetzen. Nur, damit alles seine Richtigkeit hat. Weil, immerhin, so hat der Friedel gemeint, wäre es schon sehr wichtig, sich rechtzeitig von solchen Menschen zu distanzieren. Es könnte sonst dem guten Ruf der Gemeinde schaden, wenn man einen Mörder beschäftigt.

Außerdem hat er sich gleich noch überlegt, was er wohl wegen der Frau vom Mampfi unternehmen kann. Die hat nämlich beim Friseur gearbeitet, und der war seinerseits ein Verwandter vom Friedel Karl. Genauer gesagt, sein Cousin. Daher war es ja nur logisch, dass der Friedel den Mann angerufen und ihm nahegelegt hat, die Frau hinauszuschmeißen. Ein derart unmoralisches Weib kann man doch nicht auf die Öffentlichkeit loslassen. Noch nicht einmal als Friseurin und schon gar nicht in der eigenen Verwandtschaft. Der Haarkünstler wollte zuerst nicht recht auf den Bürgermeister hören, weil er gemeint hat, dass das alles nur blöde Gerüchte sind, die sicher nicht stimmen. Aber der ehrenwerte Bürgermeister hat ihn dann schnell daran erinnert, dass er nebenbei auch oberste Baubehörde ist und einfach keine Baugenehmigung für das neue Haus vom Friseur hergeben könnte. Da war der Widerstand schnell gebrochen, und der Cousin hat versprochen die Angelegenheit noch am gleichen Tag zu erledigen. Nachdem er diesen Anruf erledigt hatte, war er ganz und gar mit sich zufrieden und vom Gefühl seiner

Macht richtiggehend berauscht, der Herr Bürgermeister. Dem Gesindel hatte er damit gleich einmal gezeigt, wer in Tratschen das Sagen hat und dass weder Verbrecher, noch unmoralische Schlampen im Ort willkommen sind.

Und weil er gerade so gut drauf und mit seinem Amt als Bürgermeister nicht wirklich ausgelastet war, hat er gleich noch einmal zum Telefon gegriffen und am Gendarmerieposten angerufen, um dem Strobel noch eins drauf zu geben. Dort hat aber der Berti abgehoben und gesagt, dass der Chef nicht zu sprechen ist, weil nicht da. Eine Antwort, die ihm sofort leid getan hat. Weil jetzt hat der Friedel ihn zusammengestaucht, weil noch niemand bei der Konrad Herta gewesen ist, um sich um den Frevel an ihrem Maibaum zu kümmern. Richtig geschimpft hat er mit dem armen Berti.

Von Frechheit und Ignoranz gegenüber der Gemeindeführung und Inkompetenz der örtlichen Ordnungshüter hat er gesprochen und von furchtbaren Konsequenzen, wenn sich nicht sofort jemand um diesen Skandal kümmern sollte. Ganz konkret hat er natürlich dem Berti gedroht, weil der Pech gehabt und den Hörer abgenommen hat. Jetzt war der Berti aber kein Mann vom Kaliber eines Strobels und hat sich nicht zu widersprechen getraut, sondern sich in einer Tour entschuldigt und zu erklären versucht, dass es immerhin einen Mord gegeben hat und der Vorrang vor einem überfahrenen Maibaum haben sollte. Der Friedel, jetzt wieder ganz König, hat sich damit aber nicht abspeisen lassen und gesagt, dass der Mord sowieso schon aufgeklärt ist und er deshalb nicht einsieht, dass sich niemand auf die Suche nach dem Verbrecher macht, der die Gemeindeehre besudelt hat. Dann hat er dem Berti noch gesagt, dass er ihn allein dafür verantwortlich macht, diesen Unhold zu finden und in spätestens einer Woche ein Ergebnis haben will, und hat aufgelegt. Er hat ganz genau gewusst, dass er den Berti jetzt in Furcht und Unruhe versetzt hatte.

Voll und ganz mit dem Verlauf seines Amtstages zufrieden hat er sich schließlich auf den Heimweg gemacht, um im Garten noch ein wenig die Sonne zu genießen. Diesmal hat es ihn gar nicht gestört, dass ihm die Jocha Mutter im Vorbeigehen vor allen Leuten den Stinkefinger gezeigt hat.

Auf dem Gendarmerieposten hat der Berti auftragsgemäß brav auf den Mampfi aufgepasst, mit dem er bis zum Anruf des Bürgermeisters Karten gespielt hatte. Weil, der Berti war der Meinung, dass der Mampfi ein sehr sympathischer Mensch ist. Mörder hin oder her. Und er selbst hätte auch nicht einfach in der Zelle hocken und über sein Schicksal nachdenken wollen. Kartenspielen war da immer eine gute Alternative. Zumindest, bis der Anruf gekommen ist. Der hat dem Berti die Laune gründlich verdorben und die Lust auf weitere Spiele genommen. Außer ihm und dem Mampfi war sonst niemand da. Der Leo war unterwegs, um seine Namensliste abzuarbeiten. Aber nicht, weil er so fleißig war, sondern weil er ganz wild darauf war, einen Zeugen zu finden, der den Mampfi nach dem Match auf dem Fußballplatz gesehen hat. Einen Belastungszeugen quasi. Wo der Strobel abgeblieben war, hat der Berti nicht so genau gewusst. Er hat aber angenommen, dass der bei den Frauen vom Höllerer und vom Mampfi ist, und hat ihn um diese Aufgabe gar nicht beneidet. Blöd war nur, dass schon mehrere wichtige Anrufe für den Chef gekommen waren. Die Kollegen von der Spurensicherung hatten angerufen, der Gerichtsmediziner, der Staatsanwalt und einer von der Kriminalpolizei. Alle wollten unbedingt mit dem Strobel reden und haben betont, wie wichtig und eilig die Sache ist. Der Berti hat sauber und ordentlich alle Namen der Anrufer und ihre Rückrufnummern aufgeschrieben. Na ja, fast alle. Die vom Bürgermeister hat er nicht aufgeschrieben. Nicht, weil er sie nicht für wichtig gehalten hat, sondern weil die eh jeder auswendig gewusst hat.

Die neue Wahrheit, die seine Frau am Vormittag beim Hörmann erzählt hat, hat er noch nicht gekannt. Logischerweise hat ihm seine Hilde nichts davon erzählt, weil sie gewusst hat, dass er ihr die Halsschlagader durchbeißen würde, wenn er merkt, dass sie alles weiter erzählt und die Geschichte auch noch ein bisschen verfeinert hat. Der Berti selbst hat sich nur gewundert, dass ihm seine Frau an diesem Tag kein Mittagessen gebracht hat. Aber spätestens seit dem Anpfiff vom Gemeindemonarchen hat er auch das vergessen gehabt. Ab da war er nämlich sehr damit beschäftigt, sich zu überlegen, wie er die Suche nach dem Maibaumschänder wohl am besten angehen sollte. Nach einigem Hin und Her hat er dann beschlossen, dass es das Beste sein wird, wenn er zuerst die Geschädigten befragt. Vielleicht hatte ja jemand aus der Familie Konrad was mitbekommen. Oder einer der Nachbarn. Jetzt hat der Berti ein richtiges Dilemma beieinander gehabt, weil er nicht recht gewusst hat, was er zuerst machen soll. Die Namensliste vom Chef oder den Auftrag vom Bürgermeister. Natürlich ist passiert, was dem Berti in Stresssituationen immer passiert ist. Er hat Kopfweh gekriegt. Und obwohl er ein wirklich gutmütiger Kerl war, hat ihn die Kombination aus Hunger und Kopfweh schön langsam ziemlich grantig gemacht.

Das hat als Erster der Leo zu spüren bekommen, wie er auf die Dienststelle zurückgekommen ist und geglaubt hat, dem Berti sein Leid darüber klagen zu müssen, dass er alle Spieler der Mannschaft befragt und sich keiner gefunden hat, der den Mampfi nach dem Spiel gesehen hatte. Alle haben nur von dem Streit vor Spielbeginn erzählt. Für den Leo ist es offenbar eine persönliche Niederlage gewesen, dass es ihm nicht gelungen ist, die Beweiskette zu vervollständigen. Er hat dem Berti eine geschlagene Viertelstunde die Ohren voll gesungen. Bis dem der Kragen geplatzt ist und er dem Leo ganz arg die Meinung gegeigt hat. Von wegen einseitige Erhebungen, Voreingenommenheit und ganz und gar Tunnelblick. Und weil er schon viel länger Dienst gemacht hat wie der Leo, hat er es sich absolut erlauben können, dem Jungspund den Anpfiff vom Bürgermeister weiterzugeben, und hat ihn quasi zur Sau gemacht, den Leo, weil er noch nichts wegen dem Maibaum der Familie Konrad unternommen hatte. Da hat es dem Leo gar nichts genützt, dass er probiert hat, sich mit seinen Recherchen zum Mordfall zu rechtfertigen. Der Berti nämlich, überhaupt nicht in Geberlaune, hat das Argument nicht gelten lassen, weil ja ohnehin schon geklärter Mord. Zum guten Schluss hat er den Leo dann richtiggehend hinausgeworfen aus der Dienststelle. »Kümmer dich jetzt endlich um die wichtigen Sachen«, hat er ihn angeschrien und ihn zur Familie Konrad geschickt. Weil Frust ist eben Frust, und Scheiße rinnt bekanntlich immer nach unten. Wirklich besser hat sich der Berti dann aber auch nicht gefühlt.

Der Leo hat sich gar nicht mehr widersprechen getraut. Weil er den Berti überhaupt noch nie so aggressiv erlebt hatte. So ist er halt losgezogen, um sich um den Maibaum zu kümmern. Auf dem Weg hat er mit seinem Schicksal gehadert und sich quasi bei sich selbst beschwert, weil er sich anscheinend um alles hat kümmern müssen. Mord, Maibaum, alles. In einen richtigen Zorn hat er sich hineingeschimpft und schließlich beschlossen, sich beim Bezirkskommandanten zu beschweren. Zu dem hat er nämlich seit Neuestem einen guten Draht gehabt, weil er ihn wegen dem Mordfall so schön am Laufenden gehalten hat. Der Major wird dem Berti schon zeigen, wo der Hammer hängt, hat sich der Leo gedacht. Und dem Strobel, der aus Sicht vom Leo nichts auf die Reihe gekriegt hat, gleich noch dazu. Aber auch bei ihm hat sich nach dieser Überlegung kein Gefühl der Zufriedenheit eingestellt. Jetzt siehst du schon, wie so ein unerwartetes Ereignis à la Mordfall sich negativ auf die Stimmung auf einem Gendarmerieposten auswirken konnte. Immerhin waren schon zwei von drei Beamten schlecht gelaunt.

Na ja, ehrlich gesagt waren es drei. Weil der Strobel Poldi war auch nicht so gut drauf. Der hat nämlich ebenfalls schon einige Leute von seiner Liste befragt gehabt und ist zum gleichen Ergebnis gekommen wie der Leo. Alle haben den Streit vor dem Match mitgekriegt, aber keiner hat nachher was gesehen oder gehört. Im Unterschied zum Leo hat den Strobel das aber nur deshalb gestört, weil er sich irgendwie gewünscht hat, dass irgendwer was gesehen hätte, das den Mampfi entlastet hätte. Trotz Geständnis hat der Strobel einfach nicht glauben können, dass es wirklich der Mampfi war. Natürlich möglich, weil groß und stark wie ein Bär. Aber der Strobel hat ihm das schon geglaubt, dass er dem Höllerer seine Wunde verbinden wollte. Genau hätte dir der Strobel aber auch nicht sagen können, was ihn so sehr an der Täterschaft vom Mampfi hat zweifeln lassen. Nenn es einfach Bauchgefühl oder so. Jedenfalls ist der Strobel am Posten eingetroffen, kurz nachdem der Leo gegangen ist, und hat einen sehr mürrischen Berti und einen traurig dreinschauenden Mampfi vorgefunden. Er hat den beiden zur Begrüßung kurz zugenickt. Weil zum Reden war er auch nicht aufgelegt. Genauso wenig wie der Berti. Der ist nämlich auch ohne ein Wort zu sagen zu seinem Schreibtisch gegangen und hat den Zettel geholt, auf dem er die Anrufe notiert hatte, und hat ihn ebenso wortlos dem Strobel in die Hand gedrückt. Der Mampfi hat sich die Spielkarten geschnappt, sich in die hinterste Ecke seiner Zelle verzogen und angefangen, eine Patience zu legen. Dass das mit nur zwanzig Karten ziemlich sinnlos war, ist ihm in dem Moment egal gewesen. Hauptsache beschäftigt.

Der Berti hat sich letztlich entschlossen, doch etwas zu sagen und dem Strobel mitgeteilt, dass er sich jetzt was zu essen holt. Der Strobel, der damit beschäftigt war, die Reihenfolge seiner Rückrufe festzulegen, hat nur genickt. Jetzt fragst du dich vielleicht, warum Reihenfolge? Aber da hat sich der Strobel wirklich was dabei gedacht. Zuerst Todesursache erfragen, dann Spurensicherung, dann Staatsanwalt und zum Schluss Kripo. Voll die Logik, verstehst du? Langsam aber sicher hat sich der Strobel so was Ähnliches wie ein Konzept zurechtgelegt. Der Grundgedanke war, zuerst alle Informationen, dann Staatsanwalt. Weil sonst hätte der vielleicht was wissen wollen, was der Strobel noch nicht hätte sagen können. Zum Schluss die Kripo, weil die vielleicht den Fall ja doch noch übernehmen wollten. Da wollte der Strobel natürlich vollständige Akten übergeben können, damit ihn die Kollegen nicht für einen Trottel halten. Der Strobel hat zwar mit Mordermittlungen keine Erfahrung gehabt, aber ein Trottel ist er ganz bestimmt nicht gewesen.

Und was soll ich dir sagen, der erste Anruf war gleich eine Überraschung. Der Gerichtsmediziner hat nämlich festgestellt, dass die Verletzungen am Schädel vom Höllerer nicht ganz zu der Geschichte vom Mampfi gepasst haben. Oberflächlich hat er eine Rissquetschwunde gehabt, die zu einem Sturz auf die Bank gepasst hat. Aber die eingeschlagene Schädeldecke hat gar nicht gepasst. Natürlich hat der Gerichtsmediziner das viel schöner ausgedrückt und von einem Schädel-Hirn-Trauma dritten Grades, von perforierter Kopfhaut und Schädelknochen und Dura Mater geredet, aber das hat der Strobel nicht wirklich verstanden und um eine Übersetzung gebeten. Die war kurz und einfach. Massive Verletzungen aufgrund eines heftigen Schlages mit dem berühmten stumpfen Gegenstand. Kurz, Schädel eingeschlagen. Da ist der Strobel natürlich hellhörig geworden und hat noch einmal ganz genau nachgefragt von wegen Ohrfeige, Sturz, Bank, Schädel, Kante, Licht aus. Da hat ihm der Doktor erklärt, dass man das definitiv als Todesursache ausschließen könne, weil die Verletzungen einfach zu massiv seien.

Von dieser Meinung ist er auch nicht mehr abgewichen, obwohl ihn der Strobel mindestens drei Mal gefragt hat, ob er sich da ganz sicher ist. Du hast aber merken können, dass er beleidigt war, der Herr Doktor, weil der Strobel so oft nachgefragt hat. Bei der Todeszeit wollte sich der Mediziner nicht so richtig festlegen. Irgendwann zwischen 20 Uhr und Mitternacht hat er gesagt.

Artig hat sich der Strobel schließlich für die Information bedankt und aufgelegt. Irgendwie war er zufrieden, weil sich herausgestellt hatte, dass der Höllerer nicht an der Ohrfeige vom Mampfi gestorben ist. Andererseits war damit noch lange nicht bewiesen, dass der die Wahrheit gesagt hatte. Vielleicht wollte er das ganze nur als Unfall darstellen. Bevor sich der Strobel aber zu sehr in Spekulationen verlieren hat können, hat er die Spurensicherung angerufen und auch dort viel Neues in Erfahrung gebracht. Die Burschen sind nämlich wirklich sehr gründlich zu Werke gegangen und haben am Tatort verschiedene Fingerabdrücke und eine aufgebrochene Handkassa gefunden. Und einen Schuhabdruck im getrockneten Blut vom Höllerer. Eine mögliche Tatwaffe haben sie aber nicht entdecken können. Der Kollege hat dem Strobel dann noch gesagt, dass er Vergleichsabdrücke von allen Personen besorgen soll, die an dem besagten Sonntag in dem Gebäude waren, und sie ihm schicken. Er meinte, dass man so zumindest diesen Personenkreis ausschließen oder sich gar der Mörder finden könne. Innerlich hat der Strobel natürlich bei dem Gedanken an die viele Arbeit, die das verursachen würde, aufgestöhnt. Letztlich hat dann aber doch das Jagdfieber die Oberhand gewonnen. Weil, jetzt hat er natürlich ganz genau wissen wollen, ob er mit seiner Vermutung, dass der Mampfi nicht der Mörder war, richtig liegt.

In der Zwischenzeit ist auch der Berti zurückgekommen. Der hat jetzt schon viel zufriedener ausgeschaut, weil er endlich was zum Essen gehabt hat. Drei Wurstsemmeln hatte er sich beim Hörmann geholt. Jetzt kannst du dir vielleicht schon denken, dass er dort auch die ganzen Gerüchte zugetragen bekommen hat. Und die hat er jetzt voller Eifer dem Strobel erzählt. Der hat den Berti aber nicht besonders gut verstehen können, weil der unheimlich schnell geredet und gleichzeitig seine Wurstsemmeln verspeist hat. Ehrlich gesagt hat es den Strobel auch gar nicht so stark interessiert. Bis der Berti zu dem Punkt gekommen ist, dass der Sedlak Jakob nicht der Sohn vom Mampfi sein soll. Da ist sein Interesse schlagartig erwacht, und er hat dem Berti gesagt, er soll erst einmal runterschlucken und langsamer reden, weil er ihn sonst so schlecht versteht.

Am Ende der Geschichte hat der Strobel beschlossen, eine neue Namensliste zu schreiben. Nämlich eine von Personen, die ein Motiv gehabt hätten, den Höllerer ins Jenseits zu befördern. Da war zuerst einmal natürlich der Mampfi. Dann die Frau des Ermordeten. Weil, sollte sie irgendwie erfahren haben, dass ihr Mann ein Verhältnis hatte, dem ein unehelicher Sohn entsprungen ist, hätte sie freilich auch ein starkes Motiv gehabt. Allerdings war sie ja gar nicht da, wie der Mord passiert ist. Der Nächste auf der Liste war der Jakob. Erstens hat der wahrscheinlich nicht viel Freude daran gehabt, dass der Höllerer mit seinem Brandstifteropa sein Vater sein sollte, und zweitens hat er sicher eine wahnsinnige Wut im Bauch gehabt, weil er nicht spielen durfte. Das mit dem Spielverbot ist dem Strobel aber selbst ein bisschen weit hergeholt vorgekommen. Quasi ein schwaches Motiv. Da hätte er gleich sagen können, dass die ganze Mannschaft ein Motiv gehabt hat, weil sie deswegen das Spiel verloren haben. Ausschließen wollte er es aber trotzdem nicht. Dann hat er noch die Frau vom Mampfi auf die Liste geschrieben, weil die vielleicht einen Skandal verhindern wollte. Vorausgesetzt natürlich, dass ihr Mann das mit ihrem Verhältnis gewusst hat. Eines war dem Strobel aber bei all seinen Verdächtigen nicht klar. Warum sollten die das Geld aus der Kassa gestohlen haben? Immer wieder hat er sich das Blatt mit den Namen angeschaut und über alles nachgedacht. Auf einen grünen Zweig ist er aber nicht gekommen. Also hat er beschlossen, auch von diesen Personen Vergleichsabdrücke zu machen. Schaden hat es ja nicht können. Er nahm sich vor, am nächsten Tag damit anzufangen. Gleich nach seinem Gespräch mit der Frau Höllerer. Weil, die sollte ja morgen zurückkommen. Ein Gedanke war da allerdings noch, der den Strobel nicht losgelassen hat. Er hat einfach nicht verstehen können, wieso die Leute im Dorf so intime Geheimnisse gekannt haben. Das war geradezu unglaublich, wie gut die informiert waren. Sein mulmiges Gefühl, was das Gespräch mit der Frau Höllerer angegangen ist, hat sich dadurch aber noch verstärkt, weil er nämlich nicht gewusst hat, wie er sie danach fragen soll.

Mit diesem Gedanken hat er den Staatsanwalt angerufen und ihm den Stand der Ermittlungen mitgeteilt. Der hat sich alles angehört und die Bedenken vom Strobel, betreffend die Täterschaft vom Mampfi, völlig ignoriert. Er war der Meinung, dass die bisherigen Ermittlungsergebnisse noch kein Beweis dafür waren, dass der Mampfi unschuldig war. Deshalb hat er am Ende auch angeordnet, dass der Mampfi in die Justizanstalt eingeliefert werden soll, und hat aufgelegt.

Der Kollege von der Mordkommission, den der Strobel gleich danach angerufen hat, hat das auch so gesehen. Übernehmen hat er den Fall immer noch nicht wollen. Sein Argument, dass ja alle nötigen Ermittlungsschritte schon gelaufen seien, hat der Strobel nicht entkräften können. Gefreut hat er sich aber nicht darüber, dass seine letzte Hoffnung, den Fall doch noch wegzubringen, zerschlagen worden ist. Und das, obwohl er zu diesem Zeitpunkt noch nicht einmal ahnen konnte, was noch alles auf ihn zukommen würde.

14

Währenddessen hat sich der Leo den Tatort der Maibaumschändung angeschaut. Gefunden hat er aber nicht viel. Der Baum war offensichtlich nicht abgesägt, sondern umgeknickt. Das hat so ausgeschaut, als wäre jemand mit einem Auto dagegen gefahren. Es hat aber keine Bremsspuren und keine Scherben gegeben. Nur den geknickten Baum. Die Familie Konrad war auch keine große Hilfe. Eine halbe Stunde ist er mit der Frau Gemeinderat und dem Herrn Feuerwehrkommandanten in der Küche gesessen und hat bei Kuchen und Kaffee ein paar Fragen gestellt. Brauchbare Antworten hat er aber nicht bekommen. Geredet hat nur sie und der Leo hat sich heimlich gedacht, dass er heilfroh ist, dass er nicht mit der Herta verheiratet sein muss. Der Christian ist nur daneben gesessen und hat keinen Ton von sich gegeben. Einmal hat er schon was sagen wollen. Aber da ist ihm seine Frau derart resolut ins Wort gefallen und hat ihn so finster angeschaut, dass er gleich wieder ruhig war.

Kurz hat sich der Leo überlegt, ob sie dafür verantwortlich gewesen ist, dass ihr Mann ein großes Pflaster auf der Stirn und ein blaues Auge gehabt hat. Vielleicht hat er ja was Falsches gesagt, hat sich der Leo still und heimlich gedacht. Aber um den armen Mann nicht in eine peinliche Situation zu bringen, hat er lieber nicht danach gefragt. Er hat sich aber vorgenommen, den Christian einmal unter vier Augen danach zu fragen. Dazu musst du wissen, dass der Konrad Christian wirklich kein schönes Leben gehabt hat bei der Herta. Die war nämlich eine durch und durch Perfekte. Nichts hat die Frau dem Zufall überlassen. In dieser Familie hat eindeutig die Herta die Hosen angehabt. Das hat nicht nur ihr Mann deutlich zu spüren bekommen, sondern auch ihr Sohn, der Peter. Dem hat sie nämlich Zeit seines Lebens Druck gemacht.

In der Schule hat er immer der Beste sein müssen, weil die Frau Mama schließlich Lehrerin war und sich eine lerntechnische Blamage ihres Sprösslings natürlich nicht hat leisten können. Außerdem hat die Herta auch sehr viel Wert auf sein Benehmen gelegt. Der Bub hat schon in jungen Jahren Manieren an den Tag gelegt wie ein englischer Adeliger. Der Peter war quasi ein Vorzeigekind. Einziger Schönheitsfehler: keine Freunde, weil keines der anderen Kinder mit dem Peter was zu tun haben wollte. Der hat nämlich immer alles verraten, wenn sie Blödsinn gemacht haben, und ein Streber war er auch noch. Die einzige Freude für den Buben war Fußball. Zumindest bis zu dem Moment, wo er sich seinen Spitznamen Torjäger eingehandelt hat. Danach ist er nicht mehr ganz so gern Fußballspielen gegangen. Dass er insgesamt nicht besonders glücklich war, hat die anderen Kinder natürlich nicht interessiert. Seine Mutter allerdings auch nicht. Nur der Christian hat mitbekommen, dass sein Sohn ziemlich leidet, und hat, so gut es eben gegangen ist, versucht ihm zu helfen. Außer Krach mit der Herta hat ihm seine Gutmütigkeit aber nicht viel eingebracht. Außerdem ist es ihm selbst ja auch nicht besser ergangen, weil der Christian war vom Naturell her ein voll lieber und netter Mensch. Richtig konfliktscheu ist er gewesen.

Jetzt wirst du dir denken, wie kann so ein Waschlappen, der sich von seiner Frau unterdrücken lässt, Kommandant der örtlichen Feuerwehr werden. Damit hast du auch recht. Der Christian selbst wollte das nämlich gar nicht wirklich. Die Herta war es, die ihn dazu genötigt hat, überhaupt zur Freiwilligen Feuerwehr zu gehen. Und sie war es auch, die Jahre später mit tatkräftiger Unterstützung vom Herrn Bürgermeister dafür gesorgt hat, dass nicht der Mampfi, sondern ihr Göttergatte Feuerwehrkommandant wird. Sie hat dem Christian nämlich erklärt, dass er auch was darstellen muss in der Gemeinde, weil sie im Gemeinderat, Kirchenchor, Vorstand vom Ortsbildverschönerungsverein und Lehrerin ist. Er nur Elektriker. Und damit ihr Mann da auch sicher nichts falsch verstehen konnte, hat sie ihm auch gleich noch gesagt, dass sie ihn verlassen wird, wenn er nicht macht, was sie will. Na ja, was soll ich dir sagen. Der Christian hat nachgegeben. Im Gegensatz zu seiner geltungssüchtigen Alten, die keiner im Ort leiden hat können und die von ihren Schülern regelrecht gehasst worden ist, war der Christian sehr beliebt. Immer war er freundlich und hilfsbereit. Da hast du gar nichts Schlechtes über ihn sagen können. Und solange ihn die Herta ins Wirtshaus hat gehen lassen, hat er auch viele Freunde gehabt. Irgendwann hat er aber angefangen, seinen Kummer mit Weißwein hinunter zu spülen. In rauen Mengen hat er das Zeug in sich hineingeschüttet. Ständig war er besoffen, weil er es sonst nicht ausgehalten hat mit seinem Hausdrachen. Eines schönen Tages hat die Herta aber beschlossen, dass es ihr gar nicht gefällt, dass ausgerechnet *ihr* Mann ständig bis zum frühen Morgen besoffen im Wirtshaus herumhängt, und sie hat ihn abgeholt. Und das in einer Art und Weise, wo auch der Dümmste begriffen hat, wer der Boss ist.

Breitbeinig und mit in die Hüften gestemmten Armen ist sie vor dem Christian gestanden und hat ihn mit zusammengebissenen Zähnen angezischt, dass er jetzt gefälligst heimkommen soll, bevor ihr die Geduld endgültig ausgeht. Dann hat sie ihn regelrecht aus dem Lokal getrieben. Der Vorfall hat sich drei Jahre vor der Sache mit dem Maibaum abgespielt. Seitdem hat man den Christian nie wieder im Wirtshaus gesehen. Danach war seine einzige Zufluchtsmöglichkeit die Feuerwehr. Die hat jetzt viel mehr Übungen gemacht als je zuvor. Dagegen hat die

Herta natürlich nicht viel unternehmen können. Für den Christian selbst waren die Übungen nicht so wichtig. Ihm ist es um die Nachbesprechung gegangen. Da hat er nämlich dann das eine oder andere Viertel Weißwein trinken können. Irgendwann haben sich die Übungen, die unter der Woche stattgefunden haben, rein auf die Nachbesprechung beschränkt. Oft war der Christian sogar der einzige Übungsteilnehmer.

Für die Florianijünger hat die Sache mit den Übungen was durchaus Positives gebracht, weil sie auf einmal bei den landesweiten Vergleichskämpfen voll gut abgeschnitten haben. Immer vorn dabei sind sie plötzlich gewesen. Übung macht ja bekanntlich den Meister. Ganz schlimm ist es mit dem Christian dann geworden, wie der Peter sein Heil in der Flucht gesucht hat und angefangen hat, in Wien zu studieren. Nicht weil er, sondern weil seine Mutter es unbedingt wollte. Aber diesmal war dem Peter der Wunsch seiner Mutter sehr willkommen. Es war ihm sogar völlig egal, dass er es sich nicht aussuchen konnte, was er studiert. Jetzt war der Christian seiner Frau ganz allein ausgeliefert. Seinen geliebten Sohn hat er nur noch am Wochenende gesehen. Da hat der Peter nämlich Fußball gespielt und sich Geld und frische Wäsche geholt.

In den Tagen zwischen diesen Besuchen hat er nicht einmal angerufen. Aber nicht, dass du glaubst, der Peter hat ein Problem mit seinem Vater gehabt und sich deshalb nicht gerührt. Nein, er hat ganz einfach Angst gehabt, dass seine Mutter abhebt. Und mit ihr wollte er absolut nicht reden. Insgesamt gesehen war der Christian eine arme Sau, wie man so sagt. Ich kann mich noch gut daran erinnern, dass sogar wir Kinder uns über ihn lustig gemacht haben, weil er so ein Pantoffelheld war. Was noch dazu gekommen ist, war ein Gerücht, das sich hartnäckig im Ort gehalten hat. Nämlich, dass die Sauberfrau Herta dem Christian Hörner aufgesetzt hat. Ausgerechnet mit dem Herrn Bürgermeister, der ja auch Familie gehabt hat. Ich glaube aber, dass das dem Christian völlig egal war, weil der sicher sowieso keine Lust mehr gehabt hat, mit seiner Frau zu schlafen. Sei's drum. Jedenfalls verstehst du jetzt vielleicht, warum der Leo nicht gefragt hat, woher der Christian die Verletzungen gehabt hat.

Nebenbei bemerkt hat den Leo der Maibaum gar nicht interessiert. Er war nämlich in Gedanken dauernd damit beschäftigt, wie er den Mampfi endgültig überführen kann. Dabei hat er sich immer überlegt, was wohl das FBI in so einem Fall tun würde. Du musst nämlich wissen, dass der Leo ein absoluter Fan vom FBI war. Ständig hat er sich irgendwelche Bücher über die Arbeitsmethoden der amerikanischen Kollegen gekauft. Es hat damals kaum ein Buch zu diesem Thema gegeben, das der Leo nicht gehabt hat. Das war auch der Grund, warum er so davon überzeugt war, dass er den Fall viel besser lösen kann als sein Chef.

Außerdem hat er jede Menge Kriminalromane gelesen. Seine Lieblingshelden waren der Jerry Cotton und der Philip Marlowe. Richtiggehend verschlungen hat er diese Lektüre und sich insgeheim gewünscht, so sein zu können wie die beiden. Vielleicht hat sich deswegen der Gedanke so sehr in seinem Hirn festgesetzt, dass er unbedingt derjenige sein muss, der den Fall endgültig löst. Viel lieber wäre ihm aber gewesen, wenn der

Mampfi alles abgestritten hätte. Dann hätte er sich noch viel mehr Anerkennung verdienen können. Jedenfalls hat er in jede Richtung vorausgedacht. Regelmäßig hat er heimlich den Bezirkskommandanten angerufen und durchblicken lassen, dass der Strobel Poldi die Sache überhaupt nicht im Griff hat. Dadurch hat er sich erhofft, dass der Major ihn mit den Ermittlungen betraut. Das hat der aber nicht gemacht, weil der Fall für ihn ohnehin schon geklärt war. Nicht aber für den Leo. Dem hat der schlagende Beweis, der in all seinen Fachbüchern und Romanen immer wieder zur Sprache gekommen ist, gefehlt. Das Tüpfelchen auf dem i quasi. All diese Überlegungen hat er angestellt, während er bei dem Ehepaar Konrad in der Küche hockte. Auf dem Weg zurück zum Posten hat er sich wieder ausgemalt, wie er belobigt werden würde, weil er so gut gearbeitet hat, und dann zur Kriminalabteilung geholt wird.

Zurück auf der Dienststelle hat ihn der Strobel schnell wieder in die Realität zurückgeholt. Der hat ihm nämlich wieder einmal eine Liste mit Namen in die Hand gedrückt und ihm gesagt, er soll von diesen Personen Fingerabdrücke zum Vergleich mit den Tatortspuren besorgen. Das hat den Leo ziemlich geärgert. Aber nicht, weil er die Idee für blöd gehalten hat, sondern weil er nicht selbst darauf gekommen ist. Weil, das FBI hat solche Sachen auch sehr oft gemacht. Dass ausgerechnet der Strobel ihm diesen Auftrag erteilt hat, der sicher keine Ahnung vom FBI gehabt hat, war sehr ärgerlich. Verstärkt hat sich der Frust beim Leo dann auch noch, als sein Chef die neuen Informationen von der Gerichtsmedizin und der Spurensicherung verkündet und ernsthafte Zweifel an der Schuld vom Mampfi hat anklingen lassen.

Da sind dem Leo die Gesichtszüge total entgleist, und die Beherrschung hat er auch ein bisschen verloren und den Strobel angefaucht, dass das noch lange nicht heißen muss, dass er es nicht gewesen ist und er die Watschengeschichte sicher nur erfunden hat, um nicht als Mörder dazustehen. Sein Chef hat nur gemeint, dass das genau der Punkt ist, den man erst einmal beweisen muss. Insgeheim hat der Leo seine Felle schon davonschwimmen gesehen. Er hat jetzt nämlich zugeben müssen, dass sein Chef doch Ordnung ins Anfangschaos gebracht hat und die Dinge Gestalt angenommen haben. Das wieder hat seinen Ehrgeiz, den Mampfi zu überführen, nur noch mehr angestachelt. In diesem Moment haben aber weder der Strobel noch der Leo und schon gar nicht der Berti, der den Eindruck erweckt hat, als ginge ihn das alles überhaupt nichts an, gewusst, dass in den nächsten Tagen gar nichts passieren würde. Ermittlungsstillstand quasi. Nur die Fingerabdrücke haben sie besorgt, und der Strobel hat sein Gespräch mit der Höllerer Kathi hinter sich gebracht. Er war wirklich sehr froh, dass die Frau schon gewusst hat, was passiert ist, und den ersten Schock schon verdaut hatte. So hat er nur kurz mit ihr reden müssen. Sie hat ihm bestätigt, was ihm die Nachbarin schon erzählt hatte. Nämlich, dass sie am Sonntagvormittag wie jede Woche zu ihrer Schwester nach Horn gefahren ist. Sonst hat sie ihm nicht weiterhelfen können, weil sie auch nicht wusste, wer einen Grund gehabt haben könnte, ihrem Mann so was anzutun. Völlig ratlos ist sie dem Strobel vorgekommen. Und auch ein bisschen verloren. Irgendwann hat er gemerkt, dass sie ganz schön mit den Tränen gekämpft hat. Darum hat er sie schnell wieder in Ruhe gelassen und ist gegangen.

15

Im Ort hat sich in diesen paar Tagen allerdings einiges getan. Die Frau vom Berti hat sich nachts redlich bemüht, das Ehepaar Maier endlich als Verbrecher zu entlarven. Vormittags war sie jetzt immer damit beschäftigt, ihre Position als Königin des Tratsches zu festigen. Jeden Abend ist es ihr gelungen, ihrem Mann die neuesten Entwicklungen zu entlocken, ohne dass dem aufgefallen ist, dass sie ihn aushorcht.

Weil dann aber die Neuigkeiten ausgeblieben sind, hat sie angefangen, nach und nach Gerüchte über das Ehepaar Maier auszustreuen. Diesmal war sie allerdings klüger und hat nicht gleich alles verraten, sondern die Sache ganz langsam vorbereitet. Tröpfchen für Tröpfchen quasi, weil es wichtig war, immer etwas zu erzählen. Die Hilde hat nämlich sehr schnell begriffen, dass es viel besser war, wenig zu sagen und es ihren Zuhörerinnen zu überlassen, ihre Schlüsse zu ziehen. Sie selbst hat dann nur noch aufpassen müssen, dass sie immer die letzte Version vom Tratsch gekannt hat, um den Faden weiterspinnen zu können. Manchmal hat sie auch regulierend eingegriffen, wenn die Geschichte in eine Richtung gelaufen ist, die ihr nicht gefallen hat. Auf die Art hat sich das Ehepaar Maier langsam, aber beständig in wahre Supergangster verwandelt. Jeder Einbruch in der Gegend ist automatisch den beiden angelastet worden. Die Hilde hat nichts weiter tun müssen, als immer wieder irgendwelche sonderbaren Vorgänge im Haus gegenüber zu erfinden. Das Ganze war quasi ein Selbstläufer. Keine von den anderen Frauen hat sich auch nur kurz die Frage gestellt, woher die Hilde das alles so genau gewusst hat.

Bei der Frau vom Mampfi ist es nicht nur bei den Gerüchten geblieben. Der hat nämlich irgendwer eines Nachts mit weißer Farbe zwei Worte vor dem Haus auf den Asphalt geschrieben. Mörderhure und Bastard. In schönen großen Buchstaben. So, dass es auch ja niemand übersehen konnte. Schließlich sollten ja alle Dorfbewohner wissen, was das für eine Familie war, die da in ihrer Mitte gewohnt hat. Die Elfriede hat das natürlich nicht kalt gelassen, und sie hat sich fast die Augen ausgeweint. Und auch der Jakob hat unter seinem neuen Image sehr gelitten. Schon überhaupt, weil er seiner Mutter nicht glauben wollte, dass das alles eine Lüge ist und sie niemals ein Verhältnis mit dem Höllerer Hans gehabt hat. Andererseits hat er auch nicht der Sohn von einem Mörder sein wollen. Jetzt versuch dir vorzustellen, du wärst an der Stelle vom Jakob. Was wäre dir denn lieber gewesen? Sohn vom Opfer oder Sohn vom Mörder? Für den Jakob war das keine leichte Entscheidung, ob er Bastard oder Mörderbube genannt werden wollte. Gefallen hat ihm beides nicht wirklich. Und ein Hurensohn, wie ihn manche auch genannt haben, wollte er auch nicht sein. Da hat es ihm jetzt gar nichts genützt, dass er so gut Fußball gespielt hat, dass er auch bei Rapid Wien hätte spielen können.

Weder er noch seine Mutter haben sich aus dem Haus getraut. Überall sind sie angestarrt worden und haben mit anhören müssen, wie sich die Leute die Mäuler über sie zerrissen haben. Immerhin war ja das Kaufhaus nicht der einzige Ort, an dem fest getratscht wurde. Du darfst natürlich auch die Wirtshäuser nicht vergessen. Dort haben sich die Gerüchte, die von den Frauen nach Hause gebracht worden sind, unter den Männern herumgesprochen. Für die Ortsbewohner, die weder beim Hörmann eingekauft haben, noch ins Wirtshaus gegangen sind, hat es den Sonntag gegeben. Gleich nach dem Kirchgang haben die Leute die Köpfe zusammengesteckt. Da hat es auch gar nichts genützt, dass der Pfarrer Römer sich mit seinen Predigten alle erdenkliche Mühe gegeben hat, die Menschen auf den richtigen Weg zu bringen. Es war die reinste Wortverschwendung, ihnen sagen zu wollen, dass sie niemanden vorverurteilen sollen. Auch über den Tratsch hat er sich mit harten Worten ausgelassen. Aber das ist an seinen Zuhörern abgeprallt wie der Gummiball von der Mauer. Aber wie dem auch sei.

Am schlimmsten war für die Sedlak Elfriede aber, dass sie ihren Job verloren hat. Gerade jetzt hätte sie jeden Schilling ganz dringend gebraucht, wo doch ihr Mann im Gefängnis war und kein Geld mehr heimgebracht hat. Sie hat überhaupt keine Idee gehabt, wie sie jetzt die Raten für das Haus abzahlen soll. Zum Glück hat das der Jakob nicht gewusst. Der war mit seinen eigenen Problemen ohnehin mehr als ausgelastet.

Was die Elfriede allerdings sehr überrascht hat, war, dass ausgerechnet die Frau vom Höllerer in dieser Situation zu ihr gehalten hat. Die hat nämlich angefangen, für die Elfriede und den Jakob einkaufen zu gehen, und ihnen in der Nacht heimlich Lebensmittel zu bringen, damit sie nicht mehr so oft aus dem Haus gehen müssen. Die Kathi hat keine Sekunde glauben wollen, dass ihr Mann ein Verhältnis mit der Elfriede gehabt hat, geschweige denn, dass er der Vater vom Jakob sein soll. Viel zu gut hat sie sich noch daran erinnert, wie verzweifelt sie und der Hans gewesen sind, weil sie so lange nicht schwanger geworden ist. Die Ärzte haben damals festgestellt, dass der Hans oder besser gesagt sein Sperma das Problem war. Das Wichtigste war allerdings, dass sie es gar nicht glauben wollte. Was du jetzt nicht wissen kannst und auch sonst keiner zu dem Zeitpunkt wissen konnte, ist, dass sie sich auch ein kleines bisschen schuldig gefühlt hat, die Kathi. Sie hat nämlich auch so ihre Geheimnisse gehabt und nicht ganz die Wahrheit erzählt, was den Todestag ihres Gatten anging. Aber das ist erst einige Tage später herausgekommen. Genauer gesagt am selben Tag, an dem das Ergebnis vom Fingerabdruckvergleich für große Überraschung gesorgt und der Hilde neue Munition für die Gerüchteküche geliefert hat.

16

Du wirst nie draufkommen, zu wem die Fingerabdrücke auf der Kassa gehört haben. Das war auch für den Strobel Poldi eine ganz große Überraschung. Er hat es zuerst gar nicht glauben können, wie er den Namen gelesen hat. Verblüffung pur, quasi. Und dann auch noch Verwirrung, weil er gar keinen Zusammenhang zwischen dem Höllerer und dem Konrad Peter herstellen konnte. Außerdem hat er sich gar nicht vorstellen können, was der Vorzeigesohn von der Frau Gemeinderat mit der Sache zu tun haben sollte. Das Ergebnis war aber eindeutig. Zweifelsfrei rechter Daumen und Zeigefinger vom Konrad Peter.

Da hat sich der Strobel wirklich lange überlegt, ob er das seinen beiden Kollegen überhaupt sagen soll. Weil, in der Zwischenzeit hatte er schon kapiert, dass einer der beiden die Sache mit der Amtsverschwiegenheit nicht so genau genommen hat. Ein Teil der Gerüchte war nämlich so gut, dass er nur vom Gendarmerieposten kommen konnte. Nur, wer von ihnen der Geschwätzige war, hat er noch nicht gewusst. Er hat sich aber fest vorgenommen, das herauszufinden.

Zuerst hat er an diesem Tag aber zur Besprechung im Bezirkskommando müssen. Da sind nämlich einmal im Monat alle Postenkommandanten zusammengekommen und vom Bezirkskommandanten und seinen Männern über die neuesten Befehle und Erlässe informiert worden. Der Strobel ist ganz gern zu diesen Besprechungen gefahren, weil er dort einmal andere Gesichter gesehen und neue Geschichten gehört hat. Diesmal ist allerdings er vom Bezirkskommandanten aufgefordert worden, über den Ermittlungsstand im Mordfall zu berichten. Das war dem Strobel schon sehr unangenehm. Erstens hat er gewusst, dass er vor dem Major nicht sagen konnte, dass er von der Schuld des Verdächtigen nicht überzeugt war, und zweitens hat er auch nicht vor allen zugeben wollen, dass er im Grunde gar nicht viel gewusst hat. Vorsichtshalber hat er von den Fingerabdrücken vom Konrad Peter vorerst auch kein Wort gesagt. Und auch von den Gerüchten über den Höllerer und die Sedlak Elfriede hat er nichts erzählt.

Nach der Besprechung hat der Strobel dann wieder zurückfahren wollen. Aber bevor er ins Auto eingestiegen ist, hat ihn der Berger Helmut aufgehalten. Der war der Kommandant vom Nachbarposten und ein recht sympathischer Bursche. Jedenfalls hat sich der Berger sehr für den Fall interessiert und dem Strobel ein paar Fragen gestellt. Zum Beispiel wollte er wissen, was denn die Frau vom Höllerer für ein Auto fährt. Der Strobel wollte zuerst fragen, warum der Berger das wissen will, hat den Impuls aber unterdrückt. Er selbst hat das nämlich auch nicht leiden können, wenn einer auf eine Frage mit einer Gegenfrage geantwortet hat. Ein ausgesprochener Saubrauch so etwas, hat der Strobel selbst gefunden. Darum hat er dem Berger auch gesagt, dass die Höllerer Kathi ein sehr auffälliges Auto hat. Nämlich einen roten Auto Union 1000 SP, Baujahr 1959. Von diesen Autos hast du nicht viele in der Gegend gesehen. Genau genommen nur eines. Das von der Höllerer Kathi. Und weil der Strobel sich sehr für Autos interessiert hat und sich selbst einmal genau so eines kaufen wollte, hat er auch exakt gewusst, was für ein Modell das war.

Insgeheim hat sich der Strobel natürlich gefragt, wieso der Berger das unbedingt wissen wollte. Lange hat er auf die Antwort aber nicht warten müssen. Zuerst hat der Berger noch so ein bisschen herumgedruckst und seinen Satz mit einem zögerlichen »Ich weiß ja nicht, ob es wichtig ist« eingeleitet. Aber dann hat er anscheinend gemerkt, dass der Strobel ein bisschen ungeduldig war und hat ihm was erzählt, bei dem es dem Strobel die Sprache verschlagen hat. Und in seinem Hirnkastel hat das auch einiges durcheinander geschmissen. Du musst dir vorstellen, dass der arme Strobel sowieso schon ein Problem mit seinen Verdächtigen gehabt hat, weil der Mampfi ein Motiv gehabt hat. Seine Frau hat auch ein Motiv gehabt. Der Konrad Peter, der die Kassa ausgeräumt hat, hat auch ein Motiv gehabt. Der Sedlak Jakob hat ein Motiv gehabt. Und auch die Frau vom Höllerer hätte ein Motiv gehabt. Aber zum Glück auch ein Alibi. Zumindest bis jetzt. Weil jetzt hat der Berger dem Strobel erzählt, dass er die Höllerer Kathi am Tag des Mordes gesehen hat.

In Richtung Horn ist sie gefahren. Und zwar so schnell, dass sie dem Berger aufgefallen ist und er sie angehalten hat. Aber stell dir vor. Nicht am Vormittag hat er sie rasen gesehen, sondern gegen neun Uhr am Abend. Da ist dem Strobel schlagartig klar geworden, dass er die Höllerer Kathi ganz schnell wieder auf die Liste seiner Verdächtigen setzen muss. Sie hat jetzt nämlich nicht nur ein theoretisches Motiv, sondern praktisch auch Zeit und Gelegenheit für den Mord gehabt. Ergo nicht drei, sondern vier Verdächtige. Das hat der arme Strobel erst einmal verdauen müssen. Zum Abschluss hat ihn der Berger noch vor dem Leo gewarnt.

Er hat ihm erzählt, dass er von seinem Freund am Bezirkskommando gehört hat, dass der Leo sich ständig beim Major über ihn beschwert. Das hat den Strobel nicht sonderlich überrascht. Er hatte ohnehin schon den Verdacht gehabt, dass es der Leo gewesen ist, der dem Major alles brühwarm erzählt hat. Er hat sich beim Berger für die Informationen bedankt und sich auf den Heimweg gemacht. Noch bevor er aus der Stadt draußen war, ist ihm aber klar geworden, dass er jetzt was tun muss. In vier Richtungen gleichzeitig ermitteln ist ihm ein bisschen stressig vorgekommen. Es ist ihm aber nur ein Weg eingefallen, wie er aus der Situation rauskommen konnte. Ausschlussprinzip! Und damit wollte er gleich anfangen.

Darum hat er umgedreht und ist in Richtung Wien gefahren. Zuerst hat er mit dem Konrad Peter über den Diebstahl reden wollen. Undenkbar ist es schließlich nicht gewesen, dass ihn der Höllerer dabei erwischt und der Peter ihn dann erschlagen hat. Während der ganzen Fahrt hat der Strobel dann darüber nachgedacht, ob er sich das vorstellen kann. Immerhin war der Peter immer ein Musterknabe gewesen. Jetzt sollte er ein Mörder sein. Aber warum nicht? Schließlich war er ja offensichtlich auch ein Dieb. Die Frage, wie weit es vom Dieb bis zum Mörder ist, hat sich der Strobel beim besten Willen nicht beantworten können. Er war aber schon sehr gespannt darauf, was ihm der Peter wohl erzählen würde.

Gehofft hat er jedenfalls, dass es die Wahrheit sein wird.

Und siehst du, das war wieder so eine Situation, in der sich der Strobel was gewünscht hat. Wie hätte er auch wissen sollen, dass ihn die Erfüllung seines Wunsches nicht glücklich machen wird? Es passiert nämlich nicht immer alles so, wie man es haben will. Letztendlich hat sich der Wunsch nach Wahrheit für den Strobel zwar erfüllt. Aber eben auf eine Weise, die er sich nicht vorgestellt hat und auf die er auch gern verzichtet hätte. Manchmal tut einem zu viel Wahrheit nämlich auch nicht gut.

Trotzdem kannst du dem Strobel seinen Wunsch natürlich nicht vorwerfen. Er hat ja nur seine Arbeit gut machen und weiteren Schaden für alle Beteiligten verhindern wollen. Zum Glück hat er während seiner Fahrt im Dienstkäfer noch nicht gewusst, dass schwere Zeiten auf ihn zugekommen sind. So hat er wenigstens noch Gelegenheit gehabt, ein bisschen vor sich hin zu philosophieren. Er hat darüber nachgedacht, wieso die Menschen in Tratschen so eine diebische Freude am Unglück anderer gehabt haben. Besonders erschreckt hat ihn, dass vor lauter Sensationsgeilheit offenbar niemand Mitleid mit dem Opfer hatte. Es ist ihm auch vorgekommen, als hätten alle den Mampfi längst verurteilt. Und genau genommen war es ja auch so. Spätestens mit den ganzen Gerüchten über ihn und seine Familie. Selbst wenn sich herausstellen sollte, dass er den Höllerer gar nicht umgebracht hat, würde er wohl nicht mehr ruhig leben können.

Weil, wie hätte er je wieder auf die Straße gehen und seinen ehemaligen Freunden und Bekannten in die Augen schauen können. Wie sollten die ihm in die Augen schauen, die ihn so hemmungslos in Verruf gebracht hatten. Für den Mampfi war ziemlich sicher alles verloren. Er würde mit seiner Familie weggehen und woanders wieder von vorn beginnen müssen. Der Strobel hat sich aber auch gefragt, wie eine Familie so etwas wegstecken sollte. Würde für das Ehepaar Sedlak und ihren Sohn irgendwann alles wieder beim Alten sein? Ja, darüber hat der Strobel während der Fahrt ganz intensiv nachgedacht. Zu einer Lösung ist er freilich nicht gekommen. Er hat nur Mitleid für die Familie Sedlak gespürt. Auch wenn der Mampfi wirklich ein Mörder gewesen sein sollte, seine Frau und sein Sohn waren daran sicher nicht schuld.

17

Zum Glück für den Strobel hat der junge Konrad gleich am Anfang von der Brünnerstraße gewohnt. Der Strobel war nämlich das typische Landei und hat sich in einer so großen Stadt nicht gut zurechtgefunden. Und dann hat er gleich noch zweimal Glück gehabt. Erstens: ein Parkplatz genau vor der Eingangstür. Zweitens: der Peter war auch zu Hause.

Jetzt kannst du dir vorstellen, wie überrascht der junge Mann war, wie er die Tür aufgemacht und den Strobel gesehen hat. Kreidebleich ist er geworden und hat erst einmal gar nicht gewusst, was er sagen soll. So sind sie fast eine Minute lang dagestanden. Der Peter in der Wohnung und der Strobel auf dem Gang. Der Junge hat den Strobel angestarrt wie das Kaninchen die Schlange. Dem hast du das schlechte Gewissen sofort angesehen. Und weil die Herumsteherei nicht sehr viel gebracht hat, wollte der Strobel dann ganz ruhig und freundlich wissen, ob er vielleicht hineinkommen darf.

Da ist der Peter wieder munter geworden, hat den Strobel hinein gelassen, ihn zu einer Ecke geführt, in der zwei alte Polstersessel und ein kleiner runder Tisch gestanden sind, und hat ihm einen Platz angeboten. Sie haben sich gesetzt, und der Peter ist wieder dazu übergegangen, den Gendarmen anzustarren, ohne auch nur ein Wort zu sagen. Der Strobel hat das Gefühl gehabt, dass der Peter sogar aufgehört hat zu atmen. So ruhig war er. Bis auf seine Hände. Die waren überhaupt nicht ruhig und haben ganz schön arg gezittert. Und geschwitzt hat er auch ordentlich, der Peter. Insgesamt ein mitleiderregender Anblick. Das hat zumindest der Strobel gefunden. Deshalb hat er nach weiteren, nicht enden wollenden Minuten beschlossen, das Wort zu ergreifen und gar nicht lange um den heißen Brei herum zu reden. Er hat dem Peter fest in die Augen geschaut und ihn gefragt, ob er sich denken kann, warum er zu ihm gekommen ist. Der Peter hat mit fest zusammengepressten, blutleeren Lippen auf den Boden geschaut und fast unmerklich genickt. Gesagt hat er aber immer noch nichts. Also hat der Strobel weitergeredet und noch eine Frage gestellt. »Und, was denkst du, warum?« Dann hat er wieder gewartet. Schon nach ein paar Augenblicken hat der Peter geflüstert: »Wegen dem Höllerer.« Nach dieser Antwort hat der Strobel schon befürchtet, dass der Peter der Mörder sein könnte.

Also hat er ihn ganz einfach gefragt, was genau in dieser Nacht passiert ist. Und stell dir vor, der Peter hat dem Strobel wirklich ohne Widerstand erzählt, was los war. In Kurzfassung hat er gesagt, dass er ganz dringend relativ viel Geld gebraucht hat und nicht zu seinen Eltern gehen konnte. Deshalb hat er sich überlegt, dass er in das Clubhaus einbrechen könnte, weil dort bis Montag in der Früh die ganzen Einnahmen vom Match aufbewahrt worden sind. Immer wieder hat er ausdrücklich betont, dass es ein echter Notfall gewesen ist und er das sonst niemals gemacht hätte. Mehr hat er aber nicht gesagt. Vor allem kein Wort wegen dem Höllerer. Darum ist dem Strobel jetzt nichts anderes übrig geblieben, als ihn direkt zu fragen, ob er eventuell den Höllerer umgebracht oder wenigstens irgendwas gesehen hat.

Da ist ein richtiger Ruck durch den gebeugten Körper vom Peter gegangen, und er hat sich aufgerichtet. Mit weit aufgerissenen Augen hat er den Strobel angeschaut und geschrien, dass er das nicht gewesen ist und erzählt, dass er kurz vor zwölf zum Clubhaus gegangen ist, um durch ein Fenster an der Rückseite in das Gebäude einzusteigen. Weil er geglaubt hat, dass niemand mehr auf dem Fußballplatz ist, hat er sich nicht die Mühe gemacht, besonders leise zu sein, und hat mit dem Handballen gegen den Fensterrahmen geschlagen. Plötzlich hat er gehört, dass vorn die Tür aufgegangen und jemand herausgekommen ist. Er hat schon gedacht, er ist erwischt worden, hat dann aber deutlich jemanden davonlaufen gehört. Im ersten Moment hat er sich gedacht, dass vielleicht einer schneller war und das Geld schon gestohlen hat, und ist langsam auf die Tür zugegangen. Durch die helle Straßenbeleuchtung hat er sehen können, dass niemand im Vorraum des Clubhauses war und ist hineingehuscht. Weil das Geld hat er natürlich immer noch stehlen wollen.

Im hinteren Raum war es aber so finster, dass er das Licht aufdrehen musste. Und da wäre er dann fast über den Höllerer gestolpert. Der ist nämlich auf dem Boden gelegen und hat sich gar nicht mehr gerührt. Überall war Blut. Statt einfach wegzulaufen hat er sich zusammengerissen, sich hingekniet und geschaut, ob der Höllerer noch atmet. Hat er aber nicht. Und von einem Puls war auch nichts mehr zu spüren. Kurz hat er sich überlegt, ob er Alarm schlagen soll, hat die Idee aber gleich wieder verworfen, weil er das Geld so dringend gebraucht hat. Also hat er die Augen zusammengepresst, die Luft angehalten und ist über die Leiche gestiegen, um die Geldkassette zu suchen. Die ist keinen Meter vom Höllerer entfernt auf dem Boden gelegen. Der Peter hat sie in seinem Schock aufgehoben und hineingeschaut. Sie war leer. Also ist er unverrichteter Dinge davongelaufen und nach Wien zurückgefahren.

Der Strobel hat ihn natürlich gleich gefragt, warum er nicht doch noch auf den Posten gekommen ist, um die Sache zu melden. Da hat ihn der Peter so vorwurfsvoll angeschaut, dass dem Strobel selbst klar geworden ist, dass das eine blöde Frage war. Wie hätte der Peter denn erklären sollen, warum er um die Zeit im Clubhaus war? Der Höllerer war schon tot, das Geld schon gestohlen und der Mörder bereits über alle Berge. Warum hätte der Peter das also machen sollen? An seine Fingerabdrücke auf der Kassa hat er leider nicht gedacht. Natürlich schwerer Fehler. Aber verständlich. Immerhin war der Peter ja kein Profieinbrecher. Eher ein stümperhafter Anfänger.

Der Strobel hat ganz genau zugehört und den Jungen reden lassen. So recht hat er nicht gewusst, ob er die Geschichte glauben soll oder nicht. Der Peter hat Stein und Bein geschworen, dass das die Wahrheit ist und er den Höllerer nicht umgebracht und auch das Geld letztendlich nicht gestohlen hat. Auf dem Punkt mit dem Geld ist der Strobel dann ziemlich lang herumgeritten. Bis ihm endlich selbst aufgefallen ist, dass er den Burschen noch gar nicht gefragt hatte, wofür der das Geld eigentlich so dringend gebraucht hat. Und siehst du, diese Frage wollte der Peter offensichtlich nicht beantworten. Nicht um die Burg. Da hat alles Drängen und Bohren vom Strobel nichts genützt. Nach einigem guten Zureden hat er dann wenigstens gesagt, dass er darüber nicht reden kann. Daraufhin hat sich der Strobel redlich bemüht, ihm klarzumachen, dass er im Moment genauso unter Mordverdacht steht wie der Mampfi und es für ihn ganz furchtbar wichtig wäre, die Wahrheit zu sagen. Aber der Peter war stur wie ein Maulesel und hat immer nur wiederholt, dass er dazu nichts sagen kann.

So behutsam wie möglich hat der Strobel dem jungen Konrad jetzt erklärt, dass er ihn mitnehmen muss, weil die Sache ohne offizielles Verhör und ohne Anzeige nicht aus der Welt zu schaffen ist. Da hat der Bursche angefangen zu heulen wie eine Sirene, und die Tränen sind nur so aus seinen Augen geschossen. Aber bei allem Mitleid hat der Strobel nicht umhin können ihm zu sagen, dass er an der Situation selbst schuld ist und die Verantwortung für sein Handeln übernehmen muss. Vorsichtshalber hat er ihm auch gleich noch erklärt, er soll sich was zum Anziehen und seine Zahnbürste einpacken.

Die Rückfahrt ist zum Großteil schweigend verlaufen. Erst kurz vor Tratschen hat der Peter dann gefragt, ob der Strobel das alles auch seinen Eltern sagen muss. Der hat lange über eine Antwort nachgedacht und schließlich zugeben müssen, dass er das nicht würde verhindern können. Und der Peter ist auf der Rückbank in sich zusammengesunken, als wolle er sich in dem Spalt zwischen Rückenlehne und Sitzfläche verkriechen. Von da an hat er gar nichts mehr gesagt. Der Strobel ist kurz vor dem Ziel von der Straße abgebogen und den Rest der Strecke zum Posten auf Feldwegen gefahren.

Damit wollte er verhindern, dass irgendwer sieht, dass der junge Konrad bei ihm im Wagen sitzt. Er hat sich nämlich ganz gut vorstellen können, was das für ein Gerede geben würde. Schließlich hat er den Peter durch den Hintereingang in die Amtsstube gebracht. Zu seiner großen Überraschung war der Mampfi immer noch in seiner Zelle, obwohl er eigentlich schon in der Justizanstalt sein sollte. Vorn im Wachzimmer hat er zuerst den Berti gesehen, der sich mit verkniffener Miene an die Wand gelehnt und zum Leo geschaut hat, der hinter seinem Schreibtisch gesessen ist und eifrig in die Tasten der Schreibmaschine gehauen hat. Vor dem Leo ist eine Person gesessen, die der Strobel von hinten nicht gleich erkennen konnte. Im ersten Moment hat er gedacht, der Leo ist dabei, einen der Zeugen von der Liste zu befragen. Aber da war er im Irrtum. Denn was der Leo da gemacht hat, war die dritte große Überraschung an diesem Tag.

18

Zuerst hat der Strobel den Leo nur ungläubig angeschaut. Dann hat er ihn aufgefordert, alles noch einmal zu erzählen. Glaub mir, das hat der Leo nur zu gern gemacht. Mit unverhohlenem Triumph in der Stimme hat er dem Strobel jetzt zum zweiten Mal gesagt, dass er einen Zeugen gefunden hat, der den Mampfi zur tatrelevanten Zeit in der Nähe vom Clubhaus gesehen hatte. Ganz besonders gefreut hat er sich offenbar über die Passage, in der sein Zeuge beschrieben hat, dass er den Mampfi dabei beobachten konnte, wie der einen länglichen Gegenstand in ein kleines Waldstück gegenüber vom Sportplatz geworfen hat. Wie ein Knüppel sollte der Gegenstand ausgesehen haben.

Diese Neuigkeit hat den Strobel richtig geschockt. Jetzt hat es doch noch so ausgeschaut, als hätte der Mampfi den Höllerer erschlagen. Während der Leo seinen Auftritt sichtlich genossen hat, hat sich auch sein Zeuge umgedreht und den Strobel frech angegrinst. Und das war kein besonders schöner Anblick. Weil, du musst wissen, dass es der Platzer Franz war, der da auf dem Stuhl gehockt ist. Der war ein ortsbekannter Säufer und hat nur noch wenige Zähne im Mund gehabt. Die paar, die er noch hatte, waren schwarzbraun und haben aus der Nähe nicht sonderlich gut gerochen. Was aber keine große Rolle gespielt hat, weil der Platzer Franz als Ganzes nicht gerade nach Rosenwasser geduftet hat. Man könnte auch sagen, dass er gestunken hat wie ein Schwein.

Der Strobel hat den Berti angeschaut und auf den Konrad Peter gezeigt. Er hat nur ein einziges Wort hervorgebracht. »Zelle.« Zum Peter hat er gesagt, dass er mit dem Berti mitgehen soll. Dem Leo ist vor lauter Freude gar nicht eingefallen zu fragen, warum der Konrad Peter in die Zelle soll. Der Berti allerdings hat sich sehr darüber gewundert und hat zu einer Frage angesetzt, die er sich dann doch lieber gespart hat, weil ihn der Strobel so böse angeschaut hat. Mit einem brummig klingenden »Na, dann komm mit, mein Freund« hat er den Peter in die freie Zelle neben die vom Mampfi gesteckt. Beim Zusperren hat er sich gedacht, dass hoffentlich keiner mehr eingesperrt wird. Weil, Platz haben sie jetzt keinen mehr gehabt. Im Wachzimmer hat der Leo gerade die letzten Zeilen von der Aussage vom Platzer fertig getippt. Mit viel Schwung hat er das Blatt aus der Maschine gezogen und vor den Platzer gelegt. Dann hat er ihm einen Kugelschreiber in die Hand gedrückt und ihn aufgefordert, seine Aussage noch einmal durchzulesen und zu unterschreiben.

Derweil haben sich im Hirn vom Strobel die Gedanken förmlich überschlagen. Und langsam, aber sicher hat er ein bisschen die Übersicht verloren. Da war zum einen die Sache mit der Höllerer Kathi dran schuld. Zum anderen der Konrad Peter und nicht zuletzt der offensichtlich besoffene Platzer Franz mit seiner Aussage. Alles zusammen hat für den Strobel keinen Sinn ergeben, weil einfach zu viele Fragen offen geblieben sind. Obwohl er sich schon eingestehen hat müssen, dass es für den Mampfi jetzt nicht mehr so rosig ausgeschaut hat. Aber, wie zum Teufel, haben die Kathi und der Peter in das Bild gepasst?

Natürlich war ihm klar, dass er zuerst mit der Kathi reden muss, um überhaupt was sagen zu können. Aber verdächtig ist es ihm schon vorgekommen, dass sie am Sonntagabend noch in der Gegend gewesen ist. Und auch die Geschichte vom jungen Konrad ist, kritisch betrachtet, alles andere als wasserdicht gewesen. Natürlich hat der genauso gut der Mörder sein können. Vielleicht hat ihn ja der Höllerer beim Diebstahl erwischt, und er hat ihn im Affekt erschlagen. Wer hat das zu diesem Zeitpunkt schon sagen können. Während im Hirn vom Strobel Alarmstufe Rot geherrscht hat, ist der Leo mit seinem Zeugen zur Tür gegangen und hat ihn mit einem Händedruck hinausgelassen. Danach ist er zu seinem Schreibtisch gegangen, hat die Aussage geholt und sie dem Strobel unter die Nase gehalten. »Ich glaube, das war es jetzt endgültig!«, hat er, mit sich und der Welt zufrieden, festgestellt.

Sein Chef hat den Wisch genommen und sich an seinen Schreibtisch gesetzt, um sich das Werk durchzulesen. Der Berti, der eigentlich immer noch gern gewusst hätte, warum er den jungen Konrad in die Zelle setzen musste, hat sich die Szene schweigend angeschaut und beschlossen, den Mund lieber erst aufzumachen, sobald der Strobel mit dem Lesen fertig ist. Als wäre nichts gewesen, hat der Leo inzwischen demonstrativ seinen Schreibtisch aufgeräumt. Obwohl es da eigentlich gar nichts zum Aufräumen gegeben hat. Der Tisch war bis auf die Schreibmaschine und einige Stifte nämlich leer. Aber genau diese Stifte hat der Leo jetzt mit einer Akribie geordnet, dass der Berti beim Zuschauen eine richtige Wut bekommen hat. Der hat den besserwisserischen Kollegen nämlich noch nie wirklich gemocht. Genauer gesagt, ist ihm der

Leo ganz furchtbar auf den sprichwörtlichen Sack gegangen. Und jetzt, genau in diesem Moment, wo der Leo so blöd mit seinen Stiften herumgemacht hat, ist dem Berti beinahe der Kragen geplatzt. In seiner Not ist er zu den Zellen gegangen und hat die beiden Insassen gefragt, ob sie was brauchen. Nur um sich vom Leo abzulenken. Insgeheim hat er für sich selbst wieder einmal festgestellt, dass der Herr Kollege ein riesengroßes Arschloch ist. Bei all seiner Gutmütigkeit hat der Berti in diesem Moment beschlossen, dem Leo das bei nächster Gelegenheit auch zu sagen.

Auch der Strobel Poldi hat sich beim Durchlesen sehr über den Leo geärgert, weil auf dem Blatt nicht viel gestanden ist. Genau genommen ist nur zu lesen gewesen, dass der Platzer Franz gegen neun Uhr am Abend den Mampfi beim Sportplatz gesehen hat, wie er den Knüppel in den Wald geworfen hat.

Kein Wort darüber, wo der Platzer hergekommen ist oder wo er hin wollte. Kein Wort darüber, ob er nüchtern oder wie üblich stockbesoffen war. Nicht ein Wort darüber, wieso er sich so sicher war, dass es der Mampfi war, den er gesehen hat. Minimalistische viereinhalb Zeilen hat der Leo zu Papier gebracht. Mit einem Fehler in jeder Zeile. Nicht gerade eine Meisterleistung, wie der Strobel gefunden hat. So ist das sicher nicht in den Büchern über das FBI gestanden.

Genau das hat der Strobel dem Leo dann auch gesagt, weil er ihn nicht wirklich leiden konnte. Und jetzt, wo der Leo seinen vermeintlichen Triumph so ausgekostet hat, war er ihm noch viel unsympathischer als sonst. Am liebsten hätte der Strobel ihm ins Gesicht gesagt, dass er ein präpotenter kleiner Wichser ist. Das hat er sich aber gespart.

Nicht gespart hat er sich allerdings die Bemerkung, dass die viereinhalb Zeilen, die der Leo da verfasst hat, alles in allem eine wahnsinnig beeindruckende Leistung gewesen sind. »Vor allem rechtschreibtechnisch«, hat der Strobel festgestellt. Und, ob du es glaubst oder nicht, er hat es sogar geschafft, das in einem völlig neutralen Tonfall zu sagen. Da hast du kein bisschen Sarkasmus herausgehört. Total cool hat er geklungen, der Strobel. Und auch in seinem Gesicht hat sich kein Muskel bewegt. Er hat so unschuldig dreingeschaut, dass der Leo zuerst wirklich geglaubt hat, dass ihn sein Chef gerade gelobt hat. Das hat ihn dann doch gefreut, und er hat angefangen zu reden wie ein Wasserfall. Der Strobel hat ihm gar nicht zugehört. Er hat nur das Blatt Papier von seinem Schreibtisch genommen, es langsam und genüsslich zerrissen und in den Papierkorb geworfen. Während er das gemacht hat, hat er den Leo angeschaut und ihm gesagt, dass das alles ist, was man mit dem Mist machen kann. Da sind dem Leo die Worte förmlich im Hals stecken geblieben. Er hat irgendwas gegurgelt, das keiner verstanden hat, und ausgeschaut, als würden ihm gleich die Augen aus dem Kopf springen. Und er ist knallrot angelaufen, während er nach Luft geschnappt hat.

Das Gesicht vom Berti hat sich auch knallrot gefärbt. Aber anders als beim Leo ist das beim Berti davon gekommen, dass er sich mit aller Macht das Lachen verkneifen musste. Er hat sich die Hand vor den Mund gehalten und einmal kräftig hineingebissen, um nicht die Kontrolle zu verlieren. Der Strobel hat sich seelenruhig hinter seinen Schreibtisch gesetzt und den Leo keines Blickes mehr gewürdigt. Der ist wie im Vollrausch auf den Schreibtisch vom Strobel zugetaumelt und hat unentwegt auf den Papierkorb gestarrt. Wie er dann endlich wieder Luft gekriegt und seine Sprache wiedergefunden hat, hat er aber auch nichts Vernünftiges sagen können. Sein Chef hat die Situation voll ausgekostet und ihm gesagt, dass er jetzt genauso redet wie er schreibt. Müll eben. Dann hat er wieder ein Stück Papier vom Schreibtisch genommen und es dem Leo hingehalten. Der hat ungläubig auf das Blatt geglotzt und zuerst gar nicht kapiert, dass es die Aussage vom Platzer war.

Der Strobel hat ihn todernst angeschaut und den Leo gefragt, ob er ernsthaft geglaubt hat, er würde eine unterschriebene Aussage zerreißen und damit ein Beweismittel vernichten. Daraufhin hat sich der Leo wortlos umgedreht und ist davongestürmt. Der Berti hat sich jetzt nicht mehr beherrschen können und hat angefangen, glucksende Laute von sich zu geben. Hinten in seiner Zelle hat der Mampfi kräftig applaudiert. Nur der junge Konrad hat keinen Kommentar abgegeben. Der war viel zu sehr mit sich und seiner Angst beschäftigt. Es war aber nicht das Gefängnis, vor dem er Angst gehabt hat. Nein. Vor seiner Mutter hat er sich gefürchtet.

Der Strobel hat den Berti dann nach Hause geschickt. Er wollte allein mit dem jungen Konrad reden. Das hat der Berti auch kapiert, ohne dass sein Chef es gesagt hat, und ist gegangen. Irgendwann würde er sowieso erfahren, was los war. Bei seiner Hilde angekommen hat er ihr einfach erzählen müssen, was das für ein aufregender Tag gewesen ist. So war er halt gestrickt, der Berti. Er hat sich einfach vor dem Schlafengehen alles von der Seele reden müssen, das ihn bewegt hat. Sonst hat er nämlich nicht gut schlafen können. Und seine Hilde war eine dankbare Zuhörerin.

Besonders wie er erwähnt hat, dass der Strobel den jungen Konrad verhaftet hat. Dem Berti ist nicht aufgefallen, wie die Augen seiner Frau zu leuchten angefangen haben, weil sie sich sehr über diese Information gefreut hat. Das würde morgen einschlagen wie eine Bombe. Und endlich hat sie der arroganten Frau Gemeinderat ihre kleinen Gemeinheiten heimzahlen können. Die hat nämlich die Hilde immer behandelt, als wäre sie ihre persönliche Dienerin. Jetzt war der Tag der Abrechnung in greifbarer Nähe. Vor lauter Aufregung hat sie gar nicht einschlafen können. Zu sehr war sie damit beschäftigt, sich eine gute Geschichte über die Verhaftung des Konrad-Sprosses auszudenken. Keine Sekunde hat sie daran gedacht, dass ihr Mann Probleme bekommen könnte, weil er ihr alles erzählt hat, obwohl er das gar nicht durfte. Armer, armer Berti.

19

Derweil hat sich der Strobel Poldi so seine Gedanken gemacht. Zum Beispiel darüber, dass bis jetzt noch keiner den Mampfi gefragt hat, wo er zur Tatzeit eigentlich gewesen ist. Bis heute sind ja alle davon ausgegangen, dass der Höllerer an den Folgen des Schlages gestorben ist, den ihm der Mampfi verpasst hat. Allerdings soll das schon gegen halb acht gewesen sein. Der Höllerer ist aber wahrscheinlich erst später gestorben. Allerdings nicht an der Platzwunde, sondern an einem Knüppel. Wo war der Mampfi zu dieser Zeit? Diese Frage hat sich der Strobel notiert.

Dann war da noch der Platzer. Der hat ja behauptet, den Mampfi um neun mit einem Knüppel am Tatort gesehen zu haben. Da war der Höllerer aber laut Gerichtsmedizin ziemlich sicher noch am Leben. Hat sich der Platzer vielleicht in der Zeit vertan? Auch diese Frage hat er notiert. Außerdem hat der Leo den Platzer nicht danach gefragt, wo genau der Mampfi den Knüppel hingeworfen haben soll. Das ist natürlich eine sehr wichtige Frage gewesen, weil es unbedingt notwendig war, die Tatwaffe zu finden. Immerhin ein schönes Beweisstück, so eine Tatwaffe. Nur logisch, dass der Strobel sich das notiert hat, um es ja nicht zu vergessen. Zu guter Letzt war da noch die Aussage vom jungen Konrad. Der hat behauptet, bei seinem Einbruchsversuch kurz vor zwölf jemanden davonlaufen gehört zu haben, und dass der Höllerer zu diesem Zeitpunkt schon tot war. Was der Strobel aber unbedingt wissen musste, war, was der junge Konrad mit dem Geld gewollt hat. Weil, wenn der Bursche nicht beweisen konnte, dass er das Geld nicht geklaut hatte, würde es auch für ihn ziemlich eng werden. Also hat sich der Strobel auch diese Frage aufgeschrieben.

Dann hat er sich Folgendes überlegt. Wenn jetzt der Mampfi nicht der Mörder war und der junge Konrad auch nicht, wer dann? Wer war der große Unbekannte, der um Mitternacht im Clubhaus gewesen ist? Da ist ihm natürlich gleich wieder die Höllerer Kathi eingefallen. Wieso hat sie ihm vorgelogen, dass sie bei ihrer Schwester gewesen ist? Außerdem ist sie schon vor der vermutlichen Tatzeit gesehen worden, wie sie Richtung Horn gefahren ist. Ist sie vielleicht noch einmal zurückgekommen? Das denkst du dir jetzt sicher schon, dass der Strobel auch das aufgeschrieben hat. Und damit hast du vollkommen recht.

Was er noch aufgeschrieben hat, war die Frage, wo der Sohn vom Mampfi um diese Zeit gewesen ist. Weil immerhin hat auch der so etwas wie ein Motiv gehabt. Dann ist er aufgestanden und hat aus dem Kühlschrank im Aufenthaltsraum drei Flaschen Bier geholt. Mit denen ist er dann zu den Zellen marschiert und hat eines dem Mampfi und eines dem jungen Konrad in die Hand gedrückt. Die haben ihn alle zwei ziemlich blöd angeschaut. Der Mampfi hat seine Überraschung als Erster überwunden und sich offensichtlich über das Bier gefreut. Der Strobel hat sich einen Sessel geholt und vor den Zellen abgestellt.

Während er sich gesetzt hat, hat er zu den beiden Häftlingen gesagt, dass er dringend mit ihnen reden muss. Jetzt denkst du sicher, dass das eine komische Art ist, ein Verhör zu führen. Aber versuch einmal, den Strobel zu verstehen. Er hat ja immer noch nicht glauben können, dass der Mampfi der Mörder war, und dem jungen Konrad hat er so was schon gar nicht zugetraut. Außerdem hat sich seine Geschichte für den Strobel schon recht glaubwürdig angehört. Was ist ihm also anderes übrig geblieben, wie das Gespräch mit den beiden zu suchen, um ein bisschen gescheiter zu werden? Und was hat es denn schon schaden können, wenn er mit den beiden ein Bier trinkt? Außerdem hat er ganz dringend selbst eines gebraucht. Es war sein erstes seit mindestens einem halben Jahr. So lange hat er schon keinen Alkohol mehr getrunken gehabt. Aber jetzt, in dieser Situation, hat er es wirklich gebraucht.

Natürlich hat er sich große Sorgen gemacht, dass vielleicht der Falsche wegen dem Mord eingesperrt wird. Das hat er nicht gewollt. Bevor er aber irgendeine Frage stellte, hat er in Ruhe gewartet, bis der Mampfi und der junge Konrad ihr Bier ausgetrunken hatten. Weil, eilig war die Sache nicht. Immerhin war eine ganze Nacht Zeit. Dann hat er zuerst den jungen Konrad aus der Zelle geholt und ihn befragt. Und siehst du, der Strobel ist für seine Geduld belohnt worden.

Der junge Konrad hat ihm nach einer Weile nämlich doch noch gesagt, wofür er das Geld gebraucht hat. Oder besser gesagt, für wen. Er hat es nämlich gar nicht selbst gebraucht. Ich meine, die ganze Geschichte hat er dem Strobel nicht erzählt. Aber immerhin hat er ihm verraten, dass das Geld für die Susi bestimmt gewesen ist.

Der Strobel hat auf Anhieb nicht gewusst, von wem der Konrad da redet, und hat nachgefragt. Die Antwort war wieder eine Überraschung, weil es um die Friedel Susi gegangen ist – die Tochter vom Herrn Bürgermeister. Da hat er geschaut, der Strobel. Und gewundert hat er sich auch. Immerhin war der Friedel ein sehr wohlhabender Mann und hätte der Susi jederzeit Geld geben können. Warum also geht der junge Konrad einbrechen, weil die Susi Geld braucht?

Diese Frage hat der junge Mann dann aber nicht mehr beantwortet, sondern dem Strobel gesagt, er soll doch, bitte, so nett sein und das die Susi fragen. Dann hat er noch erzählt, dass die Susi schon seit einiger Zeit bei ihm in der Wohnung wohnte, weil sie von zu Hause weggelaufen ist. Den Grund wollte er aber auch nicht sagen. »Fragen Sie, bitte, die Susi«, hat er darauf geantwortet.

Der Strobel hat sich genau das fest vorgenommen. Vor allem, weil er sich natürlich sehr darüber gewundert hat, dass der Friedel noch keine Anzeige gemacht hat. Weil, üblicherweise machen Eltern das, wenn ihnen ein Kind abhanden kommt. Schon überhaupt, wenn es ein minderjähriges Kind ist. Und soweit der Strobel das gewusst hat, war die Susi auf keinen Fall älter als sechzehn Jahre. Wieso also haben die Friedels das nicht angezeigt? Wieder eine Frage, die er sich aufgeschrieben hat. Dann hat er noch nachgefragt, wie sicher sich der junge Konrad mit der Uhrzeit ist und ob er tatsächlich jemanden gehört hat. Der war sich mit der Zeit ganz sicher, weil er auf die Uhr geschaut hat, bevor er versucht hat, das Fenster aufzubrechen.

Was die Person angegangen ist, die er davonlaufen gehört hat, war er sich auch ganz sicher. Er konnte nämlich auf dem Kiesstreifen vor dem Eingang die Schritte ganz deutlich hören. Jeder, der schon einmal über Kies gelaufen ist, weiß, wie sich das anhört und wie laut das in der Nacht klingen kann. Gesehen hat er die Person aber nicht. Der Strobel hat ihn dann noch gefragt, ob ihm sonst irgendwas aufgefallen ist. Da hat der junge Konrad gemeint, dass er sich zwar nicht ganz sicher ist, aber dass er glaubt, in der Nähe ein Auto gehört zu haben, das weggefahren ist. Insgesamt war der Strobel mit diesem Ergebnis ganz zufrieden.

Die Sache mit dem Alibi vom Mampfi ist allerdings nicht so gut gelaufen. Der hat zwar gesagt, wo er gewesen ist, aber das war kein wirklich gutes Alibi. Der Mampfi hat behauptet, dass er bis zwei Uhr in der Früh im Wald gehockt ist; auf dem Hochstand in der Nähe vom Schweinezüchter. Er war so aufgeregt, dass er nach der Sache mit der Ohrfeige nach Hause gegangen ist, sein Gewehr geholt hat und in den Wald gegangen ist. Ob ihn wer im Ort gesehen hat, hat er aber nicht sagen können. Sicher war er sich nur, dass ihm im Wald keiner begegnet ist. Das war ein Alibi, das im Strobel keine Hoffnungen aufkommen ließ. Damit hat sich der Mampfi nicht entlasten können. Das Einzige, was der Strobel jetzt noch hat machen können, war, seine bisherige Aussage noch einmal ganz genau mit ihm durchzugehen. Das hört sich jetzt ein bisserl so an, als wäre der Strobel der Anwalt vom Mampfi gewesen. Aber genau genommen hat er das jetzt sehr gut gemacht. Im Grunde hat er erst in diesem Moment angefangen, wirklich zu ermitteln. Gebracht hat das im Bezug auf die Aussage seines Hauptverdächtigen allerdings nichts.

Bevor sich der Strobel dann eine Mütze voll Schlaf gönnte, hat er sich fest vorgenommen, am nächsten Tag zur Höllerer Kathi zu gehen und sie zu fragen, warum sie ihn angelogen hatte. Diesmal hat der Strobel aber nicht beim Schreibtisch geschlafen, sondern sich auf das Klappbett im Aufenthaltsraum gelegt. Einschlafen konnte er aber nicht gleich, weil ihm allerhand durch den Kopf gegangen ist. Irgendwann ist er dann aber doch vom Schlaf übermannt worden und hat von seiner Familie geträumt. Die Welt war in diesem Traum noch in Ordnung, weil seine Frau und seine Tochter noch am Leben waren.

20

Über eine Woche ist es jetzt schon hergewesen, dass der Höllerer gestorben ist. Eine Woche, in der ganz schön viel passiert ist und die genauso angefangen hat, wie jede andere Woche in Tratschen. Nach dem Wochenende sind die Frauen des Ortes früher am Tag einkaufen gegangen. Die einen, die nichts wirklich interessiert hat und die mit dem Tratsch nach außen hin nichts zu tun haben wollten, zum Thaler und die Dorftratschen zum Hörmann.

Dort ist die Hilde nach und nach zur Hochform aufgelaufen. Eigentlich hat sie ja vorgehabt, nicht viel zu erzählen und sich ihre Neuigkeiten gut einzuteilen. Aber dann hat sie es sich doch anders überlegt, weil sie gemerkt hat, dass das Topthema ein anderes war. Es ist nämlich nur darüber geredet worden, dass das Fußballmatch am Sonntag nicht stattgefunden hatte, weil das Clubhaus immerhin Tatort und deshalb von der Polizei immer noch versiegelt gewesen ist. Das war der Hilde dann doch zu blöd und sie hat beschlossen, regulierend einzugreifen.

Also hat sie doch alles ausgeplaudert, was sie vom Berti gehört hat. Erst recht, dass der junge Konrad im Gefängnis sitzt. Und vor allem, warum. Es hat ihr natürlich besonderen Spaß gemacht, die Frau Gemeinderat bis auf die Knochen zu blamieren. Diese Freude hat sie voll ausgekostet an diesem Montagmorgen.

Dass der Konrad-Spross das Geld für die Friedel Susi gebraucht hat, hat sie aber nicht erzählen können, weil sie es ja noch nicht erfahren hat. Das hat der Berti gestern ja auch noch nicht gewusst und demnach auch nicht erzählen können. So ist dem Mädchen an diesem Tag noch erspart geblieben, in die Tratschschlagzeilen zu kommen. Natürlich hat sie trotz ihres Eifers nicht vergessen, den Platzer Franz zu erwähnen, weil der immerhin ein wichtiger Zeuge gewesen ist.

Weil die Weiber ihr so andächtig zugehört haben und die Hilde halt so gut drauf war, hat sie dann noch was über die Maiers gesagt. Das war quasi eine Zugabe. Wieder hat sie von ihren Beobachtungen erzählt.

Nur diesmal hat sie sagen können, dass sie gesehen hatte, wie die beiden im Hof das Diebesgut ausgeladen und in den Schuppen hinter dem Haus gebracht haben. Weil, an diesem Sonntag hatte die Frau Maier vergessen, das Tor zu schließen. Da hat die Hilde ganz genau sehen können, was sie und ihr Mann drinnen getrieben haben. Abgerundet hat sie das Ganze, indem sie erzählte, dass sie alles ihrem Mann gesagt und der schon Ermittlungen eingeleitet hat. Zwar ist das keineswegs der Fall gewesen, aber wie du ja schon weißt, hat es die Hilde mit der Wahrheit nicht so genau genommen.

Erst, wie dann die Frau Gemeinderat das Geschäft betreten hat, ist es schlagartig still geworden. Alle Anwesenden haben die Konrad Herta stumm angestarrt. Da hat die Gute freilich gleich geahnt, dass etwas im Busch ist, und nachgefragt. Aber natürlich hat ihr keine der anwesenden Frauen etwas verraten. Selbst erfährt man es sowieso immer als Letzter, wenn es um die Gerüchte geht, die sich um einen ranken. Außerdem wollte keine als Erste den Mund aufmachen, weil niemand in dieser Situation zu den Freunden der Konrad Hilde gezählt werden wollte. Ganz so, als hätte das negative Auswirkungen auf den Lebenslauf gehabt.

Die Hilde selbst hat sich auf eine seltsame Art ertappt gefühlt. Sie hat nämlich geglaubt, dass eines ihrer kleinen Geheimnisse aufgeflogen ist. Genau so war es letztendlich auch. Aber nicht an diesem Tag. Das hat noch ein bisserl gedauert mit dem Auffliegen der Geheimnisse von der Frau Gemeinderat, die ihr am Ende ihre Ehe, den Posten als Lehrerin, ihren Platz im Kirchenchor, das Amt als Vorsitzende des Ortsbildverschönerungsvereines und ihren Sitz im Gemeinderat gekostet haben. Von ihrem Ansehen einmal ganz abgesehen.

Die Frau Hörmann war es dann, die die Situation rettete. Sie fing an, von der tollen Sonntagspredigt vom Pfarrer Römer zu reden. Da waren sich die Frauen alle einig, dass die wirklich gut war. Verstanden hatten die Damen den Inhalt aber offensichtlich nicht. Weil, im Grunde hat der Herr Pfarrer genau sie damit aufs Korn genommen. Gegen Tratsch und Klatsch hat er gewettert. Aber halt mit schönen Worten, weil er niemanden vor den Kopf stoßen wollte. Diese Nachsicht war ein Schuss in den Ofen, wie man so sagt, weil sich dadurch offenbar niemand wirklich betroffen fühlte. Und falls doch, dann war es an diesem Montagmorgen schon wieder vergessen.

Die Geschichten von der Hilde waren einfach viel zu interessant, um sie nicht weiterzuerzählen. Die Folge davon war, dass bis zum Abend wieder die abenteuerlichsten Gerüchte im Umlauf gewesen sind, die dann in den Wirtshäusern ihre endgültige Verbreitung bis ins letzte Haus von Tratschen gefunden haben. Aber bis dahin war es noch ein langer Tag, an dem so einiges passiert ist. Zum Beispiel hat jemand das Haus der Familie Sedlak mit roter Farbe beschmiert. Die ganze Fassade war versaut.

Im Haus vom Bürgermeister hat es wieder einmal einen lautstarken Streit zwischen dem Friedel Karl und seiner Frau Margit gegeben. Gegangen ist es, wie so oft in den letzten Tagen, um die Susi, weil die Frau vom Friedel überhaupt nicht verstehen konnte, warum ihr Mann bis jetzt noch keine Vermisstenanzeige aufgegeben hatte. Immerhin war die Susi jetzt schon seit fast drei Wochen weg. Zum Glück ist das im Ort niemanden aufgefallen. Ins Gerede wollte sie deswegen nämlich nicht kommen. Aber natürlich hat sie sich Sorgen um ihre Tochter gemacht. Mit dem Kind war es aber auch nicht immer einfach. Das Mädchen war unheimlich verstockt und stur. Total unglücklich hat sie immer gewirkt, die Susi. Das ist ihrer Mutter schon lange aufgefallen. Genauer gesagt, schon vor Jahren.

Im Grunde hat sie sich gar nicht erinnern können, wann die Susi das letzte Mal so richtig gut gelaunt gewesen ist. Im Laufe der Zeit ist das Verhältnis zwischen der Susi und ihren Eltern immer schlechter geworden. Sie haben kaum noch miteinander geredet. Ganz schlecht ist es zwischen Mutter und Tochter gelaufen. Das war für die Friedel Margit schon sehr schwer. Sie hat überhaupt nicht verstehen können, warum die Susi so eine Wut auf sie gehabt hat.

Bei ihrem Mann hat sie das nicht so gewundert. Der war zu Hause ein echter Despot. Alles musste nach seinem Willen laufen. Richtig streng ist er gewesen, der Friedel Karl. Zu seiner Frau, seinem Sohn und natürlich auch zu seiner Tochter, obwohl er die Susi schon sehr geliebt hat. Das hast du zwischendurch deutlich sehen können. Immer wieder hat er sie umarmt und ihr übers Haar gestreichelt. Aber, wie gesagt. Die Susi war ein total verstocktes Kind. Natürlich mit knapp sechzehn auch in einem blöden Alter, weil Pubertät und so. Keine Frage. Aber so angewidert hätte sie von ihrer Familie auch nicht sein brauchen. Zumindest war das die Meinung der Frau Friedel.

Der Charlie war aus einem ganz anderen Holz geschnitzt wie seine Schwester. Dem war es offensichtlich egal, wenn sein Vater ihn wieder einmal wegen irgendeiner Kleinigkeit angeschrien hat. Vielleicht war es auch, weil er wusste, dass er im nächsten Jahr achtzehn Jahre alt wird und dann endlich ausziehen kann. Vielleicht war es aber auch so, weil das Anschreien allein schon eine deutliche Verbesserung gewesen ist. Früher hat er nämlich ziemlich oft Prügel bezogen, wenn seinem Vater was nicht gepasst hat. Und das ist gar nicht so selten vorgekommen. Es hat fast jeden Tag etwas gegeben, was dem Herrn Bürgermeister nicht recht war. Natürlich hat das seiner Frau nicht gefallen. Aber sie hat immer gemeint, dass das am Stress liegt, den der Papa in der Arbeit und später dann als Bürgermeister gehabt hat.

So hat sie das auch gesehen, wenn er ab und zu grob zu ihr war. Beschwert hat sie sich nie, weil sie genau wusste, was sie als gute Ehefrau zu tun und zu lassen hat. Freilich hat sie sich auch immer wieder eingeredet, dass alles irgendwann besser wird und die guten Zeiten zurückkommen. Ein typischer Fall von Selbstbetrug.

Wirklich gute Zeiten hatte es im Hause Friedel nämlich nie gegeben. Vielleicht war es in der Vergangenheit manchmal besser gewesen als jetzt. Insgeheim dachte sie natürlich schon ab und zu darüber nach, ihren Mann zu verlassen. Aber wo hätte sie mit den beiden Kindern denn hin sollen? Zu ihren Eltern konnte sie auf keinen Fall. Das war ihr klar. Ihrer Mutter hatte sie einmal erzählt, was ihr Mann so treibt. Die hat dazu aber nur gesagt, dass er eben der Mann im Haus ist und die Margit als gute Frau ihn immer unterstützen muss. Das half der Margit nicht wirklich weiter und sie trug eben weiterhin Sachen mit langen Ärmeln. Das hat sie tun müssen. Wie hätte sie sonst jedes Mal die vielen blauen Flecken auf den Oberarmen erklären sollen? Ins Gesicht hat sie der Karl, Gott sei Dank, nie geschlagen. Da hat er wirklich gut aufgepasst. Nie so, dass man es gleich sehen konnte. ›Safety first‹, quasi.

Na ja. Sei's drum. Jedenfalls hat es wegen der Susi Streit

gegeben. Letztendlich ist der Friedel aber bei seiner Meinung geblieben, dass er keine Anzeige machen will. Er meinte, die Susi wird schon wieder zurückkommen, wenn sie sich ausgesponnen hat. Und weil er seine Frau dabei gar so böse angeschaut hat, hat die schließlich klein beigegeben. Insgeheim hat sie aber wieder einmal darüber nachgedacht, ob sie ihren Mann nicht doch endlich verlassen sollte.

21

Zur gleichen Zeit hat der Strobel ganz andere Sorgen gehabt. Irgendwie war er es nicht gewohnt, wirklich viel Arbeit zu haben. Und seine beiden Kollegen auch nicht. Von daher war es eine ziemliche Herausforderung für alle Beteiligten, den Tag sinnvoll einzuteilen, um alles erledigen zu können, was nun einmal zu erledigen war.

An erster Stelle auf der Liste vom Postenkommandanten ist gestanden, den Mampfi endlich in die Justizanstalt einzuliefern. Der hätte nämlich schon längst dort sein sollen.

Damit hat er den Berti und den Leo beauftragt. Für ihn hat das den Vorteil gehabt, dass der Leo aus dem Weg war. Der Strobel hat nämlich langsam den Eindruck gekriegt, dass der Leo ziemlich übermotiviert war. Wegen dem Berti hat er sich keine Sorgen gemacht. Aber weil der immer so getan hat, als ginge ihn die ganze Sache nichts an, war er auch keine große Hilfe.

Um acht Uhr in der Früh sind die beiden mit dem Mampfi losgefahren. Die zwei Stunden, die der Strobel jetzt allein war, hat er gut nutzen wollen. Zuerst hat er die Höllerer Kathi angerufen und sie für halb neun auf den Posten bestellt. Am Telefon sagte er aber nur, dass er noch ein paar Fragen hätte. Worum es genau gegangen ist, sagte er ihr aber nicht. Danach hat er dem jungen Konrad einen Kaffee gebracht und ihm noch einmal eindringlich erklärt, dass er endlich sagen soll, wofür die Susi so dringend das Geld brauchte.

Der junge Konrad hat wieder nur herumgedruckst und kein Wort gesagt. Der Strobel hat ihm aber ansehen können, dass er sehr mit sich kämpfte, und hat immer wieder nachgebohrt. So lange, bis der Bursche nachgegeben hat. Das war schon eine tolle Leistung vom Strobel. Das muss ich echt zugeben. Weil, wenn einer was nicht sagen will, ist es wirklich sauschwer, ihn zum Reden zu bringen. Aber da war er sehr souverän, der Strobel. Mit ganz ruhiger Stimme hat er auf den Konrad eingeredet und Erfolg gehabt.

Die Tränen sind ihm über die Wangen geflossen wie die Niagarafälle, während er dem Strobel erzählt hat, dass die Susi vor ungefähr zwei Wochen plötzlich bei ihm vor der Tür gestanden ist und gefragt hat, ob sie eine Weile bleiben könne.

Zuerst hat er natürlich gesagt, dass das nicht geht und sie lieber nach Hause gehen soll. Aber die Susi wollte partout nicht nach Hause. Das hat sie ihm eindeutig zu verstehen gegeben. Jedenfalls hat er sie dann gefragt, was eigentlich passiert ist und warum sie nicht heim will. Und dann, du glaubst es jetzt nicht, hat ihm die Susi mit ihren knapp sechzehn Jahren erzählt, dass sie schwanger ist.

Wie der Konrad Peter das gesagt hat, wäre dem Strobel fast sein Kaffeehäferl aus der Hand gefallen. Und das wäre richtig schade gewesen, weil es ein wirklich schönes und vor allem altes Häferl war, das der Strobel da gehabt hat. Ein Erbstück von seiner Großmutter, das er aus Salzburg mitgebracht hatte.

Zum Glück hat er es aber nicht fallen lassen, sondern nur den Inhalt gleichmäßig auf dem Fußboden verteilt. In seinem Kopf ist es drunter und drüber gegangen. Damals war das noch ein richtiger Skandal, wenn so ein Mädel mit fünfzehn schwanger geworden ist. Nicht so wie heute, wo im Fernsehen Sendungen laufen, die ›Teenager werden Mütter‹ oder so ähnlich heißen und wo du das Gefühl bekommst, dass das völlig normal ist, wenn Kinder Kinder kriegen.

Ich persönlich finde das ganz und gar nicht normal. Aber, bitte. Meine Meinung tut ja nichts zur Sache. Obwohl ich dir trotzdem noch sagen muss, dass es eine wahre Schande ist, wenn du heute mit den Dreizehn- oder Vierzehnjährigen im Bus sitzt und hörst, was die so untereinander reden. Die Fratzen reden in dem Alter und in aller Öffentlichkeit völlig ungeniert über nichts anderes als Titten, Ärsche und das Ficken. Und das in einer Lautstärke, dass du es beim besten Willen nicht überhören kannst.

Ab und zu hörst du dann aber auch, wie sich zwei

Jugendliche über ein Buch unterhalten, das sie gelesen haben. Da bekommst du dann doch wieder die Hoffnung, dass noch nicht alles verloren ist. Na, ja. Wie dem auch sei.

Damals war schwanger mit fünfzehn noch nicht so populär, dass man Fernsehsendungen darüber gezeigt hat. Darum hat es den Strobel auch so schockiert. Natürlich hat er sofort gedacht, dass der junge Konrad da seine Finger im Spiel gehabt hat. Ich meine, ich weiß schon, dass das ein blöder Ausdruck ist, weil eine Schwangerschaft mit den Fingern nicht viel zu tun hat. Aber so sagt man halt. Geflügeltes Wort, quasi.

Aber, hör zu. Der Strobel hat den Konrad jetzt natürlich finster angeschaut und ihn direkt gefragt, ob er der Verursacher von dem Malheur ist. Der hat das aber sofort vehement abgestritten.

Was du unbedingt wissen musst, ist, dass die Susi unter den jungen Burschen im Dorf einen gewissen Ruf hatte. Ich meine damit aber keinen guten. Obwohl – schlecht war ihr Ruf auch nicht. Die Buben haben sich halt hinter vorgehaltener Hand erzählt, was die Susi so mit ihnen anstellte, wenn sie mit ihnen in irgendein Feld verschwunden ist. Offenbar ist die Susi schon in frühen Jahren sehr an der männlichen Anatomie interessiert gewesen. So ist es halt nicht immer beim Austausch von harmlosen Küssen geblieben.

Nicht, dass du jetzt glaubst, die Susi hat immer gleich mit den Burschen geschlafen. Das nicht. Aber herumgespielt hat sie schon gern an ihnen. Und wenn man den Burschen glauben durfte, hat die Susi, trotz ihres zarten Alters, mit ihrem Mund die unglaublichsten Sachen machen können. Und bei diesen Gelegenheiten haben die Burschen angeblich schon ihre Finger im Spiel gehabt. Aber das war ein Geheimnis, das alle Beteiligten sehr gut gehütet haben, weil sie genau wussten, dass, wenn das die Erwachsenen mitbekommen hätten, Schluss gewesen wäre mit lustig. Und schließlich hat ja jeder gehofft, einmal mit der Susi ins Feld gehen zu dürfen.

Der Strobel wusste das alles freilich auch nicht. Das hat allerdings keine Rolle gespielt, weil ein Mädchen von solchen eher harmlosen Aktivitäten in einem Feld gewöhnlich nicht gleich schwanger wird.

Zur Entschuldigung von der Susi muss ich aber schon sagen, dass sie es eben nicht anders gewöhnt war. Ein kleiner Anstoß hat schon genügt, um sie dazu zu bringen, solche Sachen zu machen.

Der Strobel hat den Peter derart böse angeschaut, dass der gemeint hat, immer und immer wieder betonen zu müssen, dass er es nicht gewesen ist, der der Susi die Unschuld geraubt hat. Aber wer der Unhold gewesen ist, hat er auch nicht sagen wollen.

Der Strobel war sich aus irgendeinem Grund aber ganz sicher, dass die Susi das dem jungen Konrad auch gesagt hatte. Je mehr der Strobel nachhakte, desto weniger hat der Konrad was zu dem Thema gesagt. Am Ende wiederholte er immer nur, dass der Strobel die Susi am besten selbst fragen soll.

Das hat der sich dann auch ganz fest vorgenommen. Aufschreiben hat er sich das aber nicht müssen. Er ist ganz sicher gewesen, dass er das nicht vergessen wird. Dann hat er dem jungen Konrad noch gesagt, dass er jetzt seine

Mutter anrufen und ihr sagen muss, dass er im Gefängnis ist. Und siehst du, bei aller Gutmütigkeit vom Strobel, hat es dem Konrad jetzt nichts genützt, dass er heftig protestierte. Weil, die Tatsache, dass der Bursche schon über achtzehn Jahre alt war, hat den Strobel nicht davon abhalten können, die Frau Gemeinderat anzurufen.

Zum Glück für den jungen Konrad ist in dem Moment aber die Postentür aufgegangen und die Höllerer Kathi ist gekommen. Da hat der Strobel seinen Anruf auf später verschieben müssen.

22

Betont langsam hat der Strobel das Papier in die Schreibmaschine eingespannt und dabei kein Wort geredet. Seit der Begrüßung hatte er nichts zur Höllerer Kathi gesagt. Voll die Taktik. Verstehst du? Nervös hat er sie damit machen wollen.

Die Kathi hat ja nicht so genau gewusst, was der Strobel von ihr will. Deshalb ist der Plan voll aufgegangen. Das hat der Strobel gleich gemerkt. Weil sie gar nicht ruhig sitzen konnte, die Kathi. Und in die Augen konnte sie dem Strobel auch nicht schauen.

Die Kathi hat in dem Moment wie ein Kleinkind mit einem schlechten Gewissen gewirkt. Und das hat sie nach der Meinung vom Strobel auch haben müssen. Darum hat er sich eben ganz viel Zeit gelassen mit dem Einspannen vom Papier.

Kaum fertig, hat er die Kathi ganz höflich gefragt, ob sie vielleicht was trinken mag. Die hat aber Nein gesagt. Der ausgefuchste Hund ist aber trotzdem aufgestanden und hat sich selbst ein Glas Wasser geholt.

Wie er sich dann endlich wieder auf seinen Platz gesetzt und die Kathi ganz ernst angeschaut hat, ist die schon fast zerplatzt vor lauter Nervosität. Ganze zwei Minuten hat er nichts anderes gemacht, wie ihre Kiefermuskeln beim Zucken zu beobachten.

Natürlich ist ihm das schnell fad geworden und er hat angefangen zu reden und ist gleich mit der Tür ins Haus gefallen. Er warf der Kathi an den Kopf, dass sie ihn bei ihrem ersten Gespräch angelogen hatte. Da ist die Arme noch ein ganzes Stück blasser geworden und hat ihre Hände zu Fäusten geballt, dass du glauben konntest, ihre Fingerknöchel kommen gleich durch die Haut. Gesagt hat sie aber nichts. Da hat der Strobel noch einmal nachgelegt und ihr gesagt, dass sie an diesem Tag gesehen wurde und deshalb auch zum Kreis der Verdächtigen gehört, was den Mord an ihrem Mann betrifft. Da hat sie angefangen zu weinen, die Kathi. Richtig herzzerreißend war das. Der Strobel, jetzt ganz Profi, hatte allerdings kein Mitleid mit ihr. Immerhin war sie ja selbst schuld an ihrer Situation. Ein Taschentuch hat er ihr trotzdem gegeben – und sie noch ein bisschen heulen lassen. Sie hätte jetzt sowieso nichts sagen können, vor lauter Schluchzen und Schnäuzen. Schließlich hat sie dann ganz von selbst zu reden angefangen und alles zugegeben.

Aber nicht, dass du jetzt glaubst, sie hat den Mord zugegeben. Nein, nein. Sie hat nur zugegeben, dass sie erst am Sonntagabend zu ihrer Schwester nach Horn gefahren ist. Tagsüber ist sie in Tratschen gewesen. Jetzt kannst du dir sicher vorstellen, dass der Strobel natürlich wissen wollte, wo sie denn genau war und was sie gemacht hat. Auf die Antworten auf diese Fragen hat er wieder warten müssen, bis die Kathi einen neuerlichen Heulanfall hinter sich gebracht hatte. Dann hat sie ihm mit leiser Stimme das Geheimnis offenbart, was sie in Tratschen gemacht hatte. Und jetzt wirst du vielleicht genauso überrascht sein, wie es der Strobel gewesen ist. Die Kathi hat sich nämlich an diesem Sonntag mit ihrem Liebhaber getroffen. Das allein ist schon überraschend genug gewesen. So richtig hat der Strobel dann erst ein Auge aufgerissen, wie ihm die Kathi noch den Namen von ihrem Gspusi gesagt hat. Konrad Christian hat sie nämlich gesagt. Gell, da schaust du. Der geschockte Strobel hat direkt gespürt, wie er im Kopf eine Gänsehaut gekriegt hat. Im Hirn, quasi. Nicht aber wegen der Moral oder so. Das war dem Strobel ziemlich egal. Dazu hat er eine einfache Meinung gehabt; nämlich, dass jeder selbst wissen muss, was richtig und was falsch ist. Um das festzustellen, hat seiner Meinung nach keiner einen Strobel gebraucht.

Weißt du, was den armen Gendarmen in diesem Moment so erschüttert hat? Dass er wieder zwei neue Verdächtige hatte. Da ist er selbst ein bisschen blass geworden. Die Kathi und der Konrad hätten beide ein Motiv gehabt. Und noch etwas ist dem Strobel auf den Magen geschlagen. Der Gedanke an die Frau Gemeinderat. Weil, eines hat er sehr genau gewusst. Nämlich, dass nicht er derjenige sein wollte, der dieser Furie erzählen muss, dass ihr Sohn und ihr Mann unter Mordverdacht stehen und Letzterer ganz nebenbei ein Verhältnis mit der Frau vom Opfer hatte. Das war dem Strobel dann fast ein bisserl zu viel an Neuigkeiten, die er der Frau überbringen musste.

Ich meine, du musst dir das einmal vorstellen, dass einer daherkommt und dir so was über deine Familienmitglieder erzählt. Da musst du als Empfänger von solchen Botschaften schon ein Nervenkostüm wie ein Eiszapfen haben, damit du nicht auf der Stelle ausflippst. Und wenn man der Konrad Herta wirklich vieles nachsagen konnte, aber für ein gutes Nervenkostüm war sie nicht gerade bekannt. Eher als Cholerikerin. Nicht, dass der Strobel ein schlechtes Gewissen gehabt hätte oder so. Das nicht. Schließlich hat er ja nichts dafür können. Aber den Zorn von der Frau Gemeinderat wollte er nicht unbedingt abbekommen. Gewundert hat er sich aber auch ein bisschen. Nämlich darüber, dass der Höllerer überhaupt solange gelebt hatte, wo es doch anscheinend so viele Leute gab, die ein Motiv hatten, ihn um die Ecke zu bringen.

Zum Glück für den Strobel sind der Berti und der Leo erst zurückgekommen, nachdem er die Kathi nach Hause geschickt hatte. Er hatte ja immer noch das Problem, dass er nicht sicher wusste, wer von den beiden alles so haarklein weitererzählt hatte. Einen Verdacht hatte er zwar schon. Aber gewusst hat er es halt nicht genau. Sicher war für den Strobel, dass der Leo ein loses Mundwerk gehabt und sich im Wirtshaus wichtig gemacht hatte. Aber der Leo wusste vieles nicht. Also ist nur der Berti geblieben. Den wiederum hat der Strobel schon irgendwie gut leiden können. Zwar war der Berti alles andere als ein Arbeitstier und hat dienstliche Sachen immer nur in drei Kategorien eingeteilt; nämlich in ziemlich egal, egal und vollkommen egal. Aber im Grunde seines Herzens war er ein anständiger und ehrlicher Kerl.

Ganz im Gegensatz zum Leo. Der war so ein Typ Mensch, den man gemeinhin als Brunnenvergifter bezeichnet. Der Bursche hat immer nur im Vordergrund stehen wollen und nichts gemacht, wo er keinen Vorteil für sich herausholen konnte. Ständig ist er zum Major petzen gegangen, wenn ihm was nicht gepasst hat. Und dem Leo hat vieles nicht gepasst, weil er alles besser wusste. Sein Ehrgeiz hat den Strobel nicht gestört, aber seine Falschheit und seine Arschkriecherei schon. Vielleicht, so hat sich der Strobel gedacht, hätte der Leo nicht so viele Bücher über die amerikanischen Supercops lesen sollen. Weil, dadurch hat er sich offenbar selbst so gesehen, der Leo. Als Supercop, der alles weiß, alles kann und jeden Fall löst.

Wie dem auch sei. Die Situation war nicht sonderlich befriedigend. Weil wenn du als Chef nur zwei Mitarbeiter hast und keinem davon wirklich vertrauen kannst, stehst du im wahrsten Sinne des Wortes ziemlich allein da. Logisch, oder?

So ist es halt gekommen, dass der Strobel seinen beiden Kollegen nicht erzählte, was er von der Höllerer Kathi erfahren hatte. Was den Leo angegangen ist, hat er allerdings eine Idee geboren, die du schon fast als Bosheit einstufen kannst. Er hat sich nämlich überlegt, dass er den Leo zur Frau Gemeinderat schicken könnte, um ihr zu sagen, dass ihr Ableger wegen Mordverdacht und Einbruch im Gefängnis sitzt.

Die Sache mit dem Verhältnis von ihrem Mann muss man ja nicht unbedingt sagen, hat sich der Strobel gedacht. Das würde die Konrad Herta noch früh genug herausfinden. Mit dem Gedanken im Kopf hat der Strobel zu einer kurzen Besprechung gebeten und dem Leo gleich noch eine verbale Ohrfeige gegeben. Er hat nämlich dem Berti angeschafft, noch einmal mit dem Platzer Franz zu reden und ihn zu fragen, wo genau er den Mampfi gesehen hat. Am besten, so hat er zum Berti gesagt, solle er sich die Stelle zeigen lassen, wo der Mampfi den Knüppel in den Wald geworfen haben soll. Immerhin mussten sie ja wissen, wo genau sie suchen sollten. Du kannst dir vorstellen, dass der Leo angefangen hat zu protestieren.

Da hat ihn der Strobel angeschaut und ihn an die lieblose Niederschrift erinnert, die er mit dem Platzer aufgenommen hatte. Da ist dem Leo sein Gesicht schlagartig dunkelrot geworden. Gesagt hat er aber nichts mehr.

Kaum sind die beiden weg gewesen, hat der Strobel sich das Telefonbuch geschnappt und die Nummer von dem Elektriker herausgesucht, bei dem der Konrad Christian arbeitete, und den guten Mann zu sich auf den Posten zitiert. Dann hat er wieder einmal den Staatsanwalt angerufen und auf den neuesten Stand gebracht. Der Mann hat sich alles angehört und dann entschieden, dass der Mampfi durch die Aussage vom Platzer noch immer der Hauptverdächtige ist. Wegen dem jungen Konrad hat er dem Strobel erklärt, dass er ihn heimschicken soll. Weil, eigentlich hatte es ja keinen Einbruch gegeben, und dass er das Geld gestohlen hatte, konnte ihm auch nicht nachgewiesen werden. Als Mörder ist er für den Staatsanwalt wegen der Aussage vom Platzer schon gar nicht in Frage gekommen. Das war dem Strobel nur recht, weil er selbst nicht geglaubt hat, dass der Junge der Mörder war.

Kaum zehn Minuten nach diesem Anruf ist der Vater Konrad in der Tür gestanden. Ziemlich zerknirscht hat er ausgeschaut und sich offenbar nicht recht wohl gefühlt in seiner Haut. Er hat seine Mütze abgenommen und sie so richtig schön durchgeknetet. Der Strobel hat ihn nicht lange auf die Folter gespannt, sondern direkt gefragt, was er am Sonntag so getrieben hatte. Der Konrad Christian machte sich gar nicht erst die Mühe, den Strobel anzulügen. Er erzählte ihm genau das, was auch die Kathi erzählt hatte. Und weil er kein dummer Mann war, konnte er sich natürlich auch denken, warum der Strobel das wissen wollte, und hat sofort beteuert, dass er mit dem Mord am Höllerer nichts zu tun hatte und zur Tatzeit zu Hause bei seiner Frau war.

Der Strobel hat sich damit begnügt und alles aufgeschrieben. Der Konrad hat dann beim Unterschreiben kurz gezögert, den Strobel Hilfe suchend angeschaut und gefragt, ob er das seiner Frau erzählen wird. Da hat der Strobel nur stumm den Kopf geschüttelt und die Augen verdreht. Gesagt hat er nichts dazu. Er meinte nämlich, dass es dem Konrad nicht schaden könnte, ein paar unruhige Tage und Nächte zu haben. Aber beichten, so hat sich der Strobel gedacht, sollte der Mann das seiner Frau schon selbst. Zum krönenden Abschluss hat der Strobel dem Konrad gesagt, er solle noch kurz warten, den Konrad-Sprössling aus der Zelle geholt und seinem verdutzt dreinschauenden Vater vor die Nase gestellt. »Den kannst du gleich mitnehmen«, hat der Strobel nur gesagt und die

Herrschaften hinausgebeten. Er war sich sicher, dass sich die zwei einiges zu erzählen hatten. Vor allem haben sie so Gelegenheit bekommen zu überlegen, was sie der Frau Gemeinderat erzählen sollten und was nicht.

Der Strobel selbst hat sich ins Auto gesetzt, ist nach Hause gefahren und hat sich umgezogen. Er hatte das Gefühl, dass es sicherlich besser wäre, der Susi nicht in der grauen Uniform gegenüberzutreten. Warum, konnte er nicht sagen. Vielleicht war es so etwas wie Intuition. Ganz so, als hätte ihm die Vorsehung etwas sagen wollen, hat er dann im Radio ein Lied vom Peter Alexander gehört. Nicht, dass du denkst, das war die Lieblingsmusik vom Strobel. Überhaupt nicht. Der hörte sich viel lieber Led Zeppelin, Deep Purple oder Sweet an. Doch diesmal hat er zugehört, weil ihm der Text gefallen hat.

Kennst du seinen Namen, seinen Namen kennst du nicht.
Sieh zu ihm hinüber, dann kennst du sein Gesicht.
Hier ist ein Mensch, schick ihn nicht fort.
Gib ihm die Hand, schenk ihm ein Wort.
Kennst du seine Sorgen? Weißt du wirklich, was ihn quält?
Schenke ihm Vertrauen, weil er dann es dir erzählt.
Hier ist ein Mensch, der ist allein.
Du bist es nicht. Ruf ihn herein.
Du willst das nicht hören. Wer sich plagt, sagst du, gewinnt.
Doch du müsstest wissen, auch das Glück ist manchmal blind.
Hier ist ein Mensch, der wird nicht gehn, wenn du

versuchst, ihn zu verstehn. Hier ist ein Mensch, der will zu dir.

Du hast ein Haus, öffne die Tür. Öffne die Tür. Öffne die Tür.

Die Worte haben den Strobel zum Nachdenken gebracht. Über sich, sein Leben, seine Familie, seine Schwiegereltern und vieles mehr. Die ganze Fahrt über hat er gegrübelt und war in einer total melancholischen Stimmung. Ständig summte er die Melodie des Liedes vor sich hin. Und er fasste einen Entschluss. Nämlich, sich bei der Susi genauso zu verhalten, dass sie nicht das Gefühl haben musste, allein mit ihren Sorgen zu sein, und dass sie ihm vertrauen konnte.

23

Derweil ist für alle anderen Ortsbewohner der Tag so gelaufen wie immer. Oder besser gesagt, für fast alle. Während die einen gearbeitet haben, sind die anderen einkaufen gegangen und haben sich um den Haushalt und die Kinder gekümmert. Es war ein sonniger und vor allem ruhiger Tag. Ja, sogar beim Hörmann war es zum Leidwesen der Hilde relativ ruhig. Sie hatte gar nicht so viele Zuhörerinnen, wie sie sich erwartet hätte. Das fand sie schade, weil sie jetzt ihre neuesten Erkenntnisse zum Ehepaar Maier nicht so in Umlauf bringen konnte, wie sie es sich gewünscht hätte. Darum war ihre Stimmung auch ein klein wenig getrübt.

Die Frau Gemeinderat hat nur am Vormittag drei Stunden unterrichten müssen und sich seelisch auf einen Nachmittag im Garten vorbereitet. Sie hat es nämlich schon sehr genossen, wenn ihr Mann in der Arbeit war und sie in aller Ruhe in der Sonne liegen konnte. Vielleicht würde aber an diesem Nachmittag der Friedel Karl anrufen. Für den Herrn Bürgermeister hatte sie nämlich immer Zeit. Allerdings meldete sich der in letzter Zeit immer seltener. Nach dem Warum hat sie sich aber nicht fragen getraut. Solche Fragen mochte er nämlich gar nicht gern, der Herr Bürgermeister. Da hat er ganz schön böse werden können. Ganz kurz dachte sie auch an ihren Sohn und daran, wie froh sie im Grunde war, ihn aus dem Haus zu haben.

Im Gemeindeamt lief auch alles so wie gewohnt. Die beiden Sekretärinnen haben sich die kaum vorhandene Arbeit redlich aufgeteilt, und der Herr Bürgermeister hat hinter seinem Schreibtisch die Zeitung gelesen. Die wenigen Amtsgeschäfte, die angefallen waren, waren schon erledigt, und Termine hatte er an diesem Tag keine mehr. Während er die Schlagzeilen überflog, machte er sich darüber Gedanken, wie er wohl den Rest des Tages verbringen sollte. Nach Hause wollte er nämlich nicht. Dort erwarteten ihn ja doch nur seine nervtötende Frau und sein missratener Sohn. Eine Gesellschaft, derer er schon seit Langem überdrüssig war. Seit die Susi nicht mehr daheim war, gab es nichts mehr, das ihn dorthin zog. Weil, seine Susi, die war sein ganz persönlicher Sonnenschein. Das einzige Familienmitglied, das er wirklich liebte. Und er war ganz sicher, dass die Susi ihn auch liebte. Dieser Gedanke brachte ihn zum Lächeln. Letztendlich entschied er sich, den Nachmittag in der Gesellschaft der Konrad Herta verbringen zu wollen. Das war zwar auch nicht sonderlich reizvoll, aber besser als nichts. Weil, für sein Ego war die Frau schon gut. Sie hat ihn nämlich voll angehimmelt. Man könnte auch sagen, dass sie ihm fast hörig war. Genau das, was der Friedel für seine Despotenseele gebraucht hat.

Der Berti ist durch ganz Tratschen gelatscht und hat den Platzer Franz gesucht. Von einem Wirtshaus zum anderen ist er gegangen. Aber an diesem Tag war es wie verhext. Der Platzer war einfach nicht zu finden. Besonders eilig hatte es der Berti aber ohnehin nicht. Bei dem schönen Wetter war ein Spaziergang an der frischen Luft schließlich nicht das Schlechteste, was man machen konnte. Heilfroh ist er gewesen, dass er nicht im Büro sein musste. Noch besser hat er aber gefunden, dass ihm der Leo erspart geblieben ist. Es war so warm, dass er seine Uniformjacke ausgezogen und die Hemdsärmel aufgerollt hatte. Kurz dachte er darüber nach, ob er nach Hause gehen und mit seiner Hilde zu Mittag essen sollte. Vielleicht würde sie sich ja freuen. Wahrscheinlich aber nicht.

Eher würde er sie beim Aufräumen oder bei dem, was sie sonst so zu tun hatte, stören. Also beschloss er, noch einmal zum Haus vom Platzer zu gehen und so lange zu läuten und zu klopfen, bis irgendjemand aufmacht. Soweit hat der Berti nämlich schon durchgeblickt, dass er genau wusste, dass die Aussage vom Platzer sehr wichtig war.

So gesehen also ein Vertrauensbeweis vom Strobel, ihn damit zu beauftragen und nicht den besserwisserischen Leo. Bei diesem Gedanken hast du richtig sehen können, wie ein Ruck durch den Berti gegangen ist und er seinen Schritt wieder beschleunigte.

Die Höllerer Kathi hat auch nichts mit der schönen Sonne am Hut gehabt. Die ist nämlich auf ihrem Bett gelegen und hat sich fast die Augen ausgeheult. Aber nicht, dass du glaubst, nur deswegen, weil der Strobel draufgekommen ist, dass sie am Sonntag doch in Tratschen war und ein Verhältnis mit dem Konrad Christian hatte.

Ich meine, natürlich war sie auch deswegen besorgt und traurig. Aber sie hat auch um den Hans geweint. Es war ja schließlich nicht so, dass sie ihn nicht geliebt hätte. Ganz im Gegenteil. Das Problem zwischen ihnen war, dass er immer weniger Zeit für sie und die Kinder gehabt hatte, seit er Trainer war.

Überhaupt hatte sich der Hans dadurch sehr zu seinem Nachteil verändert. Richtig arrogant ist er geworden. Sein Ruhm ist ihm wirklich in den Kopf gestiegen. Und deswegen ist sie sauer auf ihn geworden, die Kathi. Sterben hätte er aber deswegen nicht gleich müssen.

Dass sie ein Verhältnis mit dem Konrad Christian angefangen hatte, war reiner Zufall. Der Christian hatte ihr leidgetan, weil er mit dieser Xanthippe verheiratet war. Sie hatte ihn ab und zu getroffen und sich mit ihm unterhalten. Dabei sind sie sich eben immer näher gekommen und haben sich gegenseitig ihr Leid geklagt. Irgendwann ist es dann halt passiert. Und weil der Christian alles andere als ein schlechter Liebhaber und überaus aufmerksam war, entwickelte sich die Sache nach und nach zu einem ausgewachsenen Verhältnis. Trotzdem hat die Kathi nie aufgehört, ihren Hans zu lieben. Sie hatte die ganze Zeit gehofft, dass er bemerken würde, was los ist und sich wieder mehr Zeit für seine Familie nimmt. Jetzt konnte er das nicht mehr. Zu diesen Überlegungen ist noch dazugekommen, dass sie sich fragen musste, ob vielleicht der Christian etwas mit der Sache zu tun hatte. Auf diesen Gedanken ist sie gekommen, weil sie ihm genau an dem besagten Sonntag gesagt hatte, dass sie ihn nicht mehr treffen möchte, weil sie versuchen wolle, ihre Ehe zu kitten. Zugetraut hat sie dem Christian so eine abscheuliche Tat aber nicht wirklich. Sicher war für sie aber, dass das alles nicht passiert wäre, wenn der Hans auf sie gehört und diesen blöden Trainerposten nicht angenommen hätte. Für die Kathi war ein Leben am Rande der Gesellschaft allemal besser als der Tod. Aber der Hans hat eben nicht auf sie hören wollen. Jetzt war er zwar genauso geachtet und beliebt, wie er sich das immer gewünscht hatte, aber eben auch tot.

24

Für den Leo ist der Tag auch nicht ganz so gut verlaufen. Der Leo hatte keinen Blick für die schöne Natur und den strahlenden Sonnenschein. Er war richtig grantig, weil der

Strobel ihn wegen der Platzer Aussage so heruntergeputzt hatte, und haderte wieder einmal mit sich und der Ignoranz seines unfähigen Vorgesetzten. Zur Konrad Herta wollte er schon gar nicht gehen. Erstens war ihm völlig egal, wer den Maibaum von der blöden Kuh umgefahren hatte – weil unter seiner Würde. Und zweitens hat er sich wirklich davor gefürchtet, ihr sagen zu müssen, dass ausgerechnet ihr Musterknabe im Gefängnis gesessen ist.

Also beschloss der Leo, sich sehr viel Zeit mit der Erfüllung seines Auftrages zu lassen, und ist ins Wirtshaus auf einen Kaffee gegangen. Besonders spannend war das aber nicht, weil er der einzige Gast war. Also hat er die Zeitung in einer Art und Weise studiert, dass du das Gefühl bekommen hast, der Leo lernt jede Seite auswendig. Dabei ist gar nicht viel Interessantes drin gestanden. Trotzdem hat er über eine Stunde gebraucht.

Danach beschloss er, doch zur Konrad Herta zu gehen. Jetzt kannst du dir seine Erleichterung vorstellen, wie er kurz vor seinem Ziel gesehen hat, dass der Christian zusammen mit seinem Sohn vor dem Haus gestanden ist. Da ist seine Stimmung gleich viel besser geworden und er ist auf die beiden zugegangen.

Erstens war er neugierig, warum der Peter nicht mehr im Gefängnis war, und zweitens wollte er den Jungen noch fragen, ob er vielleicht was wegen dem blöden Maibaum mitbekommen hatte. Dann hat er gesehen, dass Vater und Sohn ins Haus gehen wollten, und ihnen zugerufen, dass sie kurz warten sollen.

Die beiden haben ein wenig überrascht dreingeschaut. Der Leo ist genau vor ihnen stehen geblieben und hat den Peter gefragt, ob er was gesehen oder gehört hat.

Und während der Peter so tat, als würde er überlegen, hat der Leo einen zufälligen Blick an ihm vorbei geworfen – direkt in den Hof des Konrad'schen Anwesens. Und siehe da, dort ist das Auto der Familie gestanden. Sehr grün und sehr kaputt. Die ganze Frontpartie war ein einziger Trümmerhaufen. Motorhaube kaputt. Kühler kaputt. Kotflügel kaputt. Scheinwerfer kaputt. Na, eben alles kaputt. Neben dem Wagen ist die Stoßstange gelegen. Auch kaputt. Wie ein Bumerang hat sie ausgeschaut. Jetzt kannst du dir natürlich schon denken, dass da eventuell ein Zusammenhang bestanden hat zwischen dem vielen Kaputten von der Konrad'schen Familienkutsche und dem gefällten Maibaum.

Genau das hat sich der Leo nämlich auch gedacht. Bevor er aber was sagen konnte, hat der Christian gemerkt, wo der Leo hinschaute und dass die Hoftüre offen war. Also hat er versucht, sich so hinzustellen, dass der Leo nicht an ihm vorbeischauen kann. Aber es war zu spät. »Was ist denn mit eurem schönen Auto passiert?«, hat der Leo gefragt und einen auf total verwundert und naiv gemacht.

Der Christian hat ihn angeschaut und ihm dann kurz angebunden erzählt, dass er auf dem Heimweg von der Arbeit vor ein paar Tagen ein Reh angefahren hatte. Die Geschichte hat ihm jetzt nicht einmal der Leo abgekauft. Der hat dem Christian gesagt, dass es wohl ein ziemlich fettes Reh gewesen sein muss, weil es gar so rund war. Soviel Humor hätte man dem Leo gar nicht zugetraut. Da hat der Christian so richtig zu zappeln angefangen und nicht gewusst, was er sagen soll. Wie der Leo dann gefragt hat, ob er sich den Schaden wohl ein bisschen genauer anschauen dürfte, ist ihm der Christian wortlos aus dem Weg gegangen.

Ein kurzer Blick genügte dem Leo, um zu wissen, dass es kein Wildschaden war. Weil, wenn du als Gendarm ein Auto siehst, mit dem ein Reh überfahren worden sein soll und überhaupt kein Blut, dafür aber Splitter von hellem, geschältem Birkenholz im Kühlergrill stecken siehst, dann weißt du, dass du gerade belogen worden bist. Alles ein Ergebnis der Ausbildung. Keine Frage.

Der Leo war auf einmal sehr viel besser gelaunt und richtig zum Scherzen aufgelegt. Er hat den Christian angeschaut und gesagt, dass es sich offensichtlich um einen Maibock gehandelt haben muss, weil das Geweih von dem armen Vieh im Kühlergrill steckt und aus Birkenholz ist.

Der Christian hat gar nichts darauf gesagt, und der Peter hat im Hintergrund blöd gekichert. Da ist er schlagartig wieder ernst geworden, der Leo, und hat seine Dienstmiene aufgesetzt. Seine Frage, wo die Anzeige gemacht worden ist, war auch eine verbale Einbahnstraße, weil der Christian die auch nicht beantwortet hat. Dann eben direkt, hat sich der Leo gedacht und ihn gefragt, was wirklich passiert ist und ob er vielleicht im Vollrausch den Maibaum umgefahren hat. Wieder ist keine Reaktion von seinem Gegenüber gekommen. In dem Moment hat sich der Peter in das Gespräch eingemischt.

»Die Mama war's.« Und weil das jetzt schon einmal gesagt war, hat er auch gleich weitererzählt. Herausgestellt hat sich, dass die Frau Gemeinderat das eine oder andere Gläschen zuviel erwischt und sich deswegen beim Einbiegen in die Einfahrt ein kleinwenig verschätzt hatte. Weil sich so etwas für eine Frau, die Gemeinderat, Lehrerin und im Kirchenchor war, aber nicht wirklich geziemt hat, beseitigte sie schnell alle Spuren. Anzeige hat sie natürlich erstatten müssen, damit das Ganze glaubwürdig blieb.

Innerlich hüpfte der Leo fast vor Freude. Er hatte diesen Drachen noch nie leiden können, und ihre Hochnäsigkeit war ihm ein Dorn im Auge. Endlich hat es was gegeben, mit dem man ihr den Mund stopfen konnte. In den buntesten Farben malte er sich aus, wie er sie wegen dem Vorfall öffentlich bloßstellen konnte. Weil, eines war ganz sicher. Der Leo ist mit Sicherheit nicht der einzige Mensch in Tratschen gewesen, der auf so eine Gelegenheit gewartet hatte. Normalerweise hätte er die Dame freilich gleich befragt. Aber leider war sie nicht daheim.

Da siehst du jetzt wieder einmal ganz typisch, dass auch die Herrschaften, die zur gehobenen Gesellschaft gezählt werden, so ab und an ihre Geheimnisse haben und auch nicht die Ehrlichsten sind, wenn es darum geht, ihren guten Ruf zu schützen. In diesem Fall hätte die Sache aber eher Belustigung und Spott hervorgerufen. Dass sich die Herta einmal einen Rausch angesoffen hat, hätte nämlich wirklich keinen Menschen gestört. Aber wie dem auch sei.

Wesentlich besser gelaunt als in den letzten Tagen hat er sich dann auf den Rückweg zum Posten gemacht. Kurz hat er darüber nachgedacht, dass er bei der Niederschrift mit dem Platzer Franz vielleicht doch gründlicher hätte sein sollen. Immerhin war der ja ein Säufer und deshalb nicht wirklich zuverlässig. Was, wenn der Kerl dem Berti nicht die gleiche Geschichte erzählen würde?

Kein Problem, hat sich der Leo gedacht. Der wandelnden Alkoholleiche würde sowieso niemand Glauben schenken. Egal, was er von sich geben würde. Damit war das Thema für den Leo vom Tisch. Vorerst, weil das dicke Ende eben meistens erst zum Schluss kommt. Es heißt ja nicht umsonst, wer anderen eine Grube gräbt, fällt selbst hinein. Eine Erfahrung, die der Leo noch an diesem Abend machen sollte, weil der Berti den Platzer in der Zwischenzeit doch noch gefunden und ihn neuerlich befragt hatte. Das Ergebnis war, vorsichtig gesagt, sehr interessant.

25

Nicht interessant, sondern schockierend war, was die Friedel Susi dem Strobel nach anfänglichem Zögern über ihre Schwangerschaft und ihr bisheriges Leben erzählte.

Zuerst hat sie gar nichts sagen wollen. Der Strobel hat am Anfang gar nicht versucht, sie zu überreden, sondern sagte ihr nur, dass dem Peter nichts passieren würde wegen der Sache. Das war zwar nicht fair, aber der Strobel hat irgendwie gespürt, dass er unbedingt versuchen musste, sie zum Reden zu bringen. Sie hat wirklich geglaubt, dass der Strobel davon überzeugt war, dass der Konrad Peter der Vater ihres Kindes ist und schüttelte kraftlos den Kopf.

Sie starrte vor sich auf den Boden, und der Strobel bildete sich ein, sie weinen zu hören. Mit ganz dünner und leiser Stimme hat sie dann gesagt:

»Der Peter ist es nicht gewesen, sondern …« und hat mitten im Satz derart zu weinen angefangen, dass es den Strobel vor lauter Mitleid fast zerrissen hätte.

Hilflos ist er dagesessen und hat nicht so recht gewusst, was er machen soll. Schließlich hat er sich neben die Susi auf das Sofa gesetzt und sie in den Arm genommen. Gesagt hat er nichts. Nur gehalten hat er sie. Und die Susi hat sich ganz fest an seine Brust gedrückt und noch eine ganze Weile geweint. Irgendwann hat sie ihm dann ihre ganze Geschichte erzählt. Erst langsam und dann immer schneller sind die Worte aus ihr herausgesprudelt. Ganz so, als wäre in ihr ein Damm gebrochen. Am Ende hat sie wieder angefangen zu weinen, und diesmal hat der Strobel mit ihr geweint.

Jetzt wirst du dich wahrscheinlich fragen, was im Leben von einem fünfzehnjährigen Mädel so tragisch sein kann, dass sogar der Strobel weinen musste. Das kann ich dir sagen.

Der Susi ist in ihrem kurzen Leben so ziemlich alles widerfahren, was einem an Übel widerfahren kann. Seelische und körperliche Misshandlungen am laufenden Band. Die Details will ich gar nicht erzählen. Aber am schlimmsten war der jahrelange sexuelle Missbrauch, den das Mädchen erleben musste. Solange sie zurückdenken konnte, ist die Susi Opfer von solchen grauslichen Übergriffen gewesen. Und wie so oft in solchen Fällen waren die Täter im Familienkreis zu finden. Im Fall von der Susi waren es ihr Vater und sein Bruder Thomas, die sich in schöner Regelmäßigkeit an dem armen Mädchen vergangen haben. Je älter das Mädel geworden ist, umso schlimmer wurde auch das. Die Einzelheiten, die die Susi dem Strobel erzählt hat, kann und will ich nicht weitererzählen. Nur soviel, dass einer der beiden auch der Vater von dem ungeborenen Kind war. Ob nun der eigene Vater oder der Onkel, hat die Susi aber beim besten Willen nicht sagen können. In Frage sind alle zwei gekommen.

Der Strobel war derart schockiert, dass er überhaupt kein Wort herausgebracht hat. In dieser Situation war das wahrscheinlich sowieso am besten, weil die Susi vielleicht aufgehört hätte, sich diese unsagbare Last von der Seele zu reden, wenn er sie mit irgendwelchen Fragen unterbrochen hätte. So aber hat sie geredet und geredet. Immer mehr furchtbare Details hat sie dem Strobel erzählt. Dinge, die der arme Kerl wahrscheinlich für den Rest seines Lebens nicht wird vergessen können. Er war so durcheinander, dass er fast überhört hätte, dass die Susi erzählte, dass es ihrem Bruder auch nicht viel besser ergangen ist. Aber den Charlie haben die beiden Herren in Ruhe gelassen, nachdem er eines Tages alles dem Höllerer erzählt hatte.

Wie gesagt, zuerst hätte der Strobel das fast überhört. Aber dann ist die Botschaft doch in sein benebeltes Gehirn vorgedrungen. Und da hat er dann die Susi doch mit einer Frage unterbrochen. Er hat sie nämlich ersucht, ob sie das noch einmal sagen könnte. Das hat sie dann auch getan, die Susi. Er hat sich nicht verhört gehabt. Der Friedel Charlie hatte die ganze Geschichte dem Höllerer erzählt. Anders gesagt. Das spätere Mordopfer hatte das alles schon seit einiger Zeit gewusst.

Mitten in diese Gedanken hat die Susi weitererzählt und gesagt, dass der Höllerer kurz darauf bei ihnen zu Hause aufgetaucht ist und mit ihrem Vater geredet hat. Und stell dir vor, das war, kurz bevor der Herr Bürgermeister angefangen hat, den Verein aus der Gemeindekasse finanziell zu unterstützen. Und wie sich später dann herausgestellt hat, war es auch kurz bevor der ehrenwerte Bürgermeister und sein ebenso ehrenwerter Herr Bruder Monat für Monat 5000 Schilling an den Höllerer bezahlt haben. Und zwar jeder von ihnen.

Das hat zumindest den Charlie vor weiteren Übergriffen bewahrt. Anscheinend war die Susi in diesen Handel nicht eingeschlossen. Oder die Geilheit der beiden Unholde war einfach stärker, weil, für die Susi hat es nicht aufgehört. Solange nicht, bis sie sich dazu entschloss wegzulaufen. Zu ihrer Mutter hätte sie nicht gehen brauchen. Die hatte selbst genug mit ihrer Angst zu tun, die sie vor ihrem Mann hatte. Sie hatte nämlich im Verlauf ihrer Ehe lernen müssen, dass jede Art von Widerspruch Schmerzen nach sich zieht. Die Ironie an der Sache war, dass die Frau vom Bürgermeister nur bei ihrem Mann geblieben ist, weil sie wollte, dass es ihren Kindern gut geht. Ob sie wirklich, so wie sie später steif und fest behauptete, nie etwas bemerkt hatte, konnte nie geklärt werden. Tatsache aber war, dass die beiden Männer ihre perversen Spielchen immer dann getrieben haben, wenn die Margit nicht daheim war.

Die Susi hat dann weiter erzählt, dass sie ganz dringend Geld für eine Abtreibung gebraucht hat. Nur deswegen hatte der Peter versucht, in das Clubhaus einzubrechen. Für den Strobel hörte es sich glaubwürdig an, als sie erzählte, dass der Peter ganz aufgelöst war, wie er zurückgekommen ist und ihr erzählt hat, dass er den Höllerer tot im Clubhaus gefunden hatte und die Kassa leer war. Gesagt haben die beiden deshalb nichts, weil sie glaubten, dass vielleicht der Vater von der Susi oder ihr Onkel was mit dem Mord zu tun haben könnten. Da hat sich natürlich auch die Susi Sorgen um ihre Gesundheit gemacht.

Der Gedanke, dass es zwei weitere Personen gab, die ein Motiv hatten, ist dem Strobel natürlich selbst auch gekommen. Er hat sogar gefunden, dass die beiden das stärkste aller Motive hatten. Immerhin hat sie der Höllerer erpresst und war in der Lage, ihre Existenzen zu vernichten, wann immer er Lust dazu hatte. Wenn das kein Grund war, dem Mann die Lebenskerze auszublasen, was dann? Seine Zweifel, was die Täterschaft vom Mampfi anging, bekamen dadurch auch neue Nahrung. Besser gesagt, war er sich jetzt schon sehr sicher, dass die Watschengeschichte von dem armen Kerl gestimmt hat.

Der Strobel nahm sich fest vor, bei nächster Gelegenheit beim zuständigen Untersuchungsrichter vorzusprechen. Im Moment konnte er sich darum aber nicht kümmern. Jetzt war erst einmal die Susi wichtiger. Problematisch war aber, dass der Strobel überhaupt keine Idee hatte, wie er dem Mädchen helfen sollte. So eine Situation war ihm völlig fremd. Abgesehen davon, dass er sie dazu bringen musste, Anzeige gegen ihre Peiniger zu erstatten, musste ihr ja auch wegen der Schwangerschaft geholfen werden. Nur wie? In der Wohnung vom Peter konnte sie freilich auch nicht bleiben. Immerhin war sie minderjährig. Es musste also eine passende Unterkunft gefunden werden, wenn möglich mit psychologischer Betreuung. Weil, Sorgen hat man sich um das arme Mädel aus der Sicht vom Strobel schon machen müssen. Leben hat sie auch von irgendwas müssen. Geld hatte sie aber offensichtlich keines. Viele Fragen auf einmal. Nur leider keine Antworten.

Voller Mitleid hat er die Susi angeschaut. Die hatte sich mittlerweile auf das Sofa gelegt und ihr Gesicht in einem der Kissen vergraben. Es sah so aus, als würde sie schlafen. Der Strobel hat jetzt unbedingt telefonieren müssen. Aber in der Wohnung gab es kein Telefon. Allein wollte er die Susi aber auch nicht lassen. Also musste er warten, bis sie wieder aufwachte. Während er auf der Couch hockte und der Susi beim Atmen zuhörte, ist ihm alles, was er von ihr gehört hatte, noch einmal durch den Kopf gegangen. Irgendwie konnte er nicht fassen, was dem Kind passiert war. Er hat überhaupt nicht in seinen Schädel gekriegt, dass jemand einem Kind so was antun konnte. Schon gar nicht der eigenen Tochter. Einen richtigen Zorn hat er bei diesen Überlegungen bekommen. Und wieder hat ihn der Gedanke an seine eigene Tochter eingeholt. Der Strobel hat sich gefragt, was er als Vater wohl getan hätte, wenn jemand sich an seinem Mädchen vergriffen hätte. In dem Moment hat die Susi im Schlaf aufgeschrien und den Strobel aus seinen Gedanken gerissen. Im ersten Moment verspürte er das Bedürfnis, sie in den Arm zu nehmen und zu trösten. Aber er verwarf den Gedanken schnell wieder. Vielleicht würde sie das völlig falsch verstehen. Also ist er nur aufgestanden und hat die Decke vom Bett genommen und die Susi damit zugedeckt.

Während das Mädchen weiterschlief, überlegte sich der Strobel genau, wie er weiter vorgehen wollte. Ihm war nämlich völlig klar, dass er jetzt nicht überstürzt handeln durfte. Damit würde er niemandem helfen. Er musste sich seine Schritte schon ganz genau überlegen. Und weil sich das in der Vergangenheit für ihn bewährt hatte, machte er wieder einmal eine Liste, die er fein säuberlich in sein Notizbuch eintrug. Zuletzt zerbrach er sich den Kopf darüber, wie er die Susi dazu bringen sollte, Anzeige zu erstatten. Leicht würde das wahrscheinlich nicht werden. Ohne diese Anzeige konnte er aber nicht viel tun.

Zwei Stunden später ist die Susi dann aufgewacht, und der Strobel hat mit ihr über dieses Thema geredet. Und ganz, wie er erwartet hatte, wehrte sie sich vehement dagegen. Einerseits hatte sie entsetzliche Angst vor ihrem Vater und dessen Bruder. Andererseits fürchtete sie sich aber auch davor, einer völlig fremden Person alles haarklein berichten zu müssen. Die Vorstellung, in einem Verhandlungssaal zu stehen und im Angesicht ihrer Peiniger eine Aussage machen zu müssen, jagte ihr zusätzlich eine Heidenangst ein. Der Strobel beschloss, nicht weiter auf das Mädchen einzureden, und das Thema zu wechseln.

Die Frage, wo die Susi jetzt hin sollte, musste jedenfalls geklärt werden. Zumal keiner sagen konnte, wann der Peter wiederkommen würde. Weitergekommen sind sie aber auch damit nicht, weil die Susi niemanden kannte, zu dem sie hätte gehen können. Nach einigem Hin und Her hat ihr der Strobel schließlich angeboten, mit zu ihm zu kommen. Zumindest solange, bis sie eine geeignete Unterkunft gefunden hatten. Nach kurzem Zögern war die Susi schließlich mit der Lösung einverstanden. Ganz wohl war dem Strobel allerdings nicht. Er hat überhaupt keine Idee gehabt, wie er die Arbeit mit der Anwesenheit des Mädchens unter einen Hut bringen sollte. Die Kleine jedenfalls schien mit dieser Lösung gut leben zu können.

Während der Fahrt haben sich die beiden abermals darüber unterhalten, wie es nun weitergehen sollte. Das Wort Anzeige hat der Strobel aber nicht mehr in den Mund genommen. Insgeheim hoffte er aber weiter, sie noch dazu bringen zu können. Sicher ist er sich aber nicht gewesen. Die Susi hat ihn dann von seinen Gedanken abgelenkt, weil sie auf einmal sagte, dass sie Hunger hat. Da ist dem Strobel eingefallen, dass sein Kühlschrank ziemlich leer war. Also ist er beim nächsten Lokal stehen geblieben und hat sie zum Essen eingeladen. Was anderes ist ihm nicht übrig geblieben. Danach haben die beiden den Rest der Strecke schweigend zurückgelegt. Im Haus vom Strobel angekommen, hat der erst einmal sein Schlafzimmer geräumt und die Susi aufgefordert, ihm beim Überziehen des Bettes zu helfen. Er selbst richtete sich seinen Schlafplatz auf der Couch im Wohnzimmer her. Eine frische Zahnbürste für die Susi hatte er daheim. Nachdem alles soweit vorbereitet war, hat der Strobel erklärt, dass er jetzt nicht bei ihr bleiben kann, weil er noch einmal auf den Posten muss. Der Susi hat das nichts ausgemacht. Sie hat nur brav gefragt, ob sie den Fernseher einschalten darf.

26

Auf seinem Weg zum Posten ist der Strobel beim Sportplatz vorbeigekommen und hat nicht schlecht gestaunt. Dort sind nämlich haufenweise Gendarmen in der Gegend herumgelaufen. Wie in einem Ameisenhaufen ist es da zugegangen. Da ist dem Strobel die Aussage vom Platzer wieder eingefallen und dass er dem Berti ja gesagt hatte, er soll den Mann noch einmal befragen, wo genau er den Mampfi mit dem Knüppel gesehen hatte. Offenbar hatte der Berti das auch gemacht. Mehr noch. Anscheinend hatte er auch gleich eine Suchaktion nach der Waffe gestartet. So viel Initiative hätte der Strobel dem ansonsten so gemütlichen Berti gar nicht zugetraut. Irgendwie freute es ihn aber, dass während seiner Abwesenheit was gemacht worden ist.

Erwartungsvoll parkte er den Wagen vor dem Clubhaus und stieg aus. Der Berti hat ihn gesehen und ist sofort auf ihn zugekommen. An seinem Gesicht erkannte der Strobel sofort, dass irgendwas nicht in Ordnung war. Nach einer kurzen Begrüßung ist der Berti auch gleich zur Sache gekommen. Zuerst hat er erzählt, dass er den Platzer gefunden und noch einmal mit ihm geredet hat. Der hat ihm dann die Stelle beschrieben, an der die vermutliche Tatwaffe angeblich in den Wald geworfen worden ist, und der Berti hat sich gedacht, er lässt lieber sofort danach suchen, und hat beim Kommando um Unterstützung gebeten.

Von dort haben sie dann die fünfzehn Leute geschickt, die jetzt mit der Suche nach der Tatwaffe beschäftigt waren. Dann hat der Berti sein Gesicht ganz nahe zum

Strobel hinbewegt und ihm ernst in die Augen geschaut. Im Tonfall des Verschwörers hat er ihm zugeraunt, dass er unbedingt unter vier Augen mit ihm sprechen muss, weil sie ein großes Problem hätten.

Die beiden Männer haben sich also von der Suchmannschaft so weit weg bewegt, bis sicher war, dass niemand sie mehr hören konnte, und der Berti hat erzählt, was zu erzählen war. Aus der Entfernung war das voll witzig zu beobachten, weil der Berti quasi mit Händen und Füßen geredet hat. Gehört hat man nichts. Wie ein Pantomime hat er ausgeschaut.

Nur das wirklich sehr laute und entsetzt klingende »Was?«, das der Strobel von sich gegeben hat, war sehr deutlich zu hören. Gott sei Dank hat aber niemand aufgepasst. So hat nämlich auch keiner sehen können, wie blass der Strobel in dem Moment geworden ist. Aber nur, um kurz darauf vor lauter Zorn fast violett zu werden. »Wo ist er?«, waren die nächsten Worte, die man auch aus einiger Entfernung verstehen konnte.

Der Berti hat dem Strobel die Hand auf den Unterarm gelegt und beruhigend auf ihn eingeredet. Genützt hat es aber nicht sehr viel, weil es schon ganz schön arg war, was der Berti zu sagen hatte. So arg nämlich, dass der Strobel sich echt schwergetan hat, es überhaupt zu glauben. Und wenn ich es dir jetzt sage, wird es auch dir sicher den Vogel raushauen. Was sich der Leo da nämlich geleistet hatte mit der Aussage vom Platzer, das war schon eine ziemliche Schweinerei. Bei seiner zweiten Befragung durch den Berti hat der Platzer nämlich erzählt, dass er selbst nie behauptet habe, den Mampfi gesehen zu haben. Er habe nur gesagt, dass er einen Mann gesehen habe, der einen Knüppel weggeworfen hat. Ob das der Mampfi war, könne er beim besten Willen nicht sagen, weil es viel zu dunkel gewesen ist. Der Platzer hat allerdings noch dazu gesagt, dass der Mann, den er gesehen hat, viel schlanker ausgesehen hat wie der Mampfi. Da hat der Berti natürlich nachgehakt, warum der Platzer beim ersten Mal so einen Mist verzapft hat. Und die Antwort hat ihn von den Socken gerissen. Der Platzer behauptete nämlich, der Leo habe ihn so lange bearbeitet und ihm dabei ein Bier nach dem anderen bezahlt, bis er das gesagt habe, was der Leo hören wollte. Der Gipfel war aber, dass der Leo seinem Zeugen dann noch hundertfünfzig Schilling gegeben hatte, damit der die Aussage auch unterschreibt. Gewusst hat der Platzer schon, dass das nicht in Ordnung war, aber weil er halt gar kein Geld mehr, dafür aber immer so einen großen Durst hatte, hat er eben gemacht, was der Leo unbedingt wollte.

Jetzt kannst du wahrscheinlich nachvollziehen, warum der Strobel kurz vorm Explodieren war und sich nur mit sehr viel Mühe beherrschen konnte. Am liebsten hätte er in dem Moment so laut losgebrüllt, dass der ganze Ort es hätte hören können.

Zum Glück ist er dann aber abgelenkt worden. Einer von den Kollegen ist nämlich mit einem Knüppel aus dem Wald gekommen und hat gerufen, dass er die Tatwaffe gefunden hat. Sofort sind der Strobel und der Berti aufmerksam geworden und auf den Mann zugegangen. Und tatsächlich. Der hat einen Baseballschläger in der Hand gehalten. Besser gesagt, mit Daumen und Zeigefinger hat er ihn gehalten. Und soweit man jetzt in der Dämmerung noch feststellen konnte, war der vordere Teil des Schlägers rotbraun eingefärbt. Das hat ausgeschaut wie eingetrocknetes Blut.

Dem Strobel ist trotz der Wut, die er auf den Leo hatte, aufgefallen, dass der Kollege Handschuhe getragen hat. Ganz nach Vorschrift. Das hat dem Strobel gut gefallen. Irgendwie hat er gespürt, dass sie mit dem Fund der Tatwaffe einen ganz großen Schritt in Richtung Aufklärung gemacht hatten. Da wäre es doch richtig schade gewesen, wenn eventuell auf der Waffe vorhandene Fingerabdruckspuren vernichtet worden wären. Noch während der Strobel und der Berti sich den Schläger angeschaut haben, ist ein weiterer Kollege hinzugekommen und hat geholfen, das Mordwerkzeug ordentlich in Folie zu verpacken. Anschließend überreichte er es dem Strobel. Fast so wie ein Weihnachtsgeschenk. Und beinahe hat sich der Strobel jetzt auch so gefühlt. Wie zu Weihnachten.

Die Suche wurde indessen beendet. Während sich die Truppe sammelte, hat der Strobel dem Berti auf die Schulter geklopft und ihm ein ganz dickes Lob zukommen lassen. Da hast du direkt gesehen, wie dem braven Kerl der Brustkorb geschwollen ist. Über dieses Lob von seinem Chef hat er sich nämlich sehr gefreut, der Berti.

Trotz des Erfolges bei der Suche hat der Strobel natürlich den Leo nicht vergessen und den Berti gefragt, wo er ihn finden könnte. Das hat der Berti aber nicht gewusst. Er hatte den Leo nämlich seit dem Vormittag nicht mehr gesehen. Scheinbar hatte der Bursche die Abwesenheit seines Kommandanten genützt, um sich einen schönen Tag zu machen.

Alles, was der Berti sagen konnte, war, dass der Leo

am Vormittag zur Familie Konrad gehen wollte, um sich um die Sache mit dem Maibaum zu kümmern. Seitdem war er verschwunden.

Der Strobel hat noch immer nicht fassen können, dass der Bursche in seinem Übereifer so weit gegangen war, einen Zeugen zu beeinflussen. Vor allem hatte ihm so eine Geschichte gerade noch gefehlt. Die Sache war für seinen Geschmack auch ohne solche Blödheiten schon kompliziert genug. Das würde er morgen gleich in der Früh klären müssen. Jetzt waren andere Dinge wichtiger. Zunächst hat er sich noch einmal beim Berti für die gute Arbeit bedankt und ihn auch gleich gefragt, ob er noch ein paar Überstunden machen will. Und weil der Berti wollte, hat er ihm den Autoschlüssel in die Hand gedrückt und ihn gebeten, gleich nach Wien zu fahren und den Baseballschläger bei der Spurensicherung abzugeben. Das wollte der Strobel nämlich so schnell wie möglich erledigt wissen. Vielleicht hatten sie ja Glück und der Täter hatte tatsächlich Abdrücke auf dem Schläger hinterlassen.

Nachdem der Berti weggefahren war, hat sich der Strobel zu Fuß auf den Weg zum Posten gemacht. Die ganze Zeit hat er sich überlegt, was er mit dem Leo machen sollte. Unter den Teppich konnte und wollte er die Sache keinesfalls kehren, weil das schon eine ganz große Schweinerei war. Sollte sich herausstellen, dass der Mampfi tatsächlich schuldig war, dann wäre es halb so schlimm. Aber falls nicht, und davon war der Strobel schon fast überzeugt, war es das Schlimmste, das der Leo dem armen Mann antun konnte. Viel eingefallen ist dem Strobel aber nicht. Darum hat er beschlossen zu warten, bis er mehr wusste. Solange wollte er sich überlegen, was er mit dem Leo tun sollte. Ungeschoren wollte er ihn jedenfalls nicht davonkommen lassen.

Auf seinem Schreibtisch hat er dann doch ein Lebenszeichen vom Leo vorgefunden. Da ist nämlich ein fein säuberlich getippter Bericht gelegen. Der Strobel hat ihn überflogen und festgestellt, dass es darin um den Maibaum von den Konrads gegangen ist. Und er hat auch gesehen, dass es nicht nur ein gewöhnlicher Bericht, sondern eine Anzeige war. Er hat seinen Augen nicht getraut, wie er den Namen der angezeigten Person gelesen hat. Herta Konrad stand da in sauberen Lettern. Wegen Fahrerflucht hat der Leo die Frau Gemeinderat angezeigt. Da hat der Strobel jetzt nicht anders können und den Leo für seinen Mut fast ein bisschen bewundern müssen. Sich mit der Herta anzulegen, das hätte der Berti sich ganz sicher nicht getraut. Und viele andere Kollegen im Bezirk auch nicht. Sinnvoll war es in Wirklichkeit aber nicht, weil die Herrschaften bei der Bezirkshauptmannschaft sicher nichts unternehmen würden. Zu gut waren die Beziehungen von der Herta. So gesehen war der Leo dann wieder ein sehr korrekter Beamter. Umso trauriger, dass er sich beim Platzer einen solchen Aussetzer geleistet hatte.

Müde und gespannt auf den nächsten Tag hat sich der Strobel nach der Lektüre auf den Heimweg gemacht. Er würde früher aufstehen müssen als sonst, weil er Frühstück besorgen musste. Immerhin hatte er jetzt einen Gast. Und ein schlechter Gastgeber wollte er nicht sein. Bei dem Gedanken an die Susi und den Charly hat ihn wieder das

Mitleid übermannt. Was er aber auch in sich gespürt hat, war ein furchtbarer Zorn auf die Gebrüder Friedel. Sie mussten für das, was sie den beiden Kindern angetan hatten, unbedingt bestraft werden. Für möglichst viele Jahre sollten sie weggesperrt werden. Dafür würde er aber die Aussagen der beiden Kinder brauchen. Und damit war er wieder beim Thema. Wie sollte er den Charlie und die Susi dazu überreden, vor Gericht gegen ihren Vater und ihren Onkel auszusagen? Die Susi hatte ihm ja schon zu verstehen gegeben, dass sie das nicht wollte. Aber vielleicht würde er beim Charly mehr Glück haben. Er musste ihn nur im richtigen Moment erwischen. Immerhin hatte sich der Bub ja schon dem Höllerer anvertraut. Vielleicht würde er sich auch ihm gegenüber öffnen, hat sich der Strobel gedacht. Probieren musste er es auf jeden Fall. Und ihm war klar, dass er sehr überlegt vorgehen musste.

Im Vorbeigehen hat er gesehen, dass der Hübner noch offen hatte und kurz überlegt, sich vor dem Schlafengehen noch ein Bier zu gönnen. Weil, das hätte er jetzt schon gut brauchen können. Dann hat er aber daran denken müssen, wie schlecht es ihm in der Vergangenheit wegen dem Alkohol gegangen ist, und den Gedanken auf Eis gelegt. Er hat sich aber vorgenommen, das mit dem Bier nachzuholen, sobald die Sache endgültig ausgestanden war.

Endlich in seinem Haus angekommen, bemerkte er, dass im Wohnzimmer der Fernseher lief. Auf dem Sofa lag die Susi und schlief tief und fest. Zusammengerollt wie ein Säugling ist sie nur mit einem Slip und einem T-Shirt bekleidet dagelegen. So leise wie möglich ist der Strobel ins Schlafzimmer gegangen, hat eine Decke geholt und über das Mädchen ausgebreitet. Dann hat er den Fernseher abgedreht, sich gegenüber von der Susi in den Stuhl gesetzt und ihr beim Atmen zugehört. Dabei ist ihm alles, was bis jetzt passiert war, noch einmal durch den Kopf gegangen. Vor allem seine Liste mit möglichen Verdächtigen ging er wieder und wieder durch. Und obwohl er den Mampfi nicht als Täter ausschließen konnte, ist wieder dieses Gefühl in ihm hochgekommen, dass er es nicht gewesen ist. Für dieses Gefühl hat er selbst überhaupt keine Erklärung gehabt. Es war einfach nur da und hat nicht verschwinden wollen. Schon mit der Frage nach einem möglichen Motiv hat sich der Strobel echt schwergetan. Nur weil sein Bub an dem Tag nicht spielen durfte? Das ist vielleicht ein Grund für einen Streit und für eine Ohrfeige, aber doch wohl nicht für einen Mord. Falls doch, war es wohl das dümmste Motiv, das sich der Strobel vorstellen konnte.

Geglaubt hat er das aber nicht. Schließlich war der Mampfi ja kein Idiot. Und so jähzornig war er auch wieder nicht. Der Mann hat zwar schnell herumgebrüllt und mit allem Möglichen gedroht. Getan hatte er in Wahrheit aber noch nie irgendwas. Der Mampfi war nämlich ein sehr gutmütiger Mensch. Das hatte ja auch seine Frau festgestellt. Der Strobel hat die Geschichte, die ihm der Mampfi erzählt hatte, jedenfalls geglaubt. Warum hätte der Mann das mit der Watsche überhaupt erzählen sollen, wenn er der Mörder vom Höllerer war? Mit Sicherheit wäre er nicht so dumm gewesen zu sagen, dass er der Letzte war, der den Höllerer lebend gesehen, und dass er ihm bei dieser Gelegenheit eine aufgelegt hat.

Den jungen Konrad hat er im Grunde auch ausgeschlossen. Immerhin hatte die Susi seine Geschichte ja soweit bestätigt. Die einzige Frage war, warum der Depp nicht gleich die Gendarmerie angerufen hat, als er die Leiche vom Höllerer entdeckte. Das hat schon blöd ausgeschaut. Trotzdem hat der Strobel sich nicht vorstellen können, dass der Bursche den Höllerer wegen dem bisschen Geld erschlagen hat. Irgendwie hat dieser Gedanke keinen Sinn gemacht, weil der Höllerer ja sowieso gewusst hat, was in der Familie Friedel so vor sich gegangen ist, und der junge Konrad ihm einfach die Wahrheit hätte sagen können. Wahrscheinlich hätte der Höllerer ihm das Geld dann sowieso überlassen. Außerdem hat da auch der Fundort der Leiche dagegen gesprochen. Immerhin hatte der Bursche versucht, ein Fenster an der Rückseite des Vereinshauses aufzubrechen. Wenn ihn also der Höllerer gehört hätte, wäre er ja wohl hinausgegangen, um zu sehen, was los ist, und wäre demnach wahrscheinlich draußen erschlagen worden. Auch hat sich dem Strobel die Frage gestellt, wieso der junge Konrad zu einem Einbruch einen Baseballschläger hätte mitnehmen sollen. Schlüssig war das nicht.

Dem Höllerer seine Frau hatte auf den ersten Blick natürlich auch ein Motiv. Immerhin hatte sie ein Verhältnis mit dem Konrad Christian. Aber was für einen Vorteil hätte die Kathi vom Tod ihres Mannes wohl gehabt? Noch dazu, wo sie am Tag des Mordes mit dem Konrad Christian Schluss gemacht hatte, weil sie ihre Ehe retten wollte. Das hat für den Strobel auch keinen Sinn gemacht. Da war schon eher denkbar, dass der Konrad Christian der Mörder war. Vielleicht wollte der so verhindern, dass die Kathi bei ihrem Mann bleibt. Mord aus

Leidenschaft, quasi. Dagegen hat aber gesprochen, dass der Konrad Christian ein Alibi hatte. Er war zur Tatzeit bei seiner Frau. Ein sehr glaubhaftes Alibi, wie der Strobel zugeben musste. Weil, um die Herta dazu zu bringen, ihm durch eine Lüge ein Alibi zu geben, hätte ihr der Christian wohl oder übel die ganze Wahrheit sagen müssen. Und das war mit absoluter Sicherheit das Allerletzte, was der arme Kerl gewollt hätte. Der traurige Geselle wusste sicher auch, dass ihm sein Hausdrachen dann für den Rest seines Lebens die Hölle heißmachen würde. Gelogen hatte er aber sicher auch deshalb nicht, weil er sich schon denken konnte, dass der Strobel seine Frau irgendwann fragen würde. Und weil dem Strobel diese Schlussfolgerungen logisch vorgekommen sind, hat er sich kurzerhand dazu entschlossen, die beiden Turteltauben erstmal ganz weit hinten auf seiner Liste einzureihen.

Blieben also noch die Gebrüder Friedel. Ein besseres Motiv wie das von den zwei Herren gab es wohl kaum. Immerhin hat der Höllerer was gewusst, das für die zwei sehr gefährlich war. Die Frage war nur, was genau der Höllerer wegen dem Charlie und der Susi unternommen hatte. Was genau hatte er zum Bürgermeister Friedel gesagt? Warum hatte der Höllerer keine Anzeige gemacht? Wieso hat das Martyrium für den Charlie aufgehört und für die Susi nicht? Wie viel hatte die Mutter der beiden Kinder gewusst? Da hat es ganz schön viele unbeantwortete Fragen gegeben. Dem Strobel war klar, dass er hier ansetzen musste. Mit der Tür ins Haus hat er aber nicht fallen wollen, weil ihm schon klar war, dass er sehr vorsichtig vorgehen müsste, wenn er verhindern wollte, von seinen Vorgesetzten zurückgepfiffen zu werden. Denn genau das wäre wohl passiert, wenn er einen Fehler gemacht hätte. Zu gut waren die Kontakte der Gebrüder Friedel. Sowohl politisch als auch gesellschaftlich. Ein heißes Eisen quasi. Soviel stand für den Strobel jedenfalls fest.

Für den kommenden Tag nahm er sich vor, all seine Erkenntnisse und Schlussfolgerungen zusammenzufassen, um ja nichts zu vergessen oder gar zu übersehen. Der Strobel war echt gespannt, wohin seine Ermittlungen ihn noch führen würden. Wie groß seine Überraschung am Ende sein sollte, hat er aber nicht ahnen können.

27

Wieder ist ein neuer Tag angebrochen in Tratschen. Wie immer hat alles so idyllisch und harmonisch gewirkt. Der blaue Himmel, die Morgensonne, die Menschen, die auf den Straßen unterwegs waren. Alles hat ruhig und friedlich ausgeschaut. Niemand hat geahnt, dass sich die Ereignisse langsam zugespitzt haben. An diesem Morgen deutete jedenfalls noch nichts darauf hin, dass sich bald ganz schön etwas rühren würde.

Die Maiers waren guter Dinge, weil die Arbeiten an ihrem Haus an diesem Tag endlich ein Ende finden würden. Sie waren aber auch verwundert über die misstrauischen Blicke, die sie von vielen der Ortsbewohner an diesem Morgen geerntet haben und weil sie beim Einkaufen von niemandem mehr gegrüßt wurden. Stell dir vor, die beiden hatten bis zu dem Tag noch gar nicht mitgekriegt, welche Gerüchte über sie im Umlauf waren. Deshalb war ihre Welt an diesem Morgen auch noch in Ordnung.

Die Sedlak Elfriede war wieder einmal schockiert, weil sich jemand einen neuen Spruch ausgedacht und ihr an die Hauswand geschmiert hatte. »Sedlak du Sau!«, stand in fetten Lettern an der Wand. Schlagartig hat sie den Gedanken verworfen, ab diesem Tag wieder zu versuchen, ein normales Leben zu führen und selbst einkaufen zu gehen. Stattdessen ist sie zurück ins Haus gegangen und hat geweint, bis keine Tränen mehr gekommen sind. Sie hat einfach nicht begreifen können, wieso jemand ihr das antun konnte. Sie und ihr Mann waren immer beliebt gewesen im Ort. Aber jetzt schlug ihr plötzlich blanker Hass entgegen. Ihr Sohn hatte schon seit Tagen kein Wort mehr geredet. Zu tief hatte ihn das Gerücht getroffen, dass er das Resultat aus dem Verhältnis zwischen seiner Mutter und dem Höllerer sein sollte. Die Tatsache, dass sein Vater wegen Mordes im Gefängnis saß, hat das Ganze für ihn nicht gerade besser gemacht. Dazu die ständigen Beleidigungen. Anrufe, Botschaften an den Hauswänden und auf dem Asphalt vor dem Haus. Das alles hat dem Jungen Angst gemacht, und er hat sich in sein Zimmer eingeschlossen. Er wollte nichts mehr wissen von der Welt außerhalb seiner vier Wände. Schon gar nicht von seinen Eltern. Fast wünschte er sich, dass sie beide tot gewesen wären. Dann wäre alles leichter für ihn gewesen.

Die Frau vom Berti hat sich, wie immer in letzter Zeit, furchtbar wichtig gemacht und vom Fund der Mordwaffe erzählt. Natürlich hat sie nicht vergessen, immer wieder zu betonen, dass es ihr Berti gewesen ist, der den Baseballschläger gefunden hatte. Für die Hilde ist eindeutig festgestanden, dass ihr nichts Besseres passieren konnte wie der Mord am Höllerer. Sie war richtig glücklich und zufrieden mit sich und der Welt, die Hilde. Und natürlich auch stolz. Immerhin war sie ja dabei, die Machenschaften vom Ehepaar Maier aufzudecken. Sie brauchte nur noch ein paar Beweise, um den Sack endgültig zumachen zu können. Bis es soweit war, sorgte sie halt dafür, dass alle wussten, was die Maiers für üble Leute waren. Und schon am kommenden Wochenende wollte sie das endgültig aufzeigen. Sie hatte auch schon einen genauen Plan.

Die Konrad Herta wusste noch nicht, dass sie bald ihr Gesicht verlieren sollte. Nicht, weil sie wegen Fahrerflucht angezeigt wurde. Das war nicht das Problem. Nein. Sondern weil ihr heimliches Verhältnis mit dem Friedel Karl ans Licht kommen sollte. Zusammen mit dem Gerücht, dass der Herr Bürgermeister ein Kinderschänder war. Sie hat auch nicht gewusst, dass ihre Familie bereits am Auseinanderbrechen war, weil der Christian beschlossen hatte, sich scheiden zu lassen und zum Peter nach Wien zu ziehen. Das alles hat die Herta an diesem Morgen noch nicht gewusst. Sie hat wirklich gedacht, dass sie alles unter Kontrolle hat. Deshalb hat sie sich auch so gut gefühlt und ist mit der gleichen Arroganz durch die Straßen stolziert wie sonst auch.

Der Berti war an diesem Tag der Erste auf der Dienststelle. Eine Tatsache, die ihn selbst irritiert hat. Weil, normalerweise waren der Strobel und auch der Leo vor ihm da. An diesem Tag aber nicht. Keine Spur von den beiden. Und das, obwohl der Berti selbst zehn Minuten zu spät dran war. Also hat er das Beste aus der Situation gemacht und erst einmal eine Kanne Kaffee gekocht. Aus Erfahrung wusste er nämlich, dass es nie schaden konnte, genug Kaffee fertig zu haben. Warum auch immer. Und auch der Berti war sehr mit sich zufrieden. Immerhin hatte er am Vortag ein großes Lob von seinem Chef bekommen, weil er die Suche nach der Mordwaffe so gut organisiert hatte. Du musst nämlich wissen, dass der Berti sonst nie gelobt worden ist. Im Dienst hat es üblicherweise keinen Grund dafür gegeben und die Hilde hat alles, was der Berti gemacht hat, als selbstverständlich betrachtet. Nie hat sie sich bei ihm bedankt, und gelobt hat sie den Berti schon gar nicht. Darum war das Lob vom Strobel auch so ein Balsam für seine Seele. Obendrein hat es ihn motiviert. Er wollte seinem Chef unbedingt beweisen, dass er ein guter und treuer Mitarbeiter war.

Für den Strobel hat dieser Tag auch ungewöhnlich angefangen. Der ist nämlich mit der Susi auf der Terrasse gesessen und hat mit ihr gefrühstückt. Das war etwas, das der Strobel schon ewig nicht mehr gemacht hatte. Frühstücken und auf der Terrasse sitzen. Und was ihm dabei fast am besten gefallen hat, war, dass er nicht allein war. Auch wenn die Susi außer »Guten Morgen« noch gar nichts gesagt hatte. Aber er war wenigstens nicht allein. Auch der Strobel Poldi hat es vorgezogen, kein Wort zu sagen. Er beobachtete die Susi nur dabei, wie sie ihre Semmel aufschnitt und mit Butter bestrich. Dabei hat sie unheimlich konzentriert dreingeschaut. Den Strobel hat es gefreut, dass das Mädchen mit so einem großen Appetit gegessen hat. Dass er schon eine halbe Stunde zu spät dran war, war ihm egal. Das Gefühl, nicht allein zu sein, hat ihm so gut gefallen, dass er beschloss, die Susi vorerst bei sich wohnen zu lassen. Er konnte sich am nächsten Tag auch noch um eine Bleibe für sie umschauen. Oder am übernächsten. Schließlich blieb er nach dem Frühstück noch eine Weile mit ihr sitzen, und sie betrachteten schweigend den blauen Himmel und genossen die Sonne. In dieser Situation ist dem Strobel bewusst geworden, was für ein Einsiedler er in den letzten Jahren geworden ist und wie einsam er sich deswegen gefühlt hat. Kurz vor neun hat er dann doch gesagt, dass er jetzt zum Dienst muss. Die Susi hat nur genickt und gemeint, dass sie in der Zwischenzeit den Tisch abräumen und ein bisschen sauber machen wird. Weil, so hat sie gesagt, das Haus dringend ein bisschen Reinigung brauchte. Außerdem müsste sie sich ja irgendwie beschäftigen. Da hat der Strobel nicht recht gewusst, was er ihr antworten soll. Ein wenig peinlich war es ihm nämlich schon, dass das Mädchen die Sauberkeit in der Wohnung kritisierte. Deswegen hat er ihr nur einen schönen Tag gewünscht und sich auf den Weg gemacht. Irgendwie bewunderte er, wie tapfer das Mädel mit der Situation umgegangen ist.

Der Friedel Karl ist in seinem Büro gesessen und hat mit seinem Bruder telefoniert. Der wollte nämlich wissen, ob die Susi in der Zwischenzeit wieder aufgetaucht ist. Sorgen haben sich die beiden Männer aber nicht gemacht. Zu sicher waren sie, dass das Mädchen bald wieder nach Hause kommen würde, weil sie ja sonst nirgends hin konnte. Jetzt, wo der Höllerer tot war, hat es auch niemanden mehr gegeben, der Bescheid wusste. Das hat der ehrenwerte Herr Bürgermeister mit unüberhörbarer Zufriedenheit in der Stimme festgestellt. Die beiden Männer waren erleichtert, weil sie sich jetzt das Schweigen vom Höllerer nicht mehr haben erkaufen müssen und sich dadurch viel Geld sparen würden. Nur mit dem widerspenstigen Dirndl mussten sie sich etwas einfallen lassen. Wenn das Mädchen wieder da war, würden sie es wohl für eine Weile einsperren müssen. Darüber waren sie sich einig. Von einem schlechten Gewissen war nichts zu bemerken. Im Gegenteil. Der Herr Baumeister hat zum Abschied noch festgestellt, dass sie nach dem Mord am Höllerer wieder mehr Abwechslung haben würden.

Genau das dachte sich auch der Charlie und beschloss deshalb, an diesem Tag doch wieder zur Schule zu gehen. Aber nicht um zu lernen, sondern um sich dort seiner ehemaligen Klassenlehrerin anzuvertrauen. Der Junge wollte nur, dass das alles endlich vorbei war. Vor allem aber hat er sich Sorgen um seine Schwester gemacht. Sie war seit einiger Zeit verschwunden, und der Charlie hatte Angst, dass sie sich etwas angetan haben könnte. Er wusste aber auch, dass seine Mutter ihm nicht helfen konnte. Sie hatte ja selbst viel zu große Angst vor seinem Vater. Außerdem würde sie um jeden Preis einen Skandal verhindern wollen. Genau wie sein Peiniger. Also hatte der Charlie eben den Entschluss gefasst, zu seiner Lehrerin zu gehen. Die

Frau Lehrerin würde sicher wissen, was jetzt zu tun ist. Und sie würde ihn sicher beschützen können. Mit ihr gemeinsam konnte er dann auch zur Gendarmerie gehen und eine Anzeige machen. Allein traute er sich das nämlich nicht. Zu sehr schämte er sich für das, was ihm passiert war. Er brauchte einfach jemanden, der ihn dabei unterstützte. Sonst würde ihm vielleicht niemand glauben. Aber der Frau Fachlehrerin Konrad, der würde man glauben. Davon war der Charlie überzeugt, als er sich in den Bus setzte. Und davon war er auch noch überzeugt, als er mit der Konrad Herta im Lehrmittelzimmer ein Gespräch führte. Wie der Bub nämlich gesehen hat, dass die Frau Konrad angefangen hat zu weinen, da wusste er, dass sie ihm glaubte, und er war sicher, dass sie ihm helfen würde. Deswegen hat er sich auch nichts dabei gedacht, als die Frau Konrad ihm das Versprechen abnahm, vorläufig zu sonst niemandem ein Wort zu sagen. Für ihr Angebot, zuerst allein zur Gendarmerie zu gehen und dort alles zu erzählen, war er ihr sogar sehr dankbar. Damit nicht genug schlug sie ihm dann auch noch vor, vorläufig bei ihr zu wohnen. Da hat dann der Charlie angefangen, vor Erleichterung zu weinen. Wie hätte er auch ahnen können, dass die Konrad Herta als Erstes zu seinem Vater rennen und ihn zur Rede stellen würde.

28

Ungefähr zu der Zeit, zu der der Charlie mit der Konrad Herta geredet hat, ist der Strobel auf der Dienststelle eingetroffen. Als Erstes hat ihm der Berti gleich gesagt, dass der Leo angerufen und sich krank gemeldet hatte. Natürlich hat der Strobel das nicht geglaubt. So gut kannte er den Leo schon, dass er wusste, dass das Wetter viel zu schön war, um krank zu werden. Vielmehr ist der Strobel davon ausgegangen, dass der Leo irgendwo im Bad sitzen würde. Im Moment war ihm das allerdings gar nicht so unrecht. Im Gegenteil. Auf diese Art hat er sich nicht gleich mit dem Kerl auseinandersetzen müssen. Weil, gewurmt hat es den Strobel schon ganz gewaltig, was der Herr Kollege sich da geleistet hatte. Es war ja nicht nur wegen dem Platzer. Auch die Sache mit der Gerüchteküche ist dem Strobel bei dieser Gelegenheit wieder eingefallen. Vielleicht, so hat sich der Strobel überlegt, hatte ja der Leo alle Details weitergegeben.

So gut wie die Tratschener informiert gewesen sind, war der Verdacht schon naheliegend. Es hat fast ein Insider sein müssen, der das alles in Umlauf gebracht hat. Und wie das halt im Leben oft ist. Wenn du schon was ausgefressen hast, dann bist du automatisch an allem Schuld, was so passiert. So ist es jetzt auch dem Leo ergangen. Zumindest in den Gedanken seines Chefs.

Der Berti hat seinem Kommandanten einen Kaffee angeboten, und der hat dankend angenommen. Das war ein

Fehler, wie der Strobel nach dem ersten Schluck feststellen musste. Das Gebräu war derartig scheußlich, dass er es fast wieder ausgespuckt hätte. Gesagt hat er aber nichts, weil er den Berti nicht kränken wollte. Ohne weitere Worte hat sich der Strobel dann hinter seine Schreibmaschine geklemmt und angefangen, all seine Erkenntnisse zu Papier zu bringen. Und weil er dem Mampfi gegenüber ein schlechtes Gewissen hatte, hat er sich damit richtig beeilt. Für seinen Geschmack ist der arme Kerl nämlich schon viel zu lang in der Zelle gehockt. Bei dem großen Kreis von Verdächtigen hat es nämlich wirklich jeder sein können. Im Gefängnis ist aber nur einer gesessen. Gleichzeitig ist ihm bewusst geworden, dass der Schaden, der am Ruf vom Mampfi entstanden war, wohl kaum jemals wieder gutgemacht werden konnte. Mit dem Gedanken im Kopf hat er angefangen, seinen Bericht zu schreiben. Wie dann der Strobel so richtig in Fahrt gewesen ist und seine beiden Zeigefinger nur so über die Tastatur gesaust sind, kam der Anruf. Zuerst hat er gar nicht reagiert. So sehr hat er sich auf seine Arbeit konzentriert. Das Gebimmel ist ihm erst aufgefallen, wie der Berti vor seinem Schreibtisch gestanden ist und den Hörer abgenommen hat. Der Anrufer wollte aber anscheinend mit dem Strobel reden, und der Berti hat ihm den Hörer hingehalten.

Der Anrufer war ein Kollege von der Spurensicherung. Die waren mit der Untersuchung vom Schläger fertig. Da hat den Strobel gleich eine Aufregung gepackt, die ihn selbst ein bisschen überraschte, und er hatte für einen Augenblick den Gedanken, dass jetzt endlich alles vorbei sein könnte. Aufmerksam hörte er dem Kollegen zu, und der Berti beobachtete ihn gespannt. Triumph oder Freude konnte er in der Miene seines Chefs aber nicht erkennen. Ganz im Gegenteil. Das Gesicht vom Strobel ist immer länger geworden. Mit einem »Danke für die Information« hat er das Telefonat schließlich nach ein paar Minuten beendet und sichtlich frustriert den Hörer aufgelegt.

Dann hat er den Berti angeschaut und »Scheiße« gesagt. Der Berti hat besorgt dreingeschaut und gefragt, was denn nun los ist. Da hat es ihm der Strobel erzählt. Nämlich, dass auf dem Baseballschläger tatsächlich das Blut vom Höllerer und auch Fingerabdrücke gefunden worden sind. Das war die gute Nachricht. Die schlechte Nachricht war, dass es Abdrücke von zwei verschiedenen Personen gewesen sind, die mit den bisher gemachten Vergleichsabdrücken nicht zusammengepasst haben. Ergo: Tatwaffe tatsächlich gefunden. Täter nach wie vor unbekannt.

Das Positivste an den Neuigkeiten war für den Strobel, dass damit auch der Mampfi als Täter ausgeschlossen werden konnte. »Na, wenigstens was!«, hat der Berti gesagt und sich daran gemacht, dem Strobel noch Kaffee nachzugießen. Der Strobel lehnte das aber so vehement ab, dass auch der Dümmste sofort überrissen hätte, dass ihm das Gebräu nicht geschmeckt hat. Der Berti verstand das jedenfalls sofort und dampfte mit der fast vollen Kanne beleidigt ab.

Der Strobel selbst hat sich sofort wieder seinem Bericht gewidmet. Immerhin hat er jetzt was reinschreiben können, das dem Mampfi wirklich helfen konnte. Eine halbe Stunde später war er fertig. »Fahren wir«, hat er zum Berti gesagt und ihm den Autoschlüssel in die Hand gedrückt.

»Wohin?«, hat der Berti gefragt und seinen Chef groß angeschaut. Da erst ist dem Strobel bewusst geworden, dass er seinen Mitarbeiter eigentlich nie wirklich über den Verlauf der Erhebungen informiert hatte. Das war ein Fehler, den er jetzt gleich korrigieren wollte.

»Den Mampfi befreien«, gab er dem verdutzten Berti als Antwort und ging eilig zum Auto. Der Berti übernahm das Steuer und fuhr los. Während der Fahrt erzählte ihm der Strobel dann alles, was er bisher herausgefunden hatte. Das heißt, fast alles. Weil, dass die Susi jetzt in seinem Haus war, das hat er dem Berti nicht erzählt. Genauso wenig wie die Missbrauchsgeschichte. Warum er das verschwieg, wusste er selbst nicht so genau. Der Berti hat den Sachverhalt nur mäßig kommentiert. Nur »Aha« und »Hmm« hat er gesagt und sonst keinen nennenswerten Beitrag geleistet.

Der Strobel erinnerte ihn dann noch eindringlich daran, nichts davon weiterzusagen, weil die Leute sowieso schon viel zu viel wussten. Natürlich hat der Berti hoch und heilig versprochen, kein Wort zu verraten. Und das hat er auch so gemeint.

29

Würdest du den Strobel heute fragen, was an dem Gespräch mit dem Untersuchungsrichter das Schwierigste war, würde er dir wahrscheinlich sagen, dass es am schwersten war, in dem verschachtelten Gebäude das richtige Büro zu finden. Dreimal hat er sich in der Mischung aus altehrwürdigem Haus und modernem Baustil verlaufen. Da ist er schon ein bisschen sauer geworden. Leiden hat er das Gerichtsgebäude sowieso nicht können. Schon gar nicht nach dem Zubau. Der ist erst vor wenigen Wochen eröffnet worden und war alles andere als schön. Du musst dir vorstellen, dass jemand bei einem Gebäude aus der Jahrhundertwende einfach einmal so den Dachstuhl wegreißt und dann einen viereckigen und völlig schnörkellosen Kasten anstelle des Daches draufsetzt. Das ist so, als würdest du einem schönen alten Porsche einen Kühlschrank aufs Dach montieren. Genauso hat das auch bei dem Gerichtsgebäude ausgeschaut.

Die zuständigen Bauherren haben sich vor lauter Lob für den Architekten fast überschlagen, weil der Altes und Neues so schön miteinander verbunden hatte. Die Kritiker haben gemeint, das Gebäude hat jetzt ausgeschaut wie nach einem Bombenangriff notdürftig repariert. So hat das auch der Strobel empfunden. Der hat nämlich auch nicht verstanden, wie man einem Architekten so etwas durchgehen lassen konnte und ihm dazu auch noch einen Preis für sein Werk verliehen hat. An seinem Eindruck haben auch die riesigen Glotzfenster nichts geändert, die der Zündholzschachtel, wie der Strobel den Aufbau für sich genannt hat, ein schöneres Gesicht geben sollten. Im Gegenteil, für den Strobel sind auch diese Fenster eine unentschuldbare Fehlleistung gewesen. Innen war das Gerichtsgebäude aber auch nicht besser geplant. Der Strobel war fest davon überzeugt, dass nicht einmal der Architekt sich ohne seinen Plan zurechtgefunden hätte. Du hast nämlich ganz genau wissen müssen, wo du vom Altbau in den neuen Flügel kommst. Andernfalls war es ratsam, ein Jausenpackerl mitzunehmen. Und was soll ich dir sagen. Der Strobel hat das natürlich nicht gewusst. Und der Berti schon überhaupt nicht.

Nach zehn Minuten haben die beiden dann schon geglaubt, der Portier hat ihnen eine Zimmernummer gegeben, die gar nicht existiert. Aber dann hat der Berti doch noch einen Wegweiser entdeckt, der ankündigte, dass es nach rechts in den Neubau geht. Und tatsächlich. Nach einer kleinen sportlichen Übung im Treppensteigen haben die zwei dann endlich die richtige Etage und das Büro mit der Zimmernummer 2014a gefunden. Ganz kurz hat sich der Strobel Gedanken über die Logik der Zimmernummer machen müssen. Erstens hat es keine 2000 Büros gegeben und zweitens hat er auch kein Zimmer 2014 gesehen. Wie auch immer.

Jedenfalls hat der Strobel dann geklopft und ist, ohne auf eine Antwort zu warten, hineingegangen. Der Berti blieb wie angewurzelt vor der Tür stehen. Genau wie der Strobel drei Meter vor dem Schreibtisch. Gerechnet hat er mit einem älteren Herrn und dagesessen ist eine überaus attraktive, zierliche Frau, die höchstens fünfunddreißig gewesen ist. Die hat den Strobel ein wenig vorwurfsvoll angeschaut, weil er einfach so in ihr Büro gelatscht ist. Gesagt hat sie aber nichts. Nur geschaut. Das hat den armen Strobel völlig aus dem Konzept gebracht.

Ich meine nicht nur, dass sie nichts gesagt hat, sondern auch, dass da eine Frau gesessen ist. Noch dazu eine so hübsche. Lange rotblonde Haare hat sie gehabt, und, soweit der Strobel erkennen konnte, ein ziemlich großes Herz. Und wieder hat er sich dabei erwischt, dass sein Blick genau bei ihrem Ausschnitt hängengeblieben ist, und er ist ganz rot im Gesicht geworden. Aber auch er sagte nichts, und die Frau Richterin hat ihn weiter nur angeschaut.

Hätte ihr der Strobel ins Gesicht geschaut, dann hätte er vielleicht mitgekriegt, dass so etwas wie ein kleines Lächeln um ihre Mundwinkel zu sehen war. Aber er war ja immer noch mit der Visualisierung ihrer Oberweite beschäftigt. Oder besser gesagt damit, seinen Blick davon loszureißen. Da hat die Frau Rat dann doch Mitleid mit dem Beamten bekommen und zumindest einmal »Ja? Bitte?« gesagt.

Das hat den Bann, unter dem der Strobel gestanden ist, gebrochen. Sagen hat er aber immer noch nichts können. Seine ganze schöne Ansprache, die er sich in Sachen Mampfi zurechtgelegt hatte, war wie weggeblasen. In seinem Kopf herrschte in dem Moment quasi ein Vakuum. À la schwarzes Loch, wenn du verstehst.

Die Untersuchungsrichterin neigte den Kopf leicht zur Seite und fragte den Strobel, ob sie was für ihn tun kann oder ob er sich nur verlaufen hat. Diese Frage hat ihn dann endgültig wieder auf den Boden zurückgeholt, und er hat was gestammelt, das sich nach »Ich möchte dringend wegen einem Ihrer Häftlinge mit Ihnen sprechen« angehört hat. »Dann tun Sie das doch«, hat die Frau Rat freundlich gesagt und dem Strobel einen Sitzplatz angeboten.

Jetzt, wo er ihr direkt gegenüber gesessen ist, hat er erst bemerkt, dass sie ganz grüne Augen hatte. So eine Augenfarbe hatte er vorher überhaupt noch nie gesehen. Deshalb ist es dann auch gar nicht mehr so schwierig für ihn gewesen, ihr nicht dauernd auf den Busen zu glotzen. Nein, er hat es tatsächlich geschafft, ihr nur noch in die Augen zu schauen und ihr die ganze leidige Geschichte mit allem Drum und Dran zu erzählen.

Kein einziges Mal hat ihn die Frau Doktor dabei unterbrochen. Aufmerksam hörte sie sich alles an, nickte hin und wieder und zog das eine oder andere Mal leicht die Augenbrauen in die Höhe. Diese Geste hat dem Strobel besonders gut gefallen. Wie ihm überhaupt das Gesicht von der Frau unheimlich gut gefallen hat. Wie sie dann aufgestanden ist, um den Akt aus dem Regal zu holen, hat er sehen können, dass sie auch eine wirklich gute Figur hatte. Insgesamt hat ihn die Frau Rat ziemlich begeistert. Und so hat er halt gemacht, was Männer in solchen Situationen eben machen. Er hat versucht, einen besonders guten Eindruck zu hinterlassen und echt viel geredet. Vor allem viel Blödsinn. Solange, bis sie ihn unterbrochen hat. Die Frau Untersuchungsrichterin hatte nämlich nicht so viel Zeit, um sich alles so ausführlich anzuhören. Das hat sie ihm dann auch freundlich gesagt und gemeint, er soll doch so nett sein und ihr das alles vielleicht auch schriftlich zukommen lassen. Und zwar möglichst rasch, weil sie jetzt auch der Meinung war, dass der Mampfi nicht mehr als Mordverdächtiger in Frage gekommen ist und sie ihn so schnell wie möglich aus dem Gefängnis entlassen wollte.

Da hat der Strobel jetzt voll punkten können, weil er den Bericht schon dabei hatte. Das hat er dem Gesicht von der Frau Doktor ansehen können, wie er das Konvolut vor ihr auf den Tisch gelegt hat. Sie versprach ihm daraufhin, den Mampfi noch am gleichen Tag auf freien Fuß zu setzen, und zeigte deutlich, dass für sie das Gespräch damit beendet war. Der Strobel ist aufgestanden und hat ihr zum Abschied die Hand gereicht. Nach einer eher kühlen Verabschiedung gab die Frau Rat dem Strobel noch mit auf den Weg, dass er das nächste Mal vorher anrufen und einen Termin ausmachen soll und dass es sehr höflich von ihm wäre, nach dem Klopfen auf eine Antwort zu warten. Dabei lächelte sie ihn so milde an, dass ihm, trotz der Peinlichkeit, ganz warm ums Herz geworden ist.

Vor der Bürotür stand immer noch der Berti. Wie bestellt und nicht abgeholt. Sein Chef hat noch einen Blick auf das Namensschild geworfen und auf dem Weg zum Auto kein Wort geredet. Da hat der Berti schon geglaubt, dass das Gespräch schiefgelaufen sein muss. Fragen wollte er aber nicht. Er meinte, dass es sicherer wäre zu warten, bis der Strobel von selbst zu erzählen beginnt. Der war aber mit seinen Gedanken ganz woanders. Nämlich bei den grünen Augen von der Frau Doktor im Zimmer 2014a.

Erst nach der Rückkehr auf die Dienststelle erzählte der Strobel dem Berti, was das Gespräch ergeben hatte, und hat ihn danach spontan auf ein Bier beim Hübner eingeladen. Der Strobel hat nämlich für sich entschieden, dass es jetzt einen Grund zum Feiern gab.

Erst zwei Stunden, drei Biere und ein Schnitzel mit

Kartoffelsalat später ist ihm dann eingefallen, dass ja die Susi in seinem Haus war und wahrscheinlich schon wartete. Und auch, dass nichts Essbares im Haus war.

Zu seiner Verteidigung muss ich sagen, dass er es halt nicht gewohnt war, nicht allein zu sein und sich um jemanden kümmern zu müssen. Jetzt kannst du dir die Verwunderung vom Berti vorstellen, wie der Strobel dann schnell noch ein Schnitzel zum Mitnehmen bestellt hat. Der Strobel bemerkte den fragenden Blick und sagte, dass er in der Nacht oft so einen furchtbaren Heißhunger bekomme, dass es ganz aus ist und er sich deshalb noch eine Portion mitnehmen wolle. Der Berti quittierte diese Erklärung mit einem Kopfnicken. Ob er das geglaubt hat oder nicht, hat der Strobel aus seiner Reaktion nicht erkennen können.

Jedenfalls machte er sich mit seinem Schnitzel dann schnell auf den Heimweg und hatte dabei ein schlechtes Gewissen gegenüber der Susi. Zu seiner Überraschung war das Mädel aber bester Laune und hat kein Wort darüber verloren, dass es schon fast zehn Uhr am Abend war. Mit sichtlichem Appetit machte sie sich über ihr Schnitzel her und erzählte kauend das Fernsehprogramm vom ganzen Tag. Der Strobel hat sich das Geplapper angehört, von dem er die Hälfte sowieso nicht verstehen konnte, weil die Susi mit vollem Mund redete, und genoss es einmal mehr, nicht allein zu sein.

Irgendwie ist ihm jetzt erst so richtig klar geworden, wie einsam er die ganze Zeit gewesen ist. Und so ist er halt sitzen geblieben, hat zugehört und die Susi dabei beobachtet, wie sie ihr Schnitzel in sich hineinstopfte. Offensichtlich war der Hunger schon sehr groß gewesen. Wieder hat der Strobel sein schlechtes Gewissen gespürt und sich fest vorgenommen, in Zukunft das Mädel nicht mehr zu vergessen.

Als Erstes wollte er am nächsten Morgen gleich einkaufen gehen und ein paar Lebensmittel nach Hause bringen, weil er das arme Kind schließlich nicht immer so lange warten lassen wollte. Erst nachdem die Susi ihr Schnitzel restlos verspeist hatte, ist dem Strobel aufgefallen, wie sauber die Küche ausgeschaut hat, und er bedankte sich bei der Susi. Die hat übers ganze Gesicht gestrahlt, ihm einen Kuss auf die Wange gehaucht und ist im Badezimmer verschwunden. Zehn Minuten später war sie im Schlafzimmer, von wo aus sie dem Strobel, der immer noch in der Küche hockte, einen Gutenachtgruß zurief. Kurz machte er sich dann darüber Gedanken, dass er eine neue Unterkunft für die Susi brauchte, weil sie bei ihm auf keinen Fall bleiben konnte. Außerdem war ihm klar, dass er ihre Aussage noch schriftlich haben musste, wenn er gegen die Gebrüder Friedel etwas unternehmen wollte. Aber zuerst, so hat er sich schließlich überlegt, sollte sich das Mädchen einmal ein bisschen erholen. Für sie würde es noch schlimm genug werden.

Nach einer erfrischenden Dusche legte er sich auf sein Sofa und dachte bis zum Einschlafen an die Frau Doktor. Besser gesagt an ihre grünen Augen und das Lächeln, das sie ihm zum Abschied geschenkt hatte. Der Strobel hoffte wirklich, dass er bald einen Grund haben würde, noch einmal bei ihr vorzusprechen, weil er unbedingt wissen wollte, ob sie ihn auch sympathisch fand. Wie genau er das herausfinden sollte, darüber dachte er aber nicht nach.

Sein letzter Gedanke aber galt dem Mampfi; der Tatsache, dass der jetzt höchstwahrscheinlich schon zu Hause bei seiner Familie war, aber auch der Frage, wie der arme Kerl mit der Situation umgehen würde. Der Strobel glaubte nämlich nicht daran, dass der Mampfi seinen guten Ruf je wieder würde herstellen können. Nicht bei den Einwohnern von Tratschen. Die waren nicht dazu geboren, einen Irrtum zuzugeben. Im Zweifelsfall würde der Mampfi in ihren Augen immer ein Mörder bleiben. Wahrscheinlich auch dann, wenn der wahre Täter irgendwann gefasst werden würde. Zu sehr hatten sich die Leute schon das Maul zerrissen und dabei viel zu viele unsinnige Gerüchte in die Welt gesetzt. Dieser Schaden war wohl kaum je wieder gutzumachen. Der Strobel jedenfalls war fest entschlossen, alles daran zu setzen, den wirklichen Mörder zu finden. Er war gespannt, was die nächsten Tage bringen würden. Überraschungen hatte es in diesem Fall schon jede Menge gegeben.

30

Um Punkt 18 Uhr, also genau zehn Minuten zu spät, um den letzten Bus nach Tratschen noch zu erwischen, durfte der Sedlak Manfred das Gefängnis verlassen. Dass er den Bus versäumte, war ihm vollkommen egal, weil er eigentlich gar nicht nach Hause wollte.

Überhaupt war er über seine Entlassung lange nicht so

glücklich, wie man meinen müsste. Ganz im Gegenteil. Der Mampfi wäre viel lieber in seiner Zelle geblieben und hätte dort seine Ruhe gehabt. Er hat sich gar nicht vorstellen wollen, wie ihn die Leute im Dorf alle blöd anschauen und hinter seinem Rücken tuscheln würden.

Noch viel weniger hat ihm der Gedanke gefallen, ständig irgendwelche Erklärungen abgeben zu müssen. Von seiner Frau hat er schon gewusst, dass der Herr Bürgermeister ihm gekündigt hatte und er somit arbeitslos war. Genau wie die Elfriede. Auch einen Teil der Gerüchte hatte sie ihm bei ihrem letzten Besuch schon erzählt. Unter anderem auch, dass der Jakob nicht sein Sohn sein sollte, sondern der Bub dem Verhältnis zwischen ihr und dem Höllerer Hans entstammen sollte. Ihn selbst hat das gar nicht so gestört. Aber er hat versucht sich vorzustellen, wie es dem Jakob dabei gegangen ist. Der hat sicher sehr unter diesen Gerüchten gelitten. Da war sich der Mampfi ganz sicher. Schon überhaupt, weil er die Leute in Tratschen ganz genau kannte und deshalb wusste, wie gnadenlos die mit den Betroffenen solcher Gerüchte umgingen. Eine Mordswut hat er in sich gespürt. Nicht, weil er verhaftet worden ist. Das konnte der Mampfi sogar noch irgendwie verstehen. Dafür machte er dem Strobel keinen Vorwurf. Für ihn gab es keinen Grund, dem Postenkommandanten oder dem Berti irgendwelche Vorwürfe zu machen, weil die sich ihm gegenüber immer korrekt verhalten hatten. Aber dieser Leo, der war ein ganz anderes Thema. Der hatte sich ganz und gar nicht korrekt verhalten und ihm ständig irgendwas in den Mund gelegt. Warum der Leo das getan hatte, wusste der Mampfi selbst nicht. Weil bis zu dem Tag, an dem man den Höllerer fand, hatte er nie ein Problem mit dem Leo. Nicht das geringste. Außerdem war er enttäuscht. Nicht, dass du jetzt denkst, dass er vom Leo enttäuscht war. Nein. Vom Bürgermeister war er enttäuscht. Und von seinem Cousin, weil der Friedel in der Vergangenheit immer einen auf guter Kumpel gemacht und so getan hatte, als hätten der Mampfi und er so etwas wie eine freundschaftliche Beziehung. Und kaum, dass der Mampfi einen Freund wirklich gut hätte brauchen können, hat er ihn eiskalt über die Klinge springen lassen.

Das Gleiche hat für den Herrn Friseurmeister gegolten. Der hat die Elfriede immer wieder in den höchsten Tönen gelobt und war oft mit seiner Frau zu Besuch bei ihnen gewesen. Wie froh er darüber war, eine solch tolle Kraft wie die Elfriede in seinem Geschäft zu haben, bewies er dann damit, sie prompt an die frische Luft zu setzen, nur weil der Herr Bürgermeister das verlangt hatte. Es nützte niemandem etwas, dass er sich dann bei der Elfriede dafür entschuldigte und die Schuld auf seinen Cousin schob. Tatsache war, dass weder die Elfriede noch der Mampfi jetzt eine Arbeit hatten. Die Raten für das Haus mussten aber weiter bezahlt werden. Und wenn sich der Mampfi einer Sache völlig sicher war, dann der, dass der Herr Bankdirektor ihnen keinen Aufschub geben würde. Natürlich nicht aus persönlichen Gründen. Wo denkst du hin. Selbstverständlich nur deshalb nicht, um den guten Ruf der Bank nicht zu gefährden. Genauso sicher war er sich, dass weder er noch seine Frau irgendwo in der Umgebung einen Arbeitsplatz finden würden. Aber wessen Schuld ist das eigentlich gewesen? Seine eigene?

In dem Punkt war er sich auch ganz sicher. Er selbst

war nicht schuld. Genauso wenig wie der Jakob oder die Elfriede. Der Leo war schuld! Und die blöden Tratschweiber beim Hörmann waren schuld. Genauso schuldig waren die, wie der Friedel Karl. Da hat der Mampfi überhaupt keine Zweifel gehabt. Darüber hatte er lange genug nachgedacht.

Im Gegensatz zu der Frage, wer den Höllerer wirklich umgebracht haben könnte. Darüber hatte er sich noch nie Gedanken gemacht. Im Grunde war es ihm auch völlig egal. Wirklich leiden hat er den blöden Kerl sowieso nie können. Weil, ehrlich gesagt ist es dem Mampfi sogar ein richtiges Vergnügen gewesen, dem Burschen so richtig eine runterzuhauen.

Zuschauen hat man seiner Meinung nach können, wie der Kerl immer arroganter geworden ist. Der Mampfi hatte sowieso nie verstanden, was der Höllerer und der Friedel miteinander zu tun hatten. Aufgefallen ist ihm natürlich schon, dass die beiden sich öfter einmal nach den Spielen im Clubhaus getroffen haben. Ab und zu war auch der Bruder vom Friedel mit von der Partie. Aber nie hat der Mampfi auch nur ein Wort von dem mitgekriegt, was die drei zu bereden hatten. Weil immer, wenn sie bemerkten, dass er in der Nähe war, haben sie aufgehört zu reden.

Ausgesprochen freundschaftlich hatten die Treffen für den Mampfi aber nicht ausgeschaut. Das ist ihm wirklich komisch vorgekommen. Genauso merkwürdig wie die vielen Besuche von der Konrad Herta, die der Friedel bekommen hatte. Jetzt hätte man natürlich sagen können, dass das ganz normal war, weil die Herta schließlich im Gemeinderat war. Aber die übrigen Mitglieder sind ja auch nicht ständig erschienen und haben mit dem Bürgermeister hinter verschlossenen Türen über wer weiß was für Themen geredet. Außerdem ist dem Mampfi ein paar Mal aufgefallen, dass die beiden offenbar ein sehr inniges Verhältnis gehabt haben müssen. Wie sonst wäre es zu erklären gewesen, dass er sie auch öfter einmal privat miteinander gesehen hatte. Das waren alles Sachen, über die sich der gutmütige Mampfi nie Gedanken gemacht hatte. Zumindest nicht, bevor er in der Gefängniszelle gelandet ist. Dort hat er aber dann viel Zeit zum Nachdenken gehabt. Und dumm ist er nicht gewesen, der Mampfi. Darum konnte er bei ein paar Sachen auch leicht eins und eins zusammenzählen. Eines der Ergebnisse dieser Rechnungen war die Erkenntnis, dass er fast nur von Heuchlern umgeben war.

Das findest du jetzt vielleicht ein bisschen zu hart, dass der Mampfi so gedacht hat, aber der hat es halt einmal so gesehen. Und er musste es schließlich wissen. Immerhin hatte er im Gefängnis sehr viel Zeit damit verbracht, über seinen Heimatort an sich oder besser gesagt über dessen Einwohner nachzudenken. Über alte und neue Geschichten und über den Umgang, den die Menschen miteinander pflegten. Und natürlich auch über die selbsternannten Stützen der Gemeinde. Rausgekommen ist für ihn dabei eben, dass das alles Heuchler und Aasgeier waren. Die Erkenntnis, dass er auch nicht besser war als die anderen, weil er sich selbst oft genug an der Verbreitung von Gerüchten beteiligt hatte, tat ihm ganz schön weh. Aber so ist es nun einmal gewesen.

Gebracht hat ihm das alles eine Mischung aus Trauer und Wut. Ja, so hat er sich gefühlt, wie er da so vor dem

Gefängnis auf der Straße gestanden ist und sich gefragt hat, ob er überhaupt nach Tratschen zurückfahren sollte. Genauso gut hätte er nämlich in die entgegengesetzte Richtung fahren können. Genau in dem Moment, in dem er sich das überlegte, hat auf dem Parkplatz vor dem Gebäude jemand gehupt. Es war seine Frau. Die wollte den Mampfi nämlich abholen. Aber nicht nur aus reiner Freude über seine Entlassung, sondern auch, um ihn schonend darauf vorbereiten zu können, was mit ihrem Haus geschehen war. Das hatte sie ihm nämlich bei ihrem letzten Besuch nicht erzählt. Jetzt, so meinte sie, sollte sie ihn allerdings vorwarnen.

Die Umarmung nach dem Einsteigen war eher kühl. Aber das ist nicht an der Elfriede gelegen, sondern am Mampfi. Ich meine, er hat das selbst schon auch gemerkt. Aber er hat nichts dagegen tun können. Alles, was er in diesen Minuten spürte, war Kälte. Das hatte aber mit der Elfriede als Person gar nichts zu tun. Das war ein Problem in ihm drinnen. Tief in seiner Seele, quasi. Seine Frau machte ihm gar keinen Vorwurf deswegen. Sie hoffte nur still, dass er beim Jakob nicht so sein würde. Der Bub hatte es im Moment ohnehin nicht gerade leicht. Die Fahrt verlief dann schweigend. Die Elfriede konzentrierte sich auf die Straße und der Mampfi auf die Gegend zu seiner Rechten. Stur hat er die ganze Zeit aus dem Seitenfenster geschaut. Ohne auch nur einmal den Kopf in eine andere Richtung zu drehen und ohne auch nur einmal zu blinzeln. Die erste Emotion zeigte er, als sie vor dem Haus standen. Da konnte der Mampfi all die gemeinen Sprüche lesen, die an den Wänden und auf der Straße hingeschmiert worden waren. Zwar hat er auch da nicht geblinzelt, sondern er weinte bittere Tränen. Aus den weit aufgerissenen Augen liefen sie über seine Wangen, und er schluchzte kaum hörbar. Seine Frau wollte ihn umarmen und trösten. Aber der Mampfi stand nur da wie versteinert und reagierte überhaupt nicht auf sie.

Sicher fünf Minuten stand er vor dem Haus und er konnte nicht anders, als immer und immer wieder all die Schweinereien zu lesen. Die Elfriede machte sich wirklich ernsthafte Sorgen um ihren Mann. Noch nie hatte sie ihn so traurig gesehen. Aber abgesehen von seiner Trauer spürte sie in dem Moment noch etwas anderes. Angst! Ja, die Elfriede hatte zum ersten Mal in ihrem Leben Angst vor ihrem Mann. Und glaube mir, der starre Blick, dieses fast lautlose Weinen, die zu Fäusten geballten Hände und das Zittern haben wirklich unheimlich gewirkt.

Du musst dir vorstellen, dass der Mampfi mit verkrampften Fäusten dagestanden ist und am ganzen Körper heftig gezittert hat. Da hast du das Gefühl gekriegt, dass er gleich jemanden umbringen wird. Aber zum Glück war außer der Elfriede keiner da. Und dann, ganz plötzlich, hat er sich umgedreht und ist wortlos davongegangen. Die Elfriede war so überrascht, dass sie gar nicht reagieren konnte. Wie sie dann endlich begriffen hatte, was gerade passiert war, war der Mampfi schon hinter der nächsten Ecke verschwunden. Einen Augenblick lang hat sich die Elfriede überlegt, ob sie zur Gendarmerie gehen soll. Aber was hätte das schon bringen sollen? Außerdem, so war sie überzeugt, würde sich ihr Mann schon bald wieder beruhigen und nach Hause kommen.

31

Es war gerade einmal halb acht und der Strobel war schon dabei, die Einkäufe im Kühlschrank zu verstauen. Die Susi hat da noch geschlafen wie ein Murmeltier. Bis in die Küche hat der Strobel ihre Atemzüge hören können. Dass das Mädel so einen guten und tiefen Schlaf hatte, beruhigte ihn irgendwie. Weil, vielleicht würde ihr das ja dabei helfen, einiges von dem zu vergessen, was ihr in ihrem jungen Leben widerfahren war. Dass das mehr Hoffnung als sonst was gewesen ist, hat der Strobel natürlich selbst auch gewusst. Aber er dachte sich, dass es nicht schaden könnte, wenn er sich das ganz fest für die Susi wünscht.

Er war gerade dabei, den Kaffee aufzustellen, da hat es einmal ganz kurz an der Türe geläutet. Überrascht hat der Strobel auf seine Uhr geschaut. Weil, wenn du sonst nie Besuch bekommst, erscheint dir halb acht auch ein bisschen früh, um jemanden zu empfangen. Mitten in diese Gedanken hinein hat es wieder kurz geläutet und dem Strobel war klar, dass er zur Türe gehen musste, wenn er verhindern wollte, dass die Susi aus dem Schlaf gerissen wird.

Zu seiner Überraschung stand die Sedlak Elfriede draußen. Im ersten Moment hat sich der Strobel wirklich erschrocken, weil die Frau ziemlich arg ausgeschaut hat. Ihre Frisur war total durcheinander und ihr Make-up völlig verschmiert. Sie hat ausgesehen, als wäre sie gerade mit knapper Not einem Tornado entkommen. Noch bevor der Strobel irgendwas sagen konnte, hat sich die Elfriede an ihm vorbei ins Haus gedrängt und noch im Vorzimmer angefangen, ihm hektisch etwas zu erzählen, das sie mit wild rudernden Armen untermalen wollte. Nur dass sie halt so schnell redete, dass der Strobel nur einzelne Worte verstand. Mampfi, Gefängnis, nach Hause. Das war alles, was er von ihrem Redeschwall mitbekam. Vielleicht verstehst du jetzt auch, warum er sie gleich unterbrochen und ihr freudestrahlend erklärt hat, dass er das schon erledigt hatte und der Mampfi sicher spätestens am Nachmittag nach Hause kommen würde.

Jetzt hat die Elfriede auch noch angefangen zu weinen, was nicht wesentlich zu einer Verbesserung der Verständigung beitrug. Der Strobel, immer noch der Meinung, der Frau eine gute Nachricht überbringen zu können, umarmte sie und erklärte ihr noch einmal, dass ihr Mann bald wieder bei ihr und ihrem Sohn sein wird. Da hat sich die Elfriede von ihm losgerissen und geschrien, dass er schon gestern entlassen wurde. Jetzt hat der Strobel erst mal gar nichts mehr gesagt, sondern versucht, der Elfriede zuzuhören. Die wiederum bemühte sich darum, deutlicher zu reden. Und siehst du, schon klappte es mit der Verständigung.

Gefallen hat dem Strobel aber nicht, was ihm die Elfriede da erzählte. Besonders den Teil, in dem der Mampfi davongelaufen ist, fand er doch sehr beunruhigend. Genauso wie die Tatsache, dass das jetzt schon fast zehn Stunden her war und der Mampfi noch nicht wieder aufgetaucht war. Der Strobel wusste nicht recht, was er der aufgeregten Elfriede sagen sollte. Die ist da in seinem Vorzimmer gestanden und hat geheult wie der berühmte Schlosshund. Zu allem Überfluss kam dann auch noch die Susi im Bademantel vom Strobel ins Vorzimmer, weil sie von dem Lärm munter geworden ist. Da hörte die Elfriede kurz mit dem Weinen auf und warf dem Strobel einen ziemlich eindeutigen Blick zu, der nichts weiter als pure Verachtung ausdrückte. Aber noch bevor der arme Hund was zu seiner Rechtfertigung sagen konnte, hat die Susi mit verschlafener Stimme gefragt, was eigentlich los ist, und herzhaft gegähnt. Dabei streckte sie sich auch gleich noch ein bisschen, wodurch sich der Bademantel an ihrem Oberkörper leicht öffnete. Jetzt konnte die Elfriede natürlich auch noch gut sehen, dass das Mädchen unter dem Mantel genau nichts anhatte, und sah den Strobel gleich noch viel böser an.

Der Strobel selbst wusste nicht recht, ob ihm das Ganze peinlich sein oder ihn ärgerlich machen sollte. Gerade, als er was zu seiner Verteidigung sagen wollte, hat die Susi herzlich zu lachen angefangen und zur Elfriede gesagt, dass sie sich nichts Falsches denken soll, weil alles ganz harmlos ist. Da hast du der Elfriede aber angesehen, dass sie das nicht geglaubt hat. Aber die Susi war ein bisschen flexibler wie der Strobel. Sie schnappte die Elfriede bei der Hand, zog sie in die Küche und forderte sie auf, sich erst einmal hinzusetzen. Auf dem Weg dorthin konnte die Elfriede natürlich einen Blick ins Wohnzimmer werfen, wo auf der Couch noch das Bettzeug vom Strobel lag. Das hatte er nämlich noch nicht wegräumen können, weil die Susi ja noch geschlafen hatte. Da änderte sich ihr Gesichtsausdruck ein klein wenig in Richtung Verwunderung.

Die Susi hat die Elfriede dann einfach auf dem erstbesten Stuhl platziert und sich rasch zur Kaffeemaschine hingedreht, um sie einzuschalten. Ganz nebenbei fragte sie die Elfriede, warum sie in aller Herrgottsfrühe so einen Krawall macht. Die wieder hatte für den Moment vergessen, warum sie eigentlich da war, und hat ihrerseits von der Susi wissen wollen, was sie im Haus vom Strobel zu suchen hat. Der Strobel merkte gleich, dass die Elfriede da keinen Spaß verstand, weil sie nicht nur sehr autoritär klang, sondern die Susi dabei mit »junge Dame« ansprach. Bei der Antwort von der Susi krampfte es den armen Kerl dann zusammen. Das freche Ding antwortete nämlich in einem ziemlichen trotzigen Tonfall, dass sie vorübergehend beim ihm eingezogen ist. Der Strobel hat sich ganz intensiv gewünscht, jetzt auf dem Posten zu sitzen und nicht hier zu sein. Irgendwie ist er das Gefühl nicht losgeworden, dass die Kommunikation zwischen den beiden Frauen anfing, etwas sperrig zu werden. Außerdem verfinsterte sich die Miene von der Elfriede nach dieser Antwort gleich wieder deutlich.

Da ist dem Mann klar geworden, dass hier nur noch ein resolutes Einschreiten gröberen Schaden verhindern konnte, und er erhob, jetzt wieder ganz Postenkommandant, die Stimme und fauchte die beiden an, endlich ruhig zu sein. In dem Moment hast du dann die stillschweigende Solidarität sehen können, die immer dann zu Tage tritt, wenn Frauen meinen, von einem Mann ungerecht behandelt zu werden. Von einem Moment auf den anderen haben beide den Strobel furchtbar böse und beleidigt angeschaut. Da war der knapp dran, einfach das Haus zu verlassen und die beiden sich selbst zu überlassen. Zu seinem Glück ist genau in dem Moment mit lautem Zischen und in einer Wolke aus Dampf die Kaffeemaschine übergegangen. Die beiden Frauen waren auf einmal abgelenkt und haben fast gleichzeitig zu dem Gerät hingeschaut. Der Strobel hat auch hingeschaut und sich dafür verflucht, dass er den Filter wieder einmal schlecht eingelegt hatte. Das ist ihm nämlich schon öfter mal passiert. Er hasste es, die heiße Flüssigkeit wegzuwischen und dann den Kaffeesud von der Arbeitsplatte entfernen zu müssen. Das Zeug wurde immer mehr, je mehr er herumwischte. An diesem Tag blieb ihm das aber erspart. Fast synchron sind die beiden Frauen nämlich aufgesprungen und haben sich an die Schadensbegrenzung und die Reinigung gemacht. Der Strobel selbst hat sich rausgehalten und sie machen lassen. Dass sie dabei Bemerkungen wie »typisch Mann, kann nicht einmal Kaffee kochen« und ähnliches ausgetauscht haben, störte ihn nicht. Hauptsache, die Situation beruhigte sich erst einmal. Tatsächlich schien das gemeinsame Putzen die Wogen etwas zu glätten. Als sie fertig waren, setzten sie gemeinsam eine neue Kanne Kaffee auf und holten Tassen aus dem Schrank. Anscheinend, weil sie sowieso schon dabei waren, deckten die zwei Frauen auch gleich den Tisch fürs Frühstück. Ohne auch nur ein Wort darüber zu verlieren, richteten sie drei Gedecke her. Der Strobel beschloss in dem Moment, sich in sein Schicksal zu fügen, verzog sich möglichst unauffällig auf die Terrasse und genoss dort die Morgensonne.

Normalerweise hätte er schon lange auf der Dienststelle sein sollen, aber er konnte hier ja schließlich nicht weg, bevor das Missverständnis, dem die Elfriede zum Opfer gefallen war, nicht aus der Welt geschafft war. Außerdem musste er versuchen, eine plausible Erklärung für die Anwesenheit einer Fünfzehnjährigen in seinem Haus zu finden. Auf keinen Fall wollte er, dass die Elfriede in einem Anfall unbegründeter Besorgnis zu den Eltern von der Susi rennt.

Eine Viertelstunde später hat dann die Elfriede gerufen, dass das Frühstück fertig ist. Im gleichen Moment läutete das Telefon. Es war der Berti. Der wollte wissen, wann sein Chef auf den Posten kommt. Weil, so hat der Berti erzählt, ein wichtiger Anruf aus Wien gekommen ist und der Strobel unbedingt so schnell wie möglich zurückrufen soll. Der Strobel hat sich vom Berti den Namen und die Telefonnummer von dem Anrufer geben lassen und ihm gesagt, dass er den Anruf von daheim aus erledigen und in ungefähr einer Stunde im Büro sein wird. Dann legte er auf und schaute auf den Zettel. Abteilungsinspektor Dürer. Wer, zum Teufel, war das, und wieso wollte er so dringend mit ihm reden? Eine Frage, die so nicht zu klären war. Er würde schon anrufen müssen. Bevor er das allerdings tun konnte, hat ihn die Stimme von der Elfriede aus der Küche wissen lassen, dass der Kaffee kalt wird.

Insgesamt ist das gemeinsame Frühstück wesentlich angenehmer verlaufen wie erwartet. Zuerst wollte die Elfriede wissen, was jetzt eigentlich genau los ist. Da erzählte ihr die Susi kurzerhand eine gekürzte Fassung der Wahrheit. Nämlich, dass sie aus Gründen, die sie im Moment nicht nennen wolle, von zu Hause weggelaufen sei und der Strobel sie vorübergehend bei sich aufgenommen habe, bis sich ein besserer Platz für sie finde. Aus irgendeinem Grund hat sich die Elfriede damit ohne weitere Fragen zufriedengegeben und angefangen ihrerseits zu erzählen, warum sie schon so früh zum Strobel gekommen ist. Weil sie jetzt schon viel gefasster war, hat der Strobel auch verstanden, was passiert ist. Er versuchte, sich nicht anmerken zu lassen, dass er sich Sorgen macht, und sagte der Elfriede, sie solle heimgehen und dort auf den Mampfi warten. Der würde sicher nach Hause kommen, sobald er sich beruhigt hat. Zumindest hoffte der Strobel das zu diesem Zeitpunkt aus tiefstem Herzen.

Nach dem Frühstück hat er dann diesen Abteilungsinspektor Dürer angerufen. Der Strobel war ziemlich verwundert, weil der Mann ihn fragte, ob er mit dem Mordfall Höllerer was zu tun hätte. Aber bevor er etwas sagen konnte, lieferte ihm der Mann am anderen Ende der Leitung gleich eine Erklärung dafür, warum er von dem Fall wusste. Er sagte nämlich, dass der Fall am Vortag ganz groß in der Zeitung gestanden ist. Mit einem Bild vom ermordeten Höllerer. Da hat der Strobel ganz schön gestaunt. Das hatte er gar nicht mitbekommen. Jedenfalls, so erzählte der Kollege Dürer weiter, habe sich daraufhin jemand gemeldet, der was Interessantes über den Höllerer zu erzählen hatte, und gab dem Strobel eine kurze Inhaltsangabe. Wenn du den Strobel in dem Moment hättest sehen können, hättest du wahrscheinlich Angst bekommen, dass ihm die Augen aus dem Gesicht springen. So arg hat er sie nämlich aufgerissen.

Gleich nachdem er sich bedankt und aufgelegt hatte, rannte er wie der Blitz zur Tür raus. Keine zehn Minuten später stürmte er im gleichen Affentempo bei der Postentür hinein. Der Berti schaute ihn an, als hätte er drei Hörner auf dem Kopf, und fragte erstaunt, was eigentlich los ist. Der Strobel antwortete nur: »Ich muss sofort nach Wien!« Dann hat er angefangen, hektisch in einem der Aktenschränke herumzukramen. Schließlich wurde er offensichtlich fündig, schnappte sich den Autoschlüssel und eilte zur Postentüre hinaus. Den armen Mampfi verdrängte er in diesem Moment ganz aus seinen Gedanken. Berti blieb verwirrt zurück und entschied sich dafür, den Rest des Tages Kaffee zu trinken. Er wurde nämlich das Gefühl nicht los, von den Geschehnissen nur die Hälfte mitzubekommen, und dass alle wichtigen Entwicklungen in dem Fall relativ spurlos an ihm vorüberzogen.

Knapp zwei Stunden später ist der Strobel dann auf dem Kommissariat im 20. Bezirk gesessen und hat mit dem Kollegen Dürer geredet. Der hat ihm noch einmal alles haarklein erklärt und dann gemeint, der Strobel solle doch selbst mit der Zeugin reden.

In seiner Aufregung ist dem Strobel gar nicht aufgefallen, wie seltsam der Kollege aus Wien das Wort Zeugin betont hat. Als er die Frau dann allerdings hereinkommen sah, ist ihm schon was komisch vorgekommen. Sie war nicht nur sehr groß, sondern auch überaus muskulös gebaut. Das Kleid, das sie anhatte, war knallgelb und ein fast schon grausamer Kontrast zu den dunkelroten Haaren, die kunstvoll zu einer echten Turmfrisur hochtoupiert waren. Dazu ist noch gekommen, dass diese Frau ihr Make-up offensichtlich im Sonderangebot einkaufte. Zumindest war das die einzige Erklärung dafür, dass sie so viel davon im Gesicht hatte. Bei näherem Hinsehen hat der Strobel dann auch noch die dunklen Flecken im Bereich des Kinns bemerkt. Insgesamt eine schrille und – wie er sich insgeheim gedacht hat – hässliche Erscheinung. Er war krampfhaft darum bemüht, sich nichts anmerken zu lassen. Hinter der Frau ist der Kollege Dürer gestanden und hat ein ganz breites Grinsen aufgesetzt. Der Strobel hat dieses wundersame Wesen ziemlich blöd angestarrt und anfangs kein Wort herausgebracht. Papagei! Das war das einzige Wort, das dem Strobel zu diesem Anblick eingefallen ist. Mit einem völlig übertriebenen Hüftschwung ist der Papagei dann direkt auf ihn zugegangen und hat sich auf den Stuhl auf der anderen Seite des Schreibtisches gesetzt. Und erst jetzt erkannte der Strobel, dass die dunklen Flecken am Kinn Bartschatten waren. Kapiert hat er aber immer noch nichts. Er war viel zu sehr Landei, um gleich zu verstehen, dass sein Gegenüber in Wirklichkeit ein Mann war. Genau betrachtet wollte er das auch gar nicht verstehen. So etwas existierte in der Welt vom Strobel Poldi nicht. Natürlich hatte er schon von solchen Sachen gehört, aber gesehen hatte er es selbst noch nicht. Verzweifelt hat er in seinem Hirn nach dem Wort gesucht, mit dem solche Menschen bezeichnet wurden. Anscheinend hatte der Paradiesvogel seine Gedanken gelesen und das Wort gesagt.

»Transvestit.«

»Was?«, hat der Strobel sichtlich verwirrt gefragt.

»Das Wort, das Sie suchen. Es heißt Transvestit.«

»Aha«, ist alles gewesen, was der sich ertappt fühlende Strobel hervorbrachte. Automatisch drückte er die Hand, die ihm der Papagei entgegenstreckte. Du kannst dir gar nicht vorstellen, was für ein Durcheinander sich im Kopf vom Strobel abgespielt hat.

Der Kerl stellte sich als »Michelle« vor und sah den Strobel erwartungsvoll an.

Damals war das mit den Transvestiten noch nicht so normal wie heute. Da war noch nichts mit künstlichen Titten in Ballongröße oder gar Geschlechtsumwandlung. Das Wort Outing hat in dem Zusammenhang noch nicht existiert. ›Mann‹ hat sich ganz einfach in ein Kleid gezwängt, Make-up aufgelegt und fertig war, was immer es auch war. Wahrlich in vielen Fällen kein besonders schöner Anblick. Von der moralischen Seite her war das für den Strobel schon irgendwie schlimm. Wie überhaupt das Thema Homosexualität für ihn ein spanisches Dorf gewesen ist. Nicht einmal vorstellen hat er sich wollen, was da zwischen den Herren abging.

Ich meine, grundsätzlich war er schon so aufgeschlossen, dass er meinte, dass jeder machen könne, was er will. Jeder nach seiner Fasson, quasi. Aber mit Typen wie dieser Michelle hat er nichts anzufangen gewusst. Und weil er halt auch nur ein Mensch war, hat sich der Strobel aus reiner Unsicherheit zu so manchem Vorurteil gegen Michelle und ihresgleichen hinreißen lassen. Weil Angst und Unsicherheit sind ja bekanntlich oft die Auslöser von Aggression, Ablehnung und Vorurteilen. Weisheiten dieser Art haben dem Strobel in dem Moment aber nichts genützt. Wie, zum Teufel, sollte er ihn, oder war es jetzt doch eine sie, behandeln? Für den Moment beschloss er dann, das vorerst geschlechtsneutral zu sehen. Immerhin war Michelle eine Zeugin und musste daher auch so behandelt werden. Mit diesem Gedanken hat der Strobel es dann endlich geschafft, sich zusammenzureißen. Er stellte sich vor und ersuchte diese Michelle, ihm noch einmal zu erzählen, was sie gesehen hatte. Und wieder glaubte er, seinen Ohren nicht zu trauen. Nach ungefähr fünf Minuten war

Michelle mit ihrer Geschichte fertig. Da hat der Strobel ein Foto auf den Tisch gelegt und sie gefragt, ob sie den Mann vielleicht kennt. »Das ist der Typ!«, hat Michelle ausgerufen und mit ihrem Zeigefinger auf das Bild gedeutet. Erst jetzt sind dem Strobel die sehr langen und sehr rot lackierten Fingernägel aufgefallen. Dreimal hat er noch nachgefragt, ob sich sein Gegenüber auch wirklich sicher ist, und dreimal war die Antwort Ja. Der Strobel hat Michelle dann noch gefragt, ob sie das auch vor Gericht aussagen würde, und sie hat genickt. Zum Abschied bedankte sich der Strobel freundlich und gab Michelle noch einmal die Hand. Ein komisches Gefühl für den Landgendarmen. Er war verwirrt wie noch nie. Vor allem, weil er nicht wusste, was er mit der Information, die er gerade erhalten hatte, anfangen sollte. Wie passte das zu seinem Mordfall? Hatte es überhaupt etwas damit zu tun? War es nur ein dummer Zufall, dass die Sache ausgerechnet jetzt ans Licht kam? Und vor allem: Wie konnte ein Mann auf die Idee kommen, sich derartig zu kleiden und sich auch noch Michelle zu nennen?

Jetzt fragst du dich sicher, was den Strobel so aus der Fassung gebracht hat. Aber das erzähle ich dir jetzt noch nicht. Wichtiger ist nämlich, was der Strobel gemacht hat, nachdem er das Kommissariat verlassen hatte, weil, er ist nicht zurückgefahren, sondern direkt in den dritten Bezirk. Zur Kriminalabteilung. Dort hat er den Fall mit all seinen Erkenntnissen einem Chefinspektor Travnicek vorgetragen. Er erzählte ihm wirklich alles, was er in den letzten Tagen erfahren hatte, und bat wieder einmal um Unterstützung. Sein Zuhörer staunte ganz schön.

Immerhin ging es ja nicht mehr um den Mord allein, sondern auch um Kindesmissbrauch. Außerdem machte der Strobel gar kein Geheimnis daraus, dass er sich mit der Sache langsam aber sicher ganz schön überfordert fühlte. Der Chefinspektor Travnicek versprach ihm schließlich, am nächsten Tag ein paar Leute vorbeizuschicken. Was glaubst du, wie erleichtert der Strobel da gewesen ist. Er bedankte sich überschwänglich und machte sich zufrieden auf den Weg zurück nach Tratschen. Die ganze Fahrt über ging ihm nicht aus dem Kopf, was Michelle ihm erzählt hatte. Was ihm aber am schwersten zu schaffen machte, war, dass Michelle den Leo auf dem Foto wiedererkannt hatte. Jetzt musste unbedingt geklärt werden, was zwischen dem Leo und dem Höllerer abgelaufen war. Aber jetzt der Reihe nach, damit du verstehst, was dem Strobel so zugesetzt hat.

Michelle hat nämlich erzählt, dass sie im Prater auf den Strich gegangen ist und dort viele Stammkunden hatte. Eines schönen Tages, nachdem wieder einer ihrer Stammgäste dagewesen war, ist ein Mann zu ihr gekommen und hat sie über den Gast ausgefragt. Michelle dachte sich nicht viel dabei und erteilte bereitwillig Auskunft. Nämlich, dass der Stammgast jeden Donnerstag zu ihm kam und zwei Stunden blieb. Quasi als besonderen Leckerbissen erwähnte Michelle noch, dass eben jener Stammgast bei der Gendarmerie ist und in einem kleinen Ort in der Nähe der tschechischen Grenze Dienst macht. Weil, so hat das Möchtegern-Frauchen gemeint, sie dem Mann für seine 100 Schilling ja eine interessante Information zukommen lassen musste.

Jetzt bist du sicher selbst auch schon draufgekommen, dass dieser Stammgast der Leo war. Der andere Mann ist, zur Überraschung aller, der Höllerer gewesen. Der muss wohl irgendwie draufgekommen sein, was der Leo in seiner Freizeit so getrieben hat. Der Strobel war sich aber ziemlich sicher, dass es nur ein unseliger Zufall gewesen ist, dass der Höllerer den Leo mit der Michelle zusammen gesehen hatte. Aber wie dem auch sei.

Die Frage war, was danach passiert ist. Hat der Höllerer den Leo vielleicht mit seinem Wissen erpresst? Hat er ihm überhaupt gesagt, dass er Bescheid wusste? Möglicherweise behielt der Höllerer die Sache ja für sich. Daran hat der Strobel aber selbst nicht geglaubt. Ein Typ wie der Höllerer hätte das wahrscheinlich irgendwie für sich verwertet. Schließlich hat er sich ja offenbar auch mit dem Friedel geeinigt und für sich behalten, was ihm der Charlie erzählt hatte. Natürlich war dem Strobel auch klar, dass damit auch der Leo ein Motiv für den Mord hatte. War er vielleicht gar der Täter? Eine plausible Erklärung dafür, warum er den Platzer dazu angestiftet hatte, den Mampfi zu belasten, war das natürlich. Überhaupt war ja dem Strobel von Anfang an die Verbissenheit aufgefallen, mit der der Leo den Mampfi überführen wollte.

Mit diesen neuen Erkenntnissen ist es dem Strobel natürlich dann schon komisch vorgekommen, dass der Leo am Vortag nicht zum Dienst erschienen ist. Hatte er vielleicht mitbekommen, dass der Platzer dem Berti die Wahrheit gesagt hatte? Und falls ja, wo war er jetzt? War er an diesem Morgen überhaupt auf der Dienststelle gewesen? Diese Frage konnte sich der Strobel auch nicht beantworten, weil er gar nicht aufgepasst hatte. Er war so damit beschäftigt, das Foto vom Leo hervorzukramen, dass er nicht einmal den Berti richtig wahrgenommen hatte. Das Einzige, was für den Strobel ganz sicher gewesen ist, war, dass der Fall immer verzwickter wurde. Er hoffte inständig, den Mörder, mit der Hilfe der Kollegen von der Kripo, bald zu finden.

32

Ungefähr zur gleichen Zeit sind sich im Gemeindeamt der ehrenwerte Herr Bürgermeister und die genauso ehrenwerte und in diesem Augenblick völlig verheulte Frau Gemeinderätin gegenüber gesessen. Die Konrad Herta hat den Friedel nämlich damit konfrontiert, was ihr der Charlie im Vertrauen erzählt hatte. Sie wollte einfach wissen, ob das tatsächlich wahr ist. Natürlich hat sie nicht glauben wollen, dass der Bub die Wahrheit gesagt hatte. Vielmehr wollte sie sich einreden, dass er aus irgendeinem Grund eine mordsmäßige Wut auf seinen Vater gehabt und deshalb so arge Vorwürfe gegen den Friedel erhoben hat.

Ihr Gegenüber hat auf die Frage allerdings zuerst gar keine Antwort gegeben. Nur sehr, sehr blass ist er geworden, der Herr Bürgermeister. Nach mehreren Minuten des Schweigens fragte er die Herta nur, ob sie das sonst noch irgendwem erzählt habe, und wirkte unheimlich erleichtert, weil sie Nein sagte.

Das war auch genau der Moment, in dem die Herta begriff, dass die Geschichte nicht gelogen war. Da ist sie innerlich zerbrochen und hat geweint wie ein kleines Kind. Sie war so hilflos in dem Augenblick, dass sie gar keinen klaren Gedanken fassen konnte. Na ja, die Herta mag zwar kein besonders netter Mensch gewesen sein, aber ein Monster war sie deshalb auch nicht.

Der Friedel, der natürlich auch kapierte, dass die Herta jetzt wusste, was Sache war, hat sich für seinen Teil in dem Moment nur überlegt, wie er sie dazu bringen konnte, niemandem etwas davon zu sagen. Denn obwohl er immer schon damit gerechnet hatte, dass die Angelegenheit einmal ans Licht kommen würde, war er auf die Situation nicht vorbereitet. Vor allem musste er jetzt ganz dringend seinen Bruder anrufen. Zuerst, das war ihm völlig klar, hat er sich aber was einfallen lassen müssen, um die Herta zu besänftigen. Er musste Zeit gewinnen. Nur, was sagst du einer Frau, die du mehrere Jahre gevögelt hast, in so einer Situation? So ein Klassiker wie »Schatz, es ist nicht so, wie du denkst« erfüllt wohl kaum den Zweck. Jetzt war guter Rat teuer für den Bürgermeister, weil, wie man so sagt, die Kacke am Dampfen war. Also beschloss der Friedel, erst einmal gar nichts zu sagen oder zu tun und einfach zu warten, bis sich die blöde Kuh beruhigte.

Immerhin war sie ein geldgieriges Luder. Vielleicht konnte er sie genauso kaufen wie damals den Höllerer. Zumindest für den Moment wäre das eine Lösung gewesen. Eines hat der Friedel zu dem Zeitpunkt nämlich schon gelernt gehabt: Erpresser waren keine Freunde. Das hatte er beim Höllerer Hans auch feststellen müssen. Zuerst war er sich sicher gewesen, dass der Mann Ruhe geben würde, wenn er erst einmal die ganzen 30.000 Schilling hatte. Aber das ist ein Irrtum gewesen, weil der Höllerer nach der letzten Zahlung gleich wieder angerufen und gesagt hat, dass er es sich anders überlegt hat. Es hat ihm einfach zu gut gefallen, jeden Monat 10.000 Schilling zu bekommen, ohne dafür etwas tun zu müssen. Und weil er das so toll gefunden hat, wollte er es auch weiter so haben. Also haben sie weiter bezahlt. So lange, bis der Idiot meinte, dass 15.000 Schilling im Monat noch schöner wären. Das hat er den Friedel-Brüdern auch gesagt. Die haben ihm dann eine Abschlagszahlung von 100.000 Schilling angeboten. Natürlich unter der Bedingung, dass dann Ruhe sein muss. Aber einmal ehrlich. Wie soll man das fix machen? In einem Vertrag vielleicht? So nach dem Motto, ich der Erpresser verpflichte mich, nach Erhalt einer Einmalzahlung von Schilling 100.000, all mein Wissen über die erpresste Partei für mich zu behalten und keine weiteren, wie auch immer gearteten Forderungen mehr an die Gebrüder Friedel zu stellen. Wohl kaum. Ergo zieht der Erpresste einfach immer die Arschkarte. Das hat irgendwann auch der Friedel Thomas überrissen. Immerhin war der ja Geschäftsmann und von daher natürlich ein kluger Kopf. Schlimmer als das war für den Höllerer allerdings, dass der Herr Stadtbaumeister mittlerweile mehr ein zorniger, als kluger Kopf gewesen ist. In dem Bewusstsein, dass sich Kindesmissbrauch nicht gut in seinem Lebenslauf und auch nicht in dem von seinem Bürgermeisterbruder machen würde, hat er natürlich angefangen, mit dem Karl über Alternativen zu diskutieren. Im Grunde wussten sie aber beide von Anfang an, dass das rein rhetorische Gespräche waren. Was für Alternativen gibt es in so einem Fall schon groß? Ein höfliches Bitte oder der Hinweis, selbst bald finanziell ruiniert zu sein, hätte wohl kaum den gewünschten Erfolg gebracht. Na ja, wie auch immer. Letztendlich haben sie dann ja eine Lösung für das Problem gefunden. Keine schöne. Das musste der Friedel schon zugeben. Aber immerhin eine sehr effiziente. Leicht gefallen ist es dem Friedel Karl allerdings nicht, dem Höllerer den Schädel einzuschlagen. Und vielleicht hätte er es auch gar nicht fertiggebracht, wenn nicht sein Bruder, der immer schon der Stärkere von ihnen gewesen war, den ersten Schlag ausgeführt hätte. Der Herr Bürgermeister hat das Werk quasi nur noch vollendet. Aus reiner Solidarität natürlich. Danach hatte er tagelang Alpträume.

Ausgerechnet jetzt, wo er endlich wieder halbwegs schlafen konnte, ist die Herta in sein Büro spaziert und sprach ihn auf seine beiden Kinder an. Das hätte aus seiner Sicht nicht unbedingt sein müssen. Da hat sich der Friedel fast selbst ein bisschen leidgetan. Wieso nur war er mit so undankbaren Kindern gestraft? Immerhin hatte er doch Zeit ihres Lebens dafür gesorgt, dass es ihnen vom Materiellen her an nichts fehlte. Und Liebe hatten die beiden aus seiner Sicht auch mehr als genug bekommen. Zu allem Überfluss musste er sich jetzt auch noch mit der hysterischen Herta auseinandersetzen. Diese Frau ist ihm sowieso schon die längste Zeit nur noch auf die Nerven gegangen. Aber er hat sie halt gebraucht, weil bei so mancher Abstimmung war es nicht schlecht, eine sichere Stimme zu haben. Ein leichtes Opfer war die ständig unbefriedigte Herta für den Friedel gewesen. Ihr Mann hat halt lieber gesoffen, als sich mit ihr zu beschäftigen. Das hat der Friedel allerdings gut verstehen können, weil die Herta nicht gerade eine Augenweide war. Er selbst musste sich auch oft überwinden, sie anzufassen. Aber Geschäft war nun einmal Geschäft, und Opfer mussten halt gebracht werden.

Mitten in seine Überlegungen hinein hörte er die Herta etwas sagen. »Warum?«, hat sie immer wieder gefragt. Der Friedel kam zu der Überzeugung, dass es keine gute Idee war, in seinem Büro über derart heikle Dinge zu reden. Also schlug er der Herta vor, dass sie ihre Unterhaltung woanders weiterführen sollten. Sie nickte nur, stand ohne weitere Worte auf und marschierte hinter dem Friedel aus dem Büro. Die beiden Sekretärinnen waren zum Glück schon nach Hause gegangen. Ungesehen erreichte das seltsame Paar das Auto vom Friedel. Der verfrachtete die Herta gleich auf den Beifahrersitz und fuhr los. Das Ziel war klar. Der Friedel dachte sich nämlich, er sollte mit der Herta in sein kleines Jagdhäuschen fahren. Weil dort waren sie mit Sicherheit ungestört. Das hat er ganz genau gewusst, weil die beiden es dort schon seit Jahren heimlich miteinander getrieben hatten und noch nie jemand auch nur in der Nähe war. Während der Fahrt sagte die Herta nichts. Sie weinte nur. Der Friedel hat auch nichts geredet. Geweint hat er aber auch nicht. Nein. Der Friedel für seinen Teil hat sich Gedanken darüber gemacht, wie er die Sache wieder hinbiegen könnte. Aber im Grunde hat er schon geahnt, dass da nichts mehr zu biegen sein würde, und beschäftigte sich mit der Frage, wie er die Herta am besten loswerden konnte. Jedenfalls war Vorsicht geboten, weil ihr Verschwinden sicher für Aufruhr sorgen würde.

Auf einmal hat sich die Herta dann aber doch gerührt. Und zwar in einer Art, die dem Friedel nicht gefallen hat. Sie fing nämlich an, mit den Fäusten auf ihn einzuhämmern und ihn ein perverses Schwein zu nennen. Richtig hysterisch ist sie geworden. Da blieb dem Friedel gar nichts anderes mehr übrig, als ihr eine runterzuhauen. Da war sie dann für ein paar Sekunden ganz still. Aber nur, um dann erst recht zu explodieren. Sie kreischte wie eine Furie, riss den Friedel bei den Haaren und kratzte ihn im Gesicht. Alles während der Fahrt. In dieser Situation war es ein großer Vorteil, dass damals noch nicht so viel Verkehr auf den Straßen herrschte. Stell dir einmal die Unfallgefahr vor, wenn deine Beifahrerin versucht, dir während der Fahrt die Augen auszukratzen. Spätestens in diesem Moment war ihr Ableben für den Friedel beschlossene Sache. Irgendwie hat er jetzt nämlich schon vermutet, dass sich die Herta nicht mehr so leicht beruhigen lassen würde. Nicht nach der dritten Ohrfeige in Folge. Aus dem Grund gab er einfach mehr Gas. Er wollte so schnell wie möglich zur Jagdhütte kommen und dem Zirkus ein Ende bereiten.

Zu seinem Glück war es nicht sehr weit bis zur Hütte. Weil sonst hätte seine Gesundheit vielleicht noch ernsthaften Schaden genommen. Zimperlich war die Helga in ihrem Zorn nämlich nicht gerade. Sie hat gebissen, gekratzt und getreten, soviel sie nur konnte. Ein wildes Luder, quasi. So viel Temperament hatte ihr der Friedel gar nicht zugetraut. Für einen Augenblick hat er den Konrad Christian bedauert. Als er dann unmittelbar vor der Hütte anhielt, sprang die Herta wie ein Kastenteufel aus dem Auto und wollte davonlaufen. Der Friedel mit einem völlig irren Gesichtsausdruck hinter ihr her. Je näher er dem Weib kam, desto mehr fing die Herta an zu kreischen. Allerdings nützte ihr das rein gar nichts, weil sie mit ihren Stöckelschuhen auf dem Waldboden schlicht und ergreifend zu langsam war. Falsche Zeit für Eitelkeit, quasi.

33

Der Mampfi ist derweil ganz in Gedanken versunken dagesessen und hat beim Fenster rausgeschaut. Nachgedacht hat er. Das hatte er schon die ganze Nacht gemacht. Aber zu einem Ergebnis ist er nicht gekommen. Immer wieder hat er sich gefragt, wie sein Leben jetzt wohl weitergehen sollte. Der Anblick seines Hauses hatte ihm die letzte Hoffnung genommen, dass alles halb so schlimm war und sich rasch wieder einrenken würde. Es war das erste Mal, dass er nicht froh gewesen ist, eine Situation richtig eingeschätzt zu haben. Die Tratschener waren noch ein ganzes Stück bösartiger, wie er es erwartet hatte. Er war fest davon überzeugt, dass er seinen schlechten Ruf nie wieder loswerden würde. Er würde wegziehen müssen. Dieser Gedanke gefiel ihm aber trotz allem nicht, weil er immerhin in Tratschen geboren und aufgewachsen war. Noch nie war er länger als eine Woche von dem Ort weg gewesen. Wozu auch. Bis vor Kurzem hatte er sich hier ja pudelwohl gefühlt.

Jetzt stand er da und musste feststellen, dass von seinem bisherigen Leben nicht sehr viel übrig geblieben war. Keine Arbeit mehr und vermutlich auch keine Freunde. Niemand würde sich, aus Angst, selbst Zielscheibe des bösen Geredes zu werden, mit ihm abgeben wollen. Welchen Schaden die Sache in seiner eigenen Familie angerichtet hatte, konnte er zwar nicht abschätzen, aber dass sein Sohn, der ja auch Opfer der Bösartigkeit geworden war, ihn jetzt hassen würde, hat er sich gut vorstellen können. Das brach dem armen Mampfi fast das Herz. Genau wie das Wissen, dass es eine ganze Weile brauchen würde, bis zwischen ihm und der Elfriede wieder alles normal war. Falls es überhaupt jemals soweit kommen würde.

Im Wesentlichen war er ja selbst schuld. Wenn er einfach seinen Mund gehalten und nicht gleich gesagt hätte, dass er dem Höllerer eine aufgelegt hatte, wäre wahrscheinlich nichts passiert. Das hätten die Gendarmen niemals herausgefunden. So viel war jetzt, wo der Mampfi die ganze Geschichte gekannt hat, sicher. Er machte sich ziemliche Vorwürfe wegen dieser unbedachten Aussage. Und auch deswegen, weil er so bereitwillig mit diesem Leo geredet hatte. Der hatte ihm offensichtlich von Anfang an nichts Gutes gewollt. Aber in seinem anfänglichen Schockzustand hatte er das nicht begriffen. Jetzt war es zu spät. Natürlich fand er auch, dass das alles ungerecht war, weil er ein gutmütiger und hilfsbereiter Mensch war. Das wussten auch alle. Umso mehr war er enttäuscht und verbittert, dass anscheinend jeder in Tratschen nur allzu gern bereit war, seine Meinung zu ändern und ihm in den Rücken zu fallen. Und auch seiner Familie. Was waren das nur für Menschen, die einen, den sie schon ein ganzes Leben lang kannten, so grausam behandelten?

Eine Frage, die sich der Mampfi auch nicht beantworten konnte. Sicher war er sich nur in einer Sache. Er wollte auf keinen Fall nach Hause gehen. Das konnte er einfach nicht. Davor hatte er einfach viel zu viel Angst. Davor, wie man ihn im Dorf anschauen würde. Davor, dass man hinter seinem Rücken blöd reden würde und auch davor, dass man ihn und seine Familie ab jetzt ausgrenzen würde. Unglaublich, aber wahr. Der große, unerschütterliche Mann mit der Bärenstatur bestand nur noch aus Angst. Und jetzt saß er eben da in der Hütte und sah zum Fenster hinaus. In seiner linken Hand hielt er den Lauf der Schrotflinte, die er gerade putzen wollte. In der Rechten hatte er einen Lappen. Vor ihm auf dem Tisch lagen der hintere Teil der Waffe und eine Schachtel voller Patronen. Langsam und mit Tränen in den Augen wendete der Mampfi seinen Blick vom Fenster ab und sah die zerlegte Waffe an, als hätte er sie nie zuvor gesehen. Er wischte sich mit dem öligen Putzlappen die Tränen aus dem Gesicht und putzte weiter.

Eine Viertelstunde später war das Ding seiner Meinung nach sauber genug und er baute die Flinte wieder zusammen. Er nahm zwei Patronen aus der Schachtel, schob sie in den gekippten Lauf und drückte ihn nach oben, bis er mit einem deutlichen Klicken einrastete. Und auf einmal lächelte er, der Mampfi. Nämlich über den Gedanken, der ihm genau in diesem Moment durch den Kopf ging. Der arme Narr dachte tatsächlich, dass er dem Friedel jetzt einen ganz schön bösen Streich spielen würde, wenn er sich ausgerechnet in dessen Jagdhütte mit einer seiner eigenen Schrotflinten den Kopf wegblasen würde. Das Schloss, das der Mampfi bei seinem Einbruch kaputt gemacht hatte, war ihm nämlich zu wenig Strafe für den Friedel. Unglaublich. Oder? In so einer Situation, wo du gerade beschlossen hast, dir die Birne wegzupusten, so einen irrationalen Gedanken zu haben und ihn auch noch lustig zu finden. Daran siehst du, in welchem geistigen Ausnahmezustand der Mampfi in dem Moment gewesen sein muss.

Allerdings änderte sich das schnell, weil sich seine Gefühle rasch in eine Mischung aus Zorn und Verzweiflung verwandelt haben, wie er feststellen musste, dass das mit dem Birne Wegpusten gar nicht so einfach war. Du musst nämlich wissen, dass die Flinte vom Friedel ein ziemlich schönes und altes Stück gewesen ist. Das war aber nicht das Problem, das der Mampfi hatte. Nein. Das Problem war in dem Moment, dass der Lauf der Waffe sehr lang war; jedenfalls länger als die Arme vom Mampfi. Jetzt musst du dir vorstellen, wie der arme Tropf zuerst im Sitzen und dann im Stehen versucht hat, eine Position zu finden, die passte. Dabei machte er so arge Verrenkungen, dass es für einen Beobachter sicher lustig gewesen wäre. Vor lauter Zorn hatte er schon einen knallroten Kopf, und er schwitzte ganz arg.

Trotz aller Versuche war es wie verhext. Lauf im Mund. Arme zu kurz. Finger am Abzug. Lauf nicht im Mund. Das hat er in allen Varianten durchgespielt. Daran kannst du erkennen, dass er nicht sonderlich viel Erfahrung im Kopfwegpusten hatte. Schlussendlich hatte er aber doch noch eine Idee und zog sich die Schuhe aus. Dann stellte er einen Stuhl genau in die Mitte des Raumes und setzte sich drauf, weil er natürlich schon wollte, dass es eine gewaltige Sauerei wird. Ein kleines bisschen Rache am Friedel musste schon sein. Bis zu diesem Punkt ist sicher schon eine Stunde vergangen gewesen. So lange hatte sich der Mampfi mit seinem Selbstmord schon abgemüht. Da hätte man fast denken können, dass er es wirklich ernst meinte. Aber die Idee mit dem Sitzen war im Ansatz gar nicht schlecht. Der Mampfi ist nämlich draufgekommen, dass er dann den Lauf in den Mund nehmen und mit der großen Zehe abdrücken konnte. Aber auch dieser Versuch endete wieder mit wilden Verrenkungen. Jetzt ist dem Mampfi nämlich auf den Kopf gefallen, dass er immer so ein guter Esser war. Er brachte sein Knie nicht am Bauch vorbei. Stell dir das einmal vor. Da sitzt du, wild entschlossen, dein Lebenslicht auszublasen, und scheiterst an den Schnitzeln, die du jahrelang in dich hineingestopft hast. Das ist sicher nicht der geeignete Moment, um über eine Diät nachzudenken. Das hat auch der Mampfi nicht getan. Aber wie er dann auch noch erkennen musste, dass sein großer Zeh seinem Namen alle Ehre machte weil er nicht in den Abzugsbügel passte, musste er selbst laut lachen. Aber es war kein amüsiertes Lachen. Es war eher das Lachen eines Irren. Richtig gruselig. Er nahm die Flinte, pfefferte sie in eine Ecke und hüpfte herum wie Rumpelstilzchen. Nachdem er sich einigermaßen beruhigt hatte, ging er zum Waffenschrank, um sich ein kürzeres Gewehr zu holen. Und siehe da, er fand im oberen Regal des Schrankes etwas noch viel Besseres. Einen Revolver. Schwer zu sagen, ob er in diesem Moment erleichtert oder noch mehr verärgert war. Sein Wegpustproblem war jedenfalls gelöst, weil man so einen Revolver schließlich viel leichter in den Mund stecken und abdrücken kann.

Ohne weitere Verzögerungen schritt der Mampfi jetzt zur Tat. Es war eine schöne und fließende Bewegung, die er da machte. Lauf rein, Finger auf den Abzug, abdrücken. Alles in einer einzigen, fast schon eleganten Bewegung. Den Knall hörte er aber nicht, weil es nämlich keinen gab. Klick hat es gemacht. Sonst nichts. Das Ding war doch tatsächlich nicht geladen! Da ist der Mampfi auf die Knie gefallen und hat ganz bitterlich angefangen zu weinen. Er war so verzweifelt, das kannst du dir gar nicht vorstellen. Und so laut geweint hat er, dass er die Stimmen vor der Hütte fast überhört hätte. Wahrscheinlich hätte er sie wirklich überhört, wenn die Konrad Herta nicht so laut geschrien hätte. Da ist der Mampfi neugierig geworden und zum Fenster gegangen. Gerade noch rechtzeitig, um zu sehen, wie der Friedel hinter der Herta herlief und sie bei den Haaren packte. Wieder schrie die Herta aus Leibeskräften. Dabei versuchte sie verzweifelt, sich loszureißen. Das gelang ihr aber nur kurz. Schnell holte sie der Friedel wieder ein, packte sie an der Schulter und riss sie herum. Mit voller Wucht rammte er der schreienden Frau dann dreimal hintereinander die Faust mitten ins Gesicht. Wie ein leerer Sack ist sie daraufhin in sich zusammengefallen.

Der Mampfi hatte das alles irritiert beobachtet. Aua, war alles, was er denken konnte, wie die Faust vom Friedel zum dritten Mal im Ziel landete. Für einen Moment glaubte er tatsächlich, das Nasenbein der Frau brechen zu hören. Weil sich der Mampfi aber immer noch in einem geistigen Ausnahmezustand befand, konnte er nicht sofort reagieren, weil er gar nicht richtig kapierte, was er da sah. Außerdem vermischten sich jetzt seine Verzweiflung und seine Verwunderung im Hirn und bildeten einen großen Klumpen, der jeden vernünftigen Gedanken im Keim erstickte. Den Friedel erkannte er erst richtig, als der sich umdrehte und die bewusstlose Herta an den Haaren hinter sich her zur Hütte zerrte. Das war fast ein bisserl ein Pech für den Bürgermeisterkönig, weil der Mampfi in dem Moment ja nur aus Emotionen bestand. Und Zorn ist bekanntlich auch eine Emotion. Sogar eine recht heftige. Das bekam eine Minute später auch der Friedel zu spüren, wie der Mampfi aus der Hütte hinaus und auf ihn zu gestürmt ist. Zu allem, was seinen Zorn auf den Friedel gelenkt hatte, kam jetzt noch dazu, dass der Mampfi es überhaupt nicht leiden konnte, wenn Männer Frauen schlugen. Bedauerlicherweise kam er für die Herta ein kleines bisschen zu spät. Die rutschte nämlich im gleichen Augenblick ziemlich kopflos vom Hackstock. Aber er kam immer noch rechtzeitig genug, um dem Friedel die Axt aus der Hand zu reißen und ungefähr zwanzig Mal zuzuschlagen. Emotionale Taten sind bekanntlich oft sehr grausam. Irgendwann beruhigte sich der Mampfi dann wieder und begriff langsam, was er gerade getan hatte. Und glaube mir, es war ein ziemliches Schlachtfeld, in dem er da jetzt stand. Der Berti, der die beiden Leichen später fand, war echt dankbar, dass es dem Mampfi trotz seiner Wut gelungen war, den Friedel halbwegs im Ganzen zu lassen. Außer der rechten Hand und dem linken Unterarm war noch alles dran am Exbürgermeister. Interessanterweise ist seine rechte Hand genau auf dem Kopf von der Herta zum Liegen gekommen. Aber dazu vielleicht später.

In dem Moment war der Mampfi noch allein am Tatort. Und vor allem noch am Leben. Frustriert, aber quicklebendig. Und so hat er sich in dem Moment auch gefühlt. Weil, seine ganze Wut hatte er ja am Friedel ausgetobt. Ein bisschen außer Atem war er aber auch. Die Axt war nämlich ziemlich schwer. Vielleicht fühlte er sich auch deshalb plötzlich so müde. Mit einem letzten Schwung schlug er das Werkzeug in den Hackstock und ging zurück in die Hütte, wo er sich eine Schnapsflasche schnappte und sie auf einen Zug fast bis zur Hälfte leerte. Dann setzte er sich hin und dachte nach. Schlagartig wurde ihm bewusst, dass er jetzt tatsächlich ein Mörder war. Langsam stand er auf und ging wieder zum Waffenschrank.

Aber nicht, dass du jetzt denkst, er hat eine neue Waffe ausprobieren wollen. Nein. Die Munition für den Revolver hat er gesucht. Und in einer kleinen Schublade schließlich auch gefunden. Er hob den Revolver vom Boden auf und setzte sich wieder an den Tisch, um ihn zu laden. Weil er nur eine einzige Kugel in die Trommel steckte, war das schnell erledigt. Anschließend holte er noch Papier und einen Stift aus dem kleinen Sekretär, der unter dem Fenster stand, und schrieb ein paar Worte auf. Es war nicht viel, was er noch zu sagen hatte. Nur, dass er zwar den Friedel erschlagen, nicht aber die Herta geköpft und mit dem Mord am Höllerer rein gar nichts zu tun hatte. Das war alles. Ein Gruß an seine Frau kam ihm unsinnig vor. Was hätte ihr das auch gebracht? Oder seinem Sohn?

Noch einmal hob er die Schnapsflasche an den Mund, prostete sich selbst kurz zu und trank sie aus. Das Letzte, was der arme Kerl in seinem Leben mitbekam, war, wie sich sein Finger um den Abzug krümmte. Den Schuss, der ihm das Projektil durch den Gaumen direkt ins Gehirn jagte, hörte er wahrscheinlich nicht mehr. Armer Mampfi. Er war wirklich ein netter Bursche.

34

Der Berti hockte auf dem Gendarmerieposten und wartete auf den Strobel. Den ganzen Tag hatte er dagesessen, und nichts ist passiert. Auch diesmal erschien der Leo unentschuldigt nicht zum Dienst, und der Berti hatte sich lange überlegt, ob er einmal bei seinem Kollegen vorbeischauen sollte. Er verwarf die Idee aber, weil er der Meinung war, dass es Sache seines Chefs war, sich um den abgängigen Mitarbeiter zu kümmern. Er selbst mochte den Leo nicht sonderlich. Die Sache mit der Aussage vom Platzer hatte das nicht wirklich besser gemacht. Den Berti ärgerte es maßlos, dass der Leo sich in dem Fall so unprofessionell verhalten hatte.

Während er so herumsaß hat er, rein zufällig natürlich, den Bericht vom Leo wegen dem Maibaum von der Konrad Herta gelesen. Du kannst ruhig glauben, dass es Zufall war, weil der Berti nie und nimmer auf dem Schreibtisch vom Strobel herumgeschnüffelt hätte. Niemals! Genau wie der Strobel hat er sich doch sehr wundern müssen. Außerdem ärgerte er sich nach der Lektüre noch viel mehr darüber, dass er sich vom Friedel am Telefon wegen diesem Blödsinn hatte anschreien lassen müssen. Und auf die Frau Gemeinderat bekam er auch eine richtige Wut. Die, so hat er sich gedacht, würde sich bei der nächsten Wahl wundern, weil er weder sie, noch ihre Partei je wieder wählen würde. Wie konnte eine Frau, die im Gemeinderat, im Kirchenchor und als Lehrerin tätig war, so verlogen sein? Das war zu viel für den Berti, und er beschloss, nach Hause zu gehen und mit seiner Frau zu Abend zu essen.

Gerade, wie er zur Tür hinaus wollte, ist der Strobel zurückgekommen. Nach einer kurzen Begrüßung erzählte ihm der Berti, dass der Leo wieder nicht zum Dienst erschienen war und sich auch nicht gemeldet hatte. Der Strobel forderte seinen Kollegen auf, sich zu setzen, weil sie unbedingt miteinander reden müssten. Da hat der Berti schon geahnt, dass er jetzt was hören würde, das er vielleicht gar nicht so genau wissen wollte.

Eine halbe Stunde später wusste er alles, was auch der Strobel wusste. Bis hin zu den merkwürdigen Freizeitbekanntschaften vom Leo. Und damit natürlich auch von seinem Mordmotiv. Und auch er dachte, dass so ein Geheimnis ein gutes Motiv war. Zugetraut hat er es dem Burschen aber nicht wirklich. Genauso wenig wie der

Strobel. Der hatte nämlich auch große Zweifel daran, dass der Leo ein Mörder sein sollte. Die beiden Männer waren sich schnell darüber einig, dass sie das nur klären könnten, wenn sie mit dem Leo reden würden. Also machten sie aus, am nächsten Tag gleich in der Früh zu ihm zu gehen und ihn einfach alles zu fragen, was sie beschäftigte. Sie wollten das unbedingt wissen, bevor die Kollegen aus Wien eintreffen würden. Für den Fall, dass der Leo nicht der Mörder war, wollten sie trotz allem versuchen, ihm zu helfen und sein Privatleben nicht an die große Glocke zu hängen. Es war für alle Beteiligten besser, wenn das keiner erfahren und der Leo sich so bald wie möglich irgendwo anders hin versetzen lassen würde, weil arbeiten wollten sie beide nicht mehr mit ihm. Und wenn du jetzt denkst, dass das deswegen war, weil der Leo offensichtlich schwul war, dann liegst du falsch. Es war wegen der erkauften Falschaussage und seinem ungebührlichen Verhalten. Zumindest haben sich die beiden das ganz fest eingeredet.

Nach dem Gespräch gingen sie nach Hause. Der Berti zu seiner Frau und der Strobel in sein Haus, aus dem während seiner Abwesenheit ein Zweimäderlhaus geworden war. Gleich, als er die Tür aufsperrte, merkte er, dass die Sedlak Elfriede immer noch da war. Die hat gleich seinen fragenden Blick gesehen und sich entschuldigt. Sie erklärte ihm, dass der Jakob zu seinen Großeltern gefahren und der Mampfi immer noch nicht daheim gewesen sei. Und sie sagte, dass sie Angst habe, allein im Haus zu bleiben. Das hat der Strobel natürlich verstanden. Im Grunde hatte er gar kein Problem damit, dass die Susi eine Frau zum Reden hatte. Mit der Elfriede konnte sie sicher besser reden wie mit ihm. Außerdem merkte er jetzt, was für ein guter Geruch aus der Küche kam. Die Elfriede sah natürlich, wie der Strobel seine Nase in Richtung Küche drehte und wie ein Hund schnüffelte und sagte lächelnd, dass das Essen gleich fertig ist.

Im Wohnzimmer lag die Susi vor dem Fernseher. Sie schien sich sehr darüber zu freuen, dass er schon daheim war und begrüßte ihn sehr herzlich. Das war schon komisch für den Strobel, in seinem Haus von zwei Frauen umgeben zu sein. Die Elfriede kam aus der Küche und drückte ihm stillschweigend ein Bier in die Hand. Dankbar nahm er es an und ging hinaus auf die Terrasse. Dort wurde er wieder überrascht, weil der Tisch so schön gedeckt war. Tischtuch, Servietten, Gläser, Besteck und sogar Blumen. Das hat den Strobel sehr gerührt. Das letzte Mal, dass er zu Hause so empfangen wurde, war schon sehr lange her. Damals hatten seine Frau und seine Tochter noch gelebt. Mit sehr gemischten Gefühlen setzte er sich auf einen der Stühle und ließ den Tag in seinen Gedanken Revue passieren.

Alles in allem gesehen war er noch keinen Schritt weiter gekommen. Was er bisher herausgefunden hatte, war, dass es in Tratschen viele Geheimnisse gab. Vom Mörder allerdings keine Spur. Nur ein paar Verdächtige. Er stellte sich ernsthaft die Frage, wie viele schmutzige Geheimnisse er wohl noch würde ausgraben müssen, bis er den Täter endlich überführen konnte. Als die beiden Frauen dann das Essen servierten, wurde er unterbrochen. Erfreut stellte er fest, dass es ein richtiger Festschmaus war. Schweinebraten mit Knödeln und Kartoffelsalat. Normalerweise ein Sonntagsessen, für das der Strobel ins Wirtshaus gehen musste, weil Kochen nicht gerade seine stärkste Seite war. Und weil er sich in dem Moment wirklich wohl fühlte, beschloss er, dass für ihn auch tatsächlich Sonntag war. Nach dem Essen leerten die drei noch eine Flasche Wein. Geredet haben sie aber nicht sehr viel, weil jeder mit seinen eigenen Gedanken beschäftigt war. Die Elfriede machte sich Sorgen wegen ihrem Sohn und ihrem Mann. Die Susi überlegte sich, wie es für sie jetzt weitergehen sollte, und der Strobel dachte wieder über den Fall nach. Und irgendwie wurde er das Gefühl nicht los, dass er irgendeine Kleinigkeit übersehen hatte. Aber er ist ums Verrecken nicht draufgekommen, was das war.

Inzwischen ist es Nacht geworden über Tratschen. Eine Nacht der Vermissten, wenn du so willst. Weil es hat doch einige Personen im Ort gegeben, die in jener Nacht irgendwen oder irgendwas vermisst haben.

Der Strobel hat wieder einmal die Sabine und die Silvia vermisst. Ja, sogar die Eltern von der Sabine und seine Heimat vermisste er. Es war das erste Mal, seit er aus Salzburg weg war, dass er so etwas wie Heimweh spürte.

Im Nebenzimmer hat die Elfriede den Mampfi und den Jakob vermisst. Ihren Mann, weil sie ihn schon lange nicht mehr neben sich gespürt hatte und gerade jetzt in diesem Moment so dringend seine starke Schulter zum Anlehnen gebraucht hätte. Lustig war das alles für sie nicht. Auch die Elfriede hatte nämlich schon verstanden, dass sie sich von dem Leben, wie sie es bisher kannte, verabschieden musste. Es ist ihr völlig klar gewesen, dass sie mit ihrer Familie fort musste, wenn sie überhaupt eine Chance haben wollten, je wieder ein vernünftiges Leben zu führen. Sie hat sich in dem Moment so einsam gefühlt, das kannst du dir sicher nur schwer vorstellen.

Natürlich vermisste sie auch den Jakob. Sie liebte ihren Sohn sehr und war richtig stolz auf ihn. Im Grunde war der Jakob immer ein braver Junge gewesen. Und wie er Fußball spielen konnte. Sagenhaft. Ja, auch ihren Sohn hätte sie jetzt sehr gern bei sich gehabt und umarmt.

Die Susi hat auch jemanden vermisst. Und zwar ihre Mutter und ihren Bruder. Obwohl die Susi immer sehr garstig zu ihrer Mutter gewesen ist, hat sie sie im Grunde ja doch sehr geliebt. Sie war nur sehr enttäuscht, weil sie sich immer Hilfe erhofft hatte. Aber die ist nie gekommen. Sie konnte natürlich nicht wissen, ob ihre Mutter wirklich nicht mitbekommen hatte, was mit ihr und dem Charlie in all den Jahren passiert ist. Aber sie hatte halt in so vielen Nächten darum gebetet, dass ihre Mutter das Drama endlich bemerken und beenden würde.

Was sie aber wusste, war, dass ihre Mutter in der Ehe auch sehr viel Leid erfahren hatte. Oft genug hatte sie die Streitereien zwischen ihr und dem Vater mitangehört. Und oft genug hatte sie auch mitbekommen, wenn ihr Vater ihre Mutter verprügelte. Auch deswegen war die Susi so zornig. Sie konnte nicht verstehen, warum ihre Mutter niemals versucht hatte, mit ihr und dem Charlie wegzugehen. Dann wäre nämlich alles vorbei gewesen.

Ihren Bruder vermisste sie freilich auch. Logisch. Schließlich waren sie nicht einfach nur Geschwister, sondern auch so etwas wie Verbündete in der Not. Sie hatten ja nur sich. Wer hätte sie in all den Jahren sonst trösten sollen? Die zwei haben sich gegenseitig getröstet. So etwas schweißt natürlich zusammen. Da entsteht etwas, das über normale Geschwisterliebe weit hinausgeht. Deshalb hat ihr der Charlie jetzt auch so gefehlt.

Aber es hat noch eine Person gegeben, die der Susi in dieser Nacht fehlte. Nämlich der Konrad Peter. Nie würde sie ihm vergessen, was er für sie getan hatte. Schon gar nicht würde sie vergessen, was er noch tun wollte. Er war so ein netter Kerl. Das ist natürlich auch der Susi nicht entgangen. Und gefallen hat er ihr auch. Was sie aber am meisten am Peter mochte, war, dass er in all den Wochen, in denen sie bei ihm gewohnt hatte, nicht einen einzigen Annäherungsversuch gemacht hatte. Und das, obwohl sich die Susi ganz sicher war, dass der Peter in sie verknallt war. Irgendwann hat die Susi dann einmal ganz tief in ihr Herz hineingehört und bemerkt, dass auch sie in ihn verknallt war. Ja, und genau deswegen hat sie ihn jetzt auch vermisst.

Am anderen Ende von Tratschen lag die Höllerer Kathi wach in ihrem Bett und hat, wie so oft in den letzten Tagen, geweint. Tief saß die Trauer um ihren Hans in ihrem Herzen. Erst am Nachmittag hatte sie versucht, ihren Kindern beizubringen, dass der Papa nicht mehr nach Hause kommen wird. Aber dieser Versuch scheiterte schon im Ansatz. Die Kathi hatte langsam nicht mehr die Kraft, den Kleinen die heile Welt vorzuspielen. Noch dazu haben die auch immer wieder gefragt, wann denn der Papa jetzt endlich wiederkommen würde. Aber sie brachte es einfach nicht übers Herz, ihnen die Wahrheit zu sagen. Vielleicht auch deswegen, weil sie auf irgendeine Weise selbst noch nicht glauben konnte, dass der Hans tot war. Nie wieder würde sie Arm in Arm mit ihm einschlafen können. Nie wieder in seine Augen schauen und seine Stimme hören können. Noch nicht einmal mehr mit ihm streiten. Weil er tot war. Vielleicht war es genau diese Nacht, in der die Kathi das erst so richtig realisiert hat. Wer weiß.

Der Konrad Christian saß mit seinem Sohn auf der Terrasse. Schweigend tranken sie ihr Bier und betrachteten den Sternenhimmel. Den früheren Abend hatten sie damit verbracht, sich einmal richtig auszusprechen. Dabei ist wirklich nichts ungesagt geblieben. Darum war es in diesem Moment auch nicht mehr notwendig, irgendwas zu sagen, weil jetzt beide wieder wussten, dass ihre Vater-Sohn-Beziehung noch intakt war.

Die Herta hat keiner von beiden vermisst. Im Grunde war ihnen noch gar nicht wirklich aufgefallen, dass sie noch nicht daheim war. Zu ihrer Entschuldigung muss ich dir aber sagen, dass es öfter vorgekommen ist, dass die Herta erst sehr spät nach Hause gekommen ist. Aber wie auch immer. Vermisst hat sie jedenfalls dort niemand. Hätte die Herta zu dem Zeitpunkt noch gelebt und das mitbekommen, wer weiß, vielleicht hätte sie darüber nachgedacht. Vielleicht aber auch nicht. Letztlich auch egal, weil sie nicht mehr am Leben war.

Damit waren auch die Gedanken vom Christian, was die Scheidung von seiner Frau anging, reine Zeitverschwendung. Aber das hat der Mann ja noch nicht wissen können.

Die Friedel Margit machte sich noch keine Sorgen, weil ihr Göttergatte noch nicht daheim war. Auch bei ihm ist es normal gewesen, spät heimzukommen. Außerdem hat die Margit schon lange gewusst, dass der Karl ein Verhältnis mit der Konrad Herta hatte. Oft genug hatte sie an seiner Kleidung schon das Parfum seiner Geliebten gerochen. Im Grunde war sie darüber sogar sehr froh. Schon seit sehr langer Zeit hatte sie keine Lust mehr gehabt, mit ihrem Mann zu schlafen. Sie hat ja noch nicht einmal mehr Lust gehabt, mit ihm unter dem gleichen Dach zu wohnen. Sie konnte sich gar nicht mehr daran erinnern, wann sie angefangen hatte, sich weit weg zu wünschen. Irgendwohin. Egal wo. Hauptsache weg von diesem Scheusal. Vielleicht hätte die Margit sogar den Mut gehabt zu gehen, wenn ihre beiden Kinder nicht gewesen wären. Die beiden haben ihrer Meinung nach einen Vater gebraucht. Ein Zuhause.

Vor allem aber war sie davon überzeugt, dass die Susi und der Charlie eine bessere Zukunft gebraucht haben. Und eines war auch im Jahr 1971 schon eine unumstößliche Tatsache. Gute Bildung kostete Geld. Geld, das die Margit selbst nie und nimmer hätte aufbringen können. Aber der Karl schon. Der hatte Geld genug. Erst spät hat die arme Frau begriffen, dass dem Karl nichts daran gelegen ist, seinen Kindern eine gesicherte Zukunft zu bereiten. Aber jetzt wusste sie es.

Und du kannst mir ruhig glauben, wenn ich dir jetzt sage, dass sich die Margit bittere Vorwürfe dafür gemacht hat, dass sie nicht mit ihren Kindern weggelaufen ist. Zum Glück wusste sie in jener Nacht noch nicht, wie groß dieser Fehler tatsächlich war. Das erfuhr sie erst einige Zeit später. Nämlich vier Tage, nachdem sie erfahren hatte, dass der Mampfi ihren Mann mit einer Axt erschlagen hatte.

Ja, so haben halt einige Leute etwas vermisst und andere etwas erkannt in dieser Nacht. Aber es hat auch Menschen gegeben, die in dieser Nacht nichts erkannten. Die Hilde zum Beispiel. Die hat auch an diesem Abend ihren Mann ausgehorcht und sich ihre Geschichten für den nächsten Tag zurecht gelegt. Keine Sekunde dachte sie darüber nach, dass es ihre Schuld sein könnte, dass das Haus von der Familie Sedlak so verunstaltet worden ist. Auch über die Folgen ihrer Tratscherei für das Ehepaar Maier dachte sie nicht nach. Sie hatte ja noch gar nicht mitbekommen, dass die beiden von den Menschen im Ort in der Zwischenzeit gemieden wurden wie die Pest. Niemand grüßte sie mehr oder redete gar mit ihnen. Schlimmer noch. Auf der neu gestrichenen Fassade ihres liebevoll renovierten Hauses stand in großen roten Buchstaben das Wort ›Diebsgesindel‹.

Die Blumenkästen, die von der Frau Maier erst vor zwei Tagen bepflanzt worden waren, hatte irgendjemand heruntergerissen und durch das Wohnzimmerfenster ins Haus geworfen. Das hat die Maiers nicht besonders glücklich gemacht, wie du dir sicher vorstellen kannst. Schon gar nicht, weil sie sich überhaupt nicht erklären konnten, wie es zu dieser Aggression gegen sie überhaupt gekommen ist. Die Hilde hatte das natürlich schon gesehen, was da an der Hauswand gestanden ist. Ein schlechtes Gewissen bekam sie deshalb aber nicht. Im Gegenteil. Alles, was sie empfand, war Genugtuung. Ja, du hast richtig gehört. Die Hilde ist stolz auf sich gewesen, weil sie das vermeintliche Diebsgesindel entlarvt hatte.

35

Auch der Leo hat nichts vermisst in dieser Nacht. Der ist mit einem Koffer voller Geld am Flughafen gesessen und hat sein Ticket angeschaut. In zwanzig Minuten würde sein Flieger gehen. Nach New York. Die Stadt seiner Träume. Er bereute nichts von dem, was er gemacht hatte. Wie sollte er in diesem Moment auch? Erstens war er noch sehr jung und zweitens hatte er einen Koffer mit 500.000 Schilling bei sich. Geld, das er dafür bekommen hatte, den Friedel-Brüdern den Strobel vom Hals zu halten. Weil, du musst wissen, dass der Leo den Mord gesehen, oder besser gesagt gehört hatte. Und nicht nur das. Er hörte auch, worüber die beiden mit dem Höllerer in dieser Nacht im Clubhaus geredet haben.

Jetzt fragst du dich sicher, wie das zugegangen ist. Ganz einfach. Der Leo war gerade auf dem Weg von Wien nach Hause. Wie er beim Clubhaus vorbeigekommen ist, hat er gesehen, dass dort noch Licht brannte und ist stehen geblieben. Er dachte sich, dass es wahrscheinlich der Höllerer sein würde, der um diese Zeit noch da war. Mit dem hatte er nämlich noch etwas zu klären, weil der Höllerer versucht hatte, den Leo wegen der Michellesache zu erpressen. Nur war bei dem jungen Dorfgendarmen halt nichts zu holen. Also drohte der Höllerer, seine Information öffentlich preiszugeben. Das wieder wollte der Leo nicht und nahm sich vor, noch einmal mit dem Höllerer zu reden.

Die Tür war offen, und er hörte im Inneren mehrere

Männer streiten. Neugierig, wie der Bursche nun einmal war, ist er näher herangeschlichen und hat gelauscht. Was er da zu hören bekam, hatte ihn ziemlich schockiert und natürlich auch überrascht. Nach etlichen Minuten des Streits hörte er dann diese komischen Geräusche und beschloss, dass es vielleicht besser war einzuschreiten.

Zuerst wollte der Leo natürlich seine Pflicht tun. Oh ja, das wollte er. So einen Skandal konnte er sich eigentlich unmöglich entgehen lassen. Schneller konnte er sicher nicht berühmt werden, als mit dieser Sache.

Wie er dann aber ins Clubhaus gekommen ist, sind ihm die Worte im Hals stecken geblieben. Er sah gerade noch, wie der Friedel Karl den Baseballschläger auf den Kopf vom Höllerer donnerte. Im ersten Moment wusste er nicht recht, was er machen sollte, der Leo. Und da waren sie nun. Der Leo, der tote Höllerer und die Gebrüder Friedel. Zuerst dachte der Leo noch, dass er den Helden spielen müsse, und teilte den Friedels etwas halbherzig mit, dass sie jetzt wegen Mordes verhaftet sind. Das beeindruckte den Bürgermeister aber nicht sonderlich. Schmerzhaft musste der Leo gleich darauf erkennen, warum es dem Bürgermeister egal war. Der hat nämlich nur ein einziges Wort sagen müssen. »Michelle«. Ja, das hat er dem Leo gesagt.

Allerdings war sowohl den Friedels als auch dem Leo klar, dass damit allein die Sache nicht aus der Welt geschafft war. Weil, der Leo würde, falls die Sache ans Licht kam, nur sein Gesicht verlieren. Die beiden ehrenwerten Herren aber würden alles verlieren.

Das war jetzt sozusagen eine Pattsituation. Dann aber sah der Leo den Koffer, der die ganze Zeit auf dem Tisch gelegen ist. Und weil der offen war, sah er natürlich auch das Geld darin. Der Bruder vom Bürgermeister wiederum hat den Blick vom Leo gesehen. Und so sind die drei halt doch noch ins Gespräch gekommen.

Unterm Strich ist herausgekommen, dass der Leo zu den 100.000 Schilling in dem Koffer noch einmal 400.000 dazu bekommen würde, sofern er den Mund hält. Vor allem aber wollten sie, dass er die Spuren für sie verwischt. Da hat der Leo wirklich nur kurz überlegen müssen. 500.000 Schilling hätte er als Gendarm in seinem ganzen Leben nicht verdienen können. Das war damals richtig viel Holz. Außerdem war er sich sicher, dass er im Spurenverwischen sehr gut sein würde. Immerhin hatte er ja schon so viele Bücher über dieses Thema gelesen. Den Höllerer hatte er sowieso nie gemocht, und der Gedanke an die beiden Kinder konnte gegen das viele Geld auch nicht bestehen. Also stimmte der Leo zu. Aber er wollte die gesamte Summe gleich am nächsten Morgen haben. Damit waren die Brüder sofort einverstanden. Dann sind sie gegangen. Den Koffer mit der Anzahlung haben sie natürlich dagelassen.

Jetzt kannst du sagen, was du willst, aber es gibt offenbar doch so etwas wie Schicksal. Kaum waren die beiden weg, wollte der Leo nämlich anfangen, die Spuren zu verwischen. Weit ist er aber nicht gekommen. Nur die Kassa konnte er noch ausräumen. Er hatte sich überlegt, dass es später wie ein Raubmord aussehen sollte. Aber dann musste er einsehen, dass auch der beste Plan nichts taugt, wenn der Zufall die Regie übernimmt. Du erinnerst dich, der Konrad Peter wollte genau in dem Moment in das Clubhaus einbrechen, und schlug an der Rückseite gegen eines der Fenster. Der Leo konnte es natürlich gar nicht gebrauchen, am Tatort gesehen zu werden und so blieb ihm nur die Flucht. Also schnappte er sich schnell die Tatwaffe und lief, so schnell er konnte, aus dem Haus. Auf dem Weg zum Auto warf er hastig den Baseballschläger in den Wald, weil er dachte, dass er den am nächsten Tag ganz leicht wieder würde holen können. Aber zum Abwischen der Fingerabdrücke hatte er ganz einfach keine Zeit mehr.

Das große Problem an der Sache aber war, dass sich der Leo in seinem Stress und der Dunkelheit nicht wirklich gut gemerkt hatte, wo genau er den Schläger weggeworfen hatte. Darum fand er ihn dann in den nächsten zwei Tagen auch nicht wieder. Ich meine, dem Friedel erzählte er natürlich, dass er alles erledigt habe, damit der ihm auch ja sein Geld gibt. Und das hat auch bestens funktioniert. Zu seinem Glück hat der Mampfi am nächsten Tag diesen saublöden Fehler gemacht. Damit hat es nämlich gleich einen Verdächtigen gegeben. Also hat der Leo von Anfang an versucht, es dem Mampfi auch anzuhängen. Leider hat es da dann das Problem mit der Gerichtsmedizin gegeben. Und leider war auch der Strobel nicht so dumm, wie der Leo geglaubt hat.

Jetzt kannst du dir schon denken, dass der Leo unbedingt einen Beweis für die Schuld vom Mampfi gebraucht hat. Darum hat er sich den Platzer gekrallt und ihm quasi seine Aussage diktiert. Der Platzer selbst war zur fraglichen Zeit gar nicht in der Nähe vom Sportplatz. Der war viel früher dort. Und wen immer er dort gesehen haben mag, der Mampfi ist es definitiv nicht gewesen. Blöd war nur, dass er so schlampig gewesen ist, bei der Niederschrift mit dem Platzer. Aber es hat ja schnell gehen müssen. Er wollte unbedingt fertig werden, bevor der Strobel und der Berti zurückgekommen sind. Das war ein Fehler.

Der zweite Fehler ist gewesen, dass sich der Leo eben nicht gemerkt hat, wo er den Baseballschläger hingeschmissen hat. Ich meine, er hat in den nächsten Tagen wirklich gründlich danach gesucht. Allerdings war das in dem dichten Unterholz gar nicht so einfach mit dem Finden. Dazu ist dann noch gekommen, dass plötzlich der Berti ungeahnte Initiative gezeigt und eine Suche veranlasst hat. Ganz ohne Anweisung vom Strobel. Damit hätte der Leo nie und nimmer rechnen können. Grundsätzlich war der Berti stinkfaul und hat von selbst gar nichts gemacht.

Noch dazu ist dem Leo dann auch sein Plan B schiefgegangen. Der hat nämlich vorgesehen, dass er den Schläger auf der Dienststelle abwischt, bevor der Strobel ihn am nächsten Tag nach Wien schickt. Wie du sicher noch weißt, war der Strobel aber schneller und hat den Berti gleich losgeschickt. Wirklich dramatisch war das zwar noch immer nicht, weil es von den Friedels ja keine Vergleichsabdrücke gegeben hat. Trotzdem hat sich der Leo aber überlegt, dass es nicht schaden könnte, für den Fall der Fälle einen Plan C zu entwerfen. Was er auch gemacht hat. Inhaltlich hat er den Reserveplan ziemlich einfach gehalten. Flucht!

Die drei Tage, die er nicht im Dienst gewesen ist, hat er deshalb nicht nur dazu genutzt, die Waffe zu finden, sondern auch, um seine Flucht vorzubereiten. Das Ticket zu buchen und sich ein Visum für die Vereinigten Staaten zu besorgen. Sein Chef hat davon nichts mitbekommen. Deswegen ist er ganz sicher gewesen, dass alles gut gehen und der Strobel bis zu seinem Abflug keinen Verdacht schöpfen wird. Und damit hat er auch ganz recht gehabt. Jetzt ist er mit der ganzen Kohle am Flughafen gesessen und hat auf seinen Abflug gewartet.

Du musst es der Jugend vom Leo zuschreiben, dass er die Sache mit dem Universum und der Scheiße nicht gewusst hat. Aber jeder muss das irgendwann auf die eine oder andere Art lernen. Es heißt nicht umsonst, dass, wenn du Scheiße ins Universum schickst, sie irgendwann zu dir zurückkommt. Und wenn es soweit ist, trifft sie dich meistens mitten im Gesicht. Auch der Leo hat das bald darauf lernen müssen. In seinem Fall war es allerdings der Bauch. Aber in diesem Moment war er erstmal Sieger in dem Spiel und ist unbehelligt in das Flugzeug gekommen.

36

Du kannst das ja sehen, wie du willst. Ich für meinen Teil glaube aber fest daran, dass es Menschen gibt, die ständig irgendwelches Unheil an sich ziehen. Das muss einfach so sein, weil es sonst nämlich keine plausible Erklärung dafür gibt, warum sich am nächsten Morgen ausgerechnet die Fürnkranz Marie auf den Weg zur Jagdhütte vom Friedel machte.

Natürlich kannst du sagen, das ist nur ein blöder Zufall gewesen, weil sie sich schon Tage vorher mit dem Friedel ausgemacht hatte, dass sie die Hütte noch vor dem Wochenende putzen wird. Der Friedel hatte nämlich übers Wochenende Gäste eingeladen. Ein paar honorige Herren, die zu einem kleinen Jagdausflug kommen wollten. Ganz nebenbei hätten ein paar Kinderfotos getauscht werden sollen. Sei's drum.

Die Fürnkranz Marie hat sich jedenfalls schon um sechs Uhr in der Früh mit dem Fahrrad auf den Weg zur Hütte gemacht. Um diese Zeit war es noch ziemlich ruhig im Ort, und die Marie konnte ihre Radtour in vollen Zügen genießen. In dem kleinen Korb, der an der Lenkstange montiert war, hatte sie ein paar Sachen, die sie für ihre Arbeit brauchte. Putzlappen und so ein Zeug. Während sie nichtsahnend durch die Landschaft radelte, summte sie ein kleines Liedchen.

Wie sie dann bei der Hütte war, ist ihr natürlich gleich das Auto vom Friedel aufgefallen. Sie war ein bisschen überrascht, dass der Friedel um diese Zeit schon da war. Aber vielleicht, so hat sich die Marie gedacht, hatte er ja hier übernachtet.

Die Bescherung beim Hackstock konnte sie von ihrer Position aus nicht sehen, weil das Ding hinter der Hütte und somit außerhalb ihres Blickfeldes stand. Beschwingt nahm sie die Putzlappen aus dem Korb und ging auf die Tür zu. Da sie davon ausging, dass der Friedel da war, klopfte sie an. Aber niemand reagierte darauf. Logisch, wer hätte es auch hören sollen? Aber klar, dass die Marie das nicht wissen konnte. Jedenfalls dachte sie sich, dass der Friedel einen ziemlich tiefen Schlaf heben musste, weil sich nichts gerührt hat, obwohl sie ziemlich heftig an die Tür geklopft hatte. Letztendlich wollte sie nicht länger warten und ist hineingegangen. Weil, putzen musste sie ja schließlich und fertig werden wollte sie auch. Wieder heimfahren und später noch einmal kommen, ist für sie überhaupt nicht in Frage gekommen. Auf keinen Fall wollte sie sich den ganzen Tag wegen der blöden Hütte verderben lassen. Ergo hat sie die Tür aufgemacht. Noch bevor sie auch nur einen Schritt hineingegangen ist, nahm sie diesen eigenartigen Geruch wahr. Oder besser gesagt, diesen ekelhaft süßlichen Gestank. Da dachte sie sich aber nur, dass der Friedel einen ziemlichen Rausch gehabt haben musste, wenn er ein erlegtes Reh mit in die Hütte genommen hatte, und ist hineinspaziert. Weit ist sie aber nicht gekommen.

Du musst dir vorstellen, dass die Jagdhütte nur einen ganz kleinen Vorraum hatte, von dem aus du in die Stube schauen konntest, wo freilich immer noch der Rest vom Mampfi beim Tisch saß. Und den konnte die Marie jetzt in seiner ganzen Pracht sehen. Schön hat das allerdings nicht ausgeschaut. Sein Kopf war ziemlich lädiert. Kaliber 365 magnummäßig lädiert. Verstehst du? Mit so einer Waffe ist Kopfwegpusten nämlich, im wahrsten Sinne des Wortes, noch Kopfwegpusten. Wo so ein Projektil einschlägt, da bleibt nicht arg viel übrig. Im Fall vom Mampfi ist es zwar nur der halbe Kopf gewesen, während der andere Teil gefehlt hat, aber schön hat das trotzdem nicht ausgeschaut. Vor allem nicht, weil sich die andere Hälfte relativ gleichmäßig an der Wand hinter ihm verteilt hatte. Soweit ist die Geschichte ganz nach seinem Wunsch gelaufen. Jetzt stell dir vor, wie das ausgeschaut hat. Der Mampfi ist aufrecht auf der Bank gesessen. Der Rest von seinem Kopf war auf seine Brust gesunken und hatte seine Kleidung komplett mit Blut eingesaut. Alles rot. Na ja, eigentlich schon mehr braun. Hemd, Hose, Schuhe. Alles voll Blut. Und der Boden unter ihm auch. Voller Blut. Dazu ist noch gekommen, dass er so gesessen ist, dass die Seite von seinem Gesicht zur Tür zeigte, die gar nicht mehr da war. Der Hohlkopf, quasi. Scheußlich!

Zu diesem Zeitpunkt hatte die Marie die Geschichte mit dem Höllerer noch nicht ganz verdaut. Und jetzt auch noch das. Da hat ihr Hirn dann wahrscheinlich versucht, der armen Frau einen Gefallen zu tun, und den toten Mampfi quasi aus dem Bild herauszufiltern. Dadurch hat die auf Saubermachen programmierte Marie nur noch die unglaubliche Sauerei gesehen. Ganz und gar die entsetzte Putzfrau, brachte sie nur einen Gedanken zustande: »Ich putz das sicher nicht weg!« Das war alles, was der Marie in den Sinn gekommen ist. Dann drehte sie sich um und ging wieder hinaus. Ganz so, als wäre gar nichts gewesen. Weil aber das menschliche Hirn auch eine sehr tückische Seite hat, tauchte der Mampfi in ihrem Kopf wieder auf, und die Marie war kurz unsicher, ob sie das wirklich gesehen hatte, was sie geglaubt hat, gesehen zu haben. Die Neugier ist ein Hund, wie der Volksmund so sagt. Also machte die Marie wieder kehrt und ging zurück in die Hütte. Diesmal hat ihr Gehirn nichts mehr ausgeblendet. Die Marie, vom letzten Mal noch im Training, ist ganz steif geworden und hat alle ihre Putzlappen fallen lassen. Ungläubig starrte sie zum Tisch hinüber. Keine Ahnung, wie lange sie so dagestanden ist. Ganz langsam machte sie dabei den Mund auf. Wie in Zeitlupe. Kaum war der ganz offen, stieß sie einen furchtbar lauten und grellen Schrei aus.

Das war auch gut so, weil dieser Schrei sie wieder zum Leben erweckte. Immer noch laut schreiend lief sie zur Tür hinaus und sprang auf ihr Fahrrad. Ihr Putzzeug blieb in der Hütte zurück. Aber das brauchte sie an diesem Tag sowieso nicht mehr. Wie eine Irre radelte sie zurück nach Tratschen. Und diesmal hatte sie keinen Blick für die schöne Natur. Und ein Liedchen hat sie auch nicht gesummt.

Kaum im Ort, ist sie dort stehen geblieben, wo sie Leute gesehen hat. Erraten. Beim Hörmann. Obwohl stehen bleiben in ihrem Fall sicher nicht der richtige Ausdruck ist. Weil, noch während der Fahrt ist sie vor dem Geschäft vom Rad gesprungen. Der Drahtesel krachte mit vollem Schwung gegen die Hauswand - was halt freilich dem Vorderreifen nicht sonderlich gut bekam.

Die Marie selbst hatte so einen Schwung drauf, dass sie alle Mühe hatte, auf den Beinen zu bleiben. Mit Bremsen war da nichts mehr. Die Tür des Geschäftes war offen. Deshalb konnte die Marie Kopf voran und wild kreischend in den Laden stolpern. Dort ist sie dann in das Gewürzregal gekracht.

Du kannst dir sicher vorstellen, wie erschrocken die Frauen waren, als die Marie, wie am Spieß schreiend, das halbe Regal abräumte und es fast umstieß. Der allgemeine Schock, den diese Aktion auslöste, führte dazu, dass gleich alle anwesenden Frauen in das Geschrei einstimmten. Eine nach der anderen. Eine Kettenreaktion, quasi. Die Marie hatte sich derweil mit einer Hand im Regal verkrallt, um nicht umzufallen. Die Augen weit aufgerissen und kreischend hing sie jetzt halb liegend und halb stehend an dem Regal, wie Spiderman im Vollrausch. Die übrigen Damen haben richtig Angst vor ihr bekommen, weil sie ausgeschaut hat wie eine Wahnsinnige und haben versucht, soweit wie irgendwie möglich von ihr wegzukommen. Die Geräusche, die aus ihrem Mund kamen, als sie probierte ihre Stimme wieder zu finden, waren nicht geeignet, zur allgemeinen Entspannung beizutragen.

»Der Friedel hat sich erschossen! Der Friedel hat sich erschossen!« Ja, das hat sie irgendwann hervorgebracht. »Oben, in der Hütte. Erschossen!« Immer wieder sagte sie diese Worte und wurde dabei immer leiser. Am Ende flüsterte sie nur noch. Aber wenigstens haben die Frauen im Geschäft jetzt gewusst, dass die Marie doch nicht wahnsinnig geworden ist, und haben angefangen, wild durcheinander zu reden. Und Fragen zu stellen.

Du weißt natürlich, dass es nicht der Friedel gewesen ist, der da tot in der Hütte saß. Aber woher hätte die arme Marie das wissen sollen? Gesicht hatte sie ja keines sehen können. Und auf die Kleidung, die Figur oder gar die Haarfarbe hatte sie nicht geachtet. Das wäre wohl auch ein bisschen viel verlangt gewesen. Außerdem ist ja das Auto vom Friedel vor der Hütte gestanden. Also nur logisch für die Marie, dass er es auch war.

Diese Nachricht war natürlich eine echte Sensation. Der Herr Bürgermeister sollte sich das Leben genommen haben. Unglaublich! Zuerst war das ein Schock für alle Anwesenden. Einige haben sich aber recht rasch erholt, und es ist das passiert, was in Tratschen immer passiert ist, wenn es eine Sensation gegeben hat. Die Neuigkeit verbreitete sich wie ein Lauffeuer.

Die Frau Hörmann kam als Einzige auf die Idee, sich um die sichtlich geschockte Marie zu kümmern. Ihren Mann, der ihrer Meinung nach nur blöd herumstand, fauchte sie an, gefälligst was zu tun und endlich die Gendarmerie anrufen. Das war kurz vor halb acht. Um acht Uhr wusste es schon fast der ganze Ort, dass sich der Herr Bürgermeister umgebracht hatte. Nur über das Wie war man sich noch nicht ganz einig. Erschossen, erhängt, oder doch ertränkt? Die Wirte haben sich, wie immer bei seltenen Anlässen, darüber gefreut, dass ihre Lokale an diesem Tag schon ungewöhnlich früh voll geworden sind, weil die Ortsbewohner alle neugierig und sensationsgeil waren. Sie haben alles stehen und liegen lassen und sind dorthin geeilt, wo sie sich die aktuellsten Informationen erhofften. Ins Wirtshaus und auf den Platz vor dem Gemeindeamt. Nichts war mehr mit Haus- oder Feldarbeit. Weil, wie meine selige Großmutter früher schon sagte: »Arbeit ist keine Kröte. Sie hüpft nicht davon!«

37

Der Strobel ist um halb acht noch mit seinen beiden Gästen beim Frühstück gesessen und wusste deshalb natürlich noch nichts von alledem. Und weil der Leo auch an diesem Morgen nicht zum Dienst erschien, war der Berti allein auf dem Gendarmerieposten. Die Tatsache, dass sein Chef noch nicht da war, hat ihn nicht sonderlich gestört. Aber darüber, dass der Leo schon wieder nicht gekommen ist, hat er sich aufgeregt. Aus Sicht vom Berti wäre es das Mindeste gewesen, wenn der Leo wenigstens einmal angerufen hätte. Wie der Zufall oft spielt, hat genau in diesen Gedanken hinein das Telefon geläutet. Der Berti hat sich im Kopf schon zurechtgelegt, was er dem Herrn Kollegen Adami jetzt sagen wollte. Dem Kerl musste nämlich einmal gehörig der Marsch geblasen werden. Und wenn der Strobel das nicht machen wollte, dann eben der Berti.

Aber erstens kommt es anders und zweitens als man denkt. Natürlich ist es nicht der Leo gewesen. Der wartete zu dieser Zeit schon in London auf seinen Anschlussflug. Der alte Hörmann ist es gewesen. Und was der dem Berti jetzt erzählt hat, weißt du ja. Der Berti hat sich alles angehört und gar nicht so recht glauben wollen.

»Der Friedel Karl?«, hat er den Hörmann gefragt. »Bist du da sicher?«

Und weil der Hörmann es ja nicht besser wissen konnte, war er sich natürlich sicher.

Kaum hatte er den Hörer wieder aufgelegt, meldete sich sein Kopf zu Wort. Soll heißen, der Berti bekam seine stressbedingten Kopfschmerzen. Freilich hätte er nichts anderes tun müssen, wie den Strobel anzurufen. Aber die Vorstellung, was das wieder für ein Tag werden würde, versetzte ihn trotzdem in Furcht und Unruhe. Ergo Kopfschmerzen. Den Ärger über den Leo hat er dafür gleich vergessen.

Der Strobel war nach dem Anruf in Rekordzeit auf der Dienststelle, wo ihm der Berti noch einmal erzählte, was der alte Hörmann zur Anzeige gebracht hatte. Klarerweise sagte er ihm auch, dass es wieder einmal die Fürnkranz Marie war, die die Leiche gefunden hatte, und sie jetzt beim Hörmann war. Folgerichtig haben sich der Strobel und der Berti also auf den Weg zu dem Geschäft gemacht, um mit der Frau zu reden.

Dort eingetroffen mussten sie sich erst einmal einen Weg durch die ganzen Neugierigen bahnen, um überhaupt ins Geschäft zu kommen. Dort hockte die Fürnkranz Marie hinter der Wurstbudel auf einem Sessel und starrte ins Narrenkastel. Stur nach vorn waren ihre Augen gerichtet. Und völlig weggetreten war sie. Typisch Narrenkastel halt. Neben ihr standen die Frau Hörmann und die Hilde. Die Hörmann, weil sie helfen wollte, und die Hilde, weil sie hoffte, Informationen aus erster Hand zu bekommen. Aber es war nichts mit Informationen. Stumm wie ein Fisch ist sie gewesen, die Marie.

Erst wie der Strobel sie, nach mehrmaligem Anreden, leicht an der Schulter berührte, ist so was wie ein Lebenszeichen von ihr gekommen. Da hat sie nämlich ganz kurz aufgeschaut. Der Strobel konnte aber gleich erkennen, dass es ein ziemlich leerer Blick war und dass er sich von der Marie erst einmal keine Aussage erwarten konnte.

Darum hat er dem Berti mit der Hand ein Zeichen gegeben, und sie sind wieder zum Auto gegangen. Zur Hütte haben sie so und so fahren müssen. Mit oder ohne Aussage von der Marie. Du hast den beiden ansehen können, dass sie sich um diese Aufgabe nicht wirklich gerissen haben.

Aber das ist halt nun einmal das Los von so einem Ordnungshüter. Da haben sie durchmüssen.

Während der Fahrt fragte der Strobel den Berti, ob der Leo sich gemeldet habe. Aber die Frage war eher pro forma gestellt. Er hatte schon geahnt, dass der Bursche sich wieder nicht gerührt hatte. Am Abend, so nahm sich der Strobel vor, würde er einmal beim Leo vorbeischauen. Weil, so konnte das ja wohl nicht weitergehen. Der Berti sah das genauso. Er fand es nebenbei auch noch ziemlich unkollegial, dass der Leo während einer Mordermittlung ganz einfach nicht zum Dienst gekommen ist. In den Rückspiegel hat er aber nicht geschaut. Darum bemerkte er auch nicht, dass hinter ihm eine ganze Kolonne von Autos fuhr.

Ja, die Tratschener haben tatsächlich ihre Automobile hervorgeholt. Es waren mindestens zehn Fahrzeuge, die Stoßstange an Stoßstange hinter dem Gendarmeriekäfer nachgefahren sind. Verständlich. Immerhin hat es nicht alle Tage einen toten Bürgermeister gegeben. Das musste man sich schon anschauen.

Sehr zu ihrem Leidwesen hat der Berti es dann aber doch gemerkt. Zwar erst, wie sie in den Waldweg eingebogen sind, aber immer noch rechtzeitig genug. Er blieb stehen und stieg aus. Unheimlich resolut machte er seinen Verfolgern klar, dass sie gefälligst wieder nach Hause fahren sollten. Anderenfalls würde er jeden verhaften, der die Arbeit am Tatort auch nur im Ansatz stört. Dabei ist er so souverän aufgetreten, dass sich sogar der Strobel sehr gewundert hat. Die Schar der Schaulustigen nahm sich die Warnung auf jeden Fall zu Herzen. Alle sind brav nach Hause gefahren. Tja, damals war ein Gendarm eben noch eine echte Respektsperson. Heutzutage würdest du schon auf die Leute schießen müssen, um sie loszuwerden.

Derweil hatte auch die Friedel Margit die Nachricht schon erhalten. Ihre Nachbarin, die Wallner Lisi, hatte sie ihr überbracht. Tja, und die Margit wusste nicht so recht, was sie in dem Moment fühlen sollte. Sie bedankte sich bei der Lisi und machte ihr die Tür vor der Nase zu. Sie lehnte sich mit dem Rücken an die Tür und atmete zweimal tief durch und ließ sich das, was die Lisi gesagt hatte, noch einmal durch den Kopf gehen. Ja, und dann lächelte sie, die Margit. Und es war ein sehr erleichtertes Lächeln.

Wer hätte ihr aber diese Reaktion verdenken können? Immerhin war das für sie gleichbedeutend mit dem Ende ihrer Unterjochung. Welcher normale Mensch trauert schon um seinen Unterdrücker? Wohl kaum einer. Trotz dieses Glücksgefühles dauerte es dann aber noch ein paar Tage, bis die Margit wirklich realisierte, dass der Karl nie wieder die Hand gegen sie oder ihre Kinder erheben würde.

38

Um es kurz zu machen, der Strobel hat auch erst auf den zweiten Blick kapiert, dass es sich bei dem Mann auf der Bank nicht um den Friedel handelte. Am Gesicht hat er das aber logischerweise nicht gemerkt. Die Figur ist es gewesen, die den Mampfi verraten hat. Er war eben um einiges dicker als der Friedel. Ich meine, der Exbürgermeister war auch nicht gerade ein schlanker Bursche. Aber der Mampfi ist eben noch ein gutes Stück dicker gewesen. Und vor allem größer. Deshalb hat sich der Strobel beim Hingehen schon gedacht, dass das nicht der Friedel ist.

Wegen der Spuren hat der Berti bei der Tür gewartet. Das war ihm gar nicht so unrecht. Er hat nämlich bei dem Geruch sehr gelitten. Da verspürte er keine Lust, sich das Ganze auch noch aus der Nähe anzuschauen. In der Zwischenzeit hatten auch die Fliegen schon mitbekommen, dass es da einen Festschmaus gab und hatten sich in großer Zahl auf dem Mampfi niedergelassen. Appetitlich hat das nicht ausgeschaut.

Vorsichtig ging der Strobel zum Tisch. Besonders aufgepasst hat er darauf, nicht in das Blut zu steigen. Immerhin war für den Strobel in dem Moment noch gar nicht bewiesen, dass sie es hier mit einem Selbstmord zu tun hatten.

Erst wie er direkt neben dem Tisch stand, entdeckte er den Revolver in der rechten Hand vom Mampfi. Und in der Mitte vom Tisch lag der Zettel, den der Mampfi geschrieben hatte. Den hat der Strobel jetzt gelesen. Was gar nicht so einfach war, weil er ungefähr einen Meter von dem Zettel weggewesen ist und der Mampfi nicht gerade eine schöne Handschrift gehabt hatte. Außerdem waren relativ viele Blutspritzer auf dem Papier. Erschwerend ist dazu gekommen, dass der Strobel zum Lesen an und für sich eine Brille gebraucht hätte. Er hatte aber keine, weil er zu eitel war, eine zu tragen.

Jetzt stand er beim Tisch, und musste mit zusammengekniffenen Augen versuchen, die Schrift vom Mampfi zu entziffern. Als er dann den Großteil gelesen hatte, ist er zu der Überzeugung gekommen, dass sich der Mampfi im Angesicht seines Freitodes noch einen blöden Scherz erlaubt hatte. Der Strobel hat nämlich etwas an dem Brief nicht verstanden. Nämlich den Teil, in dem der Mampfi geschrieben hatte, dass er zwar den Friedel erschlagen, nicht aber die Herta geköpft hatte.

Ich meine, es war ihm schon klar, dass auch der Friedel eigentlich hier irgendwo sein musste, weil sein Auto vor der Tür gestanden ist. Aber was hatte das alles mit der Herta zu tun? Und was wiederum hatte die Herta mit dem Mampfi zu tun?

Einer Eingebung folgend hat er jetzt den Berti angeschaut und ihm aufgetragen, dass er sich draußen ein bisschen umschauen soll, weil der Friedel in der Nähe sein könnte. Was, genau betrachtet, ja auch der Fall war.

Der Berti war dankbar dafür, dass er hinausgehen konnte, und hat erst einmal die frische Luft tief in seine Lungen gesaugt. Aber natürlich hat er den Leichengeruch nicht aus der Nase gekriegt. Langsam sah er sich um. Ganz, wie es ihm sein Chef aufgetragen hatte. Und schon fünf Minuten später wünschte er sich, er wäre in der Hütte geblieben. Weil, was der arme Berti hinter dem Haus zu sehen bekam, hat eher in einen Horrorfilm gepasst, wie in sein ansonsten so beschauliches Leben.

Zuerst fiel ihm nur der Hackstock auf. Erst beim genaueren Hinschauen bemerkte er, dass an der Seite von dem Ding eine dicke rote Spur zum Boden führte. Und er hat auch bemerkt, dass die Axt, die mitten im Holz steckte, auch über und über rotbraun eingefärbt war. Da hat er die Umgebung logischerweise ein bisschen genauer in Augenschein genommen. So ist es halt gekommen, dass ihm auch die Beine von der Konrad Herta nicht entgangen sind, die hinter dem Hackstock hervorschauten. Natürlich kannte der Berti die Beine von der Herta nicht so gut, dass er sie ihr gleich richtig zuordnen konnte. Für ihn waren es halt nur Frauenbeine.

Nach dieser Entdeckung war er ein kleines bisschen hin und her gerissen. Nämlich deswegen, weil er nicht gewusst hat, ob er jetzt weitergehen und hinter den Hackstock schauen oder lieber gleich den Strobel holen sollte. Eine Entscheidung, die seine Kopfschmerzen immens verstärkte. Später bedauerte der Berti dann sehr, dass er sich für den Blick hinter die Kulissen entschieden hatte.

Jetzt kannst du dir sicher denken, dass dem Berti der Anblick der kopflosen Frau Gemeinderat allein schon gereicht hätte. Damit hast du auch völlig recht. Nichtsdestotrotz ist es ihm nicht erspart geblieben, gleich darauf in die weit aufgerissenen Augen von der Frau zu schauen. Besser gesagt in eines ihrer Augen. Weil auf dem anderen lag eine abgetrennte Hand. Ja genau. Es war die Hand vom Friedel, die wirklich und wahrhaftig genau auf dem Kopf von der Herta liegen geblieben ist. Was für ein schreckliches Bild muss das wohl gewesen sein. Stell dir das einmal bildlich vor. Also, ich kriege da voll die Gänsehaut.

Der Berti bekam zwar keine Gänsehaut, aber halt auch keine Luft mehr. In seinem Gesicht war nicht mehr sehr viel Farbe zu erkennen. Genau wie im Gesicht von der

Herta. Er ist quasi leichenblass gewesen. Und atemlos. Wie er dann ein Stück weiter entfernt den ziemlich übel zugerichteten Friedel Karl liegen sah, war das nur mehr so etwas wie die Sahne auf dem Kuchen. Oder das Tüpfelchen auf dem i, wie man oft auch sagt.

Das war für ein paar Minuten auch das Letzte, was der Berti gesehen hat. Dann ist er nämlich still und heimlich in Ohnmacht gefallen. Auch so ein Landgendarm ist schließlich nur ein Mensch. Da brauchst du dich über den Berti gar nicht lustig machen. Das hat er sich, bei Gott, nicht verdient.

Sein Chef hatte derweil in der Hütte alles gesehen, was es zu sehen gab. Auch viel genauer, wie er sich das gewünscht hätte. Aber Geschäft ist nun einmal Geschäft. Und das war halt das Geschäft vom Strobel. Jetzt hat aber auch er langsam aber sicher frische Luft gebraucht. Darum ging er hinaus und rief nach dem Berti, um sich mit ihm abzusprechen. Eines war nämlich klar. Hier musste Verstärkung her. Da wäre ein Handy jetzt wieder super praktisch gewesen. So aber hat einer von ihnen zur Dienststelle fahren und ein paar Telefonate führen müssen. Und weil der Strobel nun einmal der Postenkommandant war, hat er sich selbst für diese Aufgabe eingeteilt. Den Berti wollte er wieder einmal zur Bewachung vom Tatort verdonnern. Soweit zum Plan.

Nachdem der Strobel zum zehnten Mal nach dem Berti gerufen und der nicht geantwortet hatte, war er schon fast ein bisserl grantig. Er hatte dem Berti zwar gesagt, dass er sich umschauen soll, aber damit hatte er ja nicht gemeint, dass der gleich eine Wanderung angehen soll. Woher hätte der Strobel auch wissen sollen, dass sein Kollege ohnmächtig hinter dem Haus lag? Das bekam er erst mit, als er ihn husten hörte.

Weil, wie der Berti aufgewacht ist, hat es ihn so gewürgt im Hals, dass er fürchterlich husten musste. So hat ihn der Strobel schließlich gefunden und die ganze Bescherung selbst auch gesehen. Und glaube mir. So wörtlich hätte der Strobel die Zeilen vom Mampfi nie im Leben genommen, dass er auf so ein Massaker vorbereitet gewesen wäre. Wie er schließlich den Berti gesehen hat, war er sich nicht so sicher, ob er den wirklich dort allein lassen konnte. Darum hat er ihn gefragt, ob vielleicht er ins Dorf fahren und sich um die Unterstützung kümmern wolle. Er wollte aber nicht. Zu starke Kopfschmerzen.

Glück im Unglück war für den Strobel, dass die Verstärkung schon vor dem Posten gestanden ist. Da erst ist ihm wieder eingefallen, dass dieser Travnicek von der Kripo ihm ja Unterstützung versprochen hatte. Und die war jetzt da. Vier Kollegen haben offenbar schon auf ihn gewartet.

Nach einer kurzen Begrüßung hat der ihnen mit seiner Geschichte gleich ein bisschen die Laune verdorben. Dann lief er schnell ins Büro, griff zum Telefon und verständigte die Spurensicherung, den Arzt und drei Leichenwagen. Diesmal vergaß er nichts. Er war durch den Mord am Höllerer ja quasi in Übung. Anschließend fuhr er mit den Kollegen im Schlepptau wieder zur Jagdhütte. Insgeheim war er mehr als froh, dass er diesmal nicht die Ermittlungen würde führen müssen. Diesmal war das, ohne jeden Zweifel, Sache der Kriminalpolizei.

Wie er beim Hörmann vorbeigefahren ist, bemerkte er

einen Krankenwagen vor dem Eingang. Er konnte gerade noch sehen, wie die beiden Sanitäter die Fürnkranz Marie mit der Trage ins Auto schoben. Richtiges Mitleid ist da bei ihm aufgekommen. Er hat es für ein ausgesprochenes Pech gehalten, dass die Marie innerhalb von ein paar Wochen zwei Leichen gefunden hatte. Er konnte schon nachfühlen, dass diese Vorfälle für das Nervenkostüm der Frau nicht ganz optimal gewesen sind. Wie recht er damit hatte, konnte er in dem Moment noch nicht wissen. Aber für die Marie war dann für eine ganze Weile erst einmal Sendepause. Oder besser gesagt, ihr Gehirn hat Sendepause gehabt. Da ist nicht mehr viel gegangen bei der armen Frau. Nach einem kurzen Aufenthalt im Landeskrankenhaus hat man sie in eine Nervenklinik verfrachten müssen. Einen Nervenzusammenbruch hat sie gehabt. Fast drei Wochen hat es gebraucht, bis der Kopf von der Fürnkranz Marie wieder einwandfrei arbeitete. Mit ihrer Seele war das noch einmal was ganz anderes. Die hat sich nie wieder ganz erholt. Geputzt hat sie nach diesem Tag bei niemandem mehr. Sie hatte nämlich immer Angst, dass irgendwo eine Leiche liegen könnte. Entweder in der Gefriertruhe, in der Mülltonne, unter dem Bett oder sonst wo. Darum hat sie nach ihrer Genesung lieber angefangen, in der ortsansässigen Gärtnerei zu arbeiten. Aber das ist eine andere Geschichte.

39

Ab diesem Vormittag ging es so richtig rund in Tratschen. Innerhalb so kurzer Zeit zwei Tote, das war schon was Besonderes. Da sind dann doch Reporter von allen möglichen Zeitungen aufgetaucht. Und, du glaubst es jetzt nicht, sogar vom Fernsehen war jemand da.

All diese Reporter sind herumgerannt und haben jedem, dem sie begegneten, irgendwelche Fragen gestellt. Aber niemand konnte ihnen wirklich was sagen. Alle haben nur gewusst, dass sich der Herr Bürgermeister angeblich erschossen hatte. Davon abgesehen war keinem etwas bekannt. Weil, der Strobel hatte sich, in weiser Voraussicht, bei der Herausgabe von Informationen ziemlich bedeckt gehalten.

Staub wirbelte es trotzdem viel auf, weil sich die Presseheinis natürlich die Frage stellten, ob der Selbstmord vom Friedel vielleicht was mit dem Tod vom Höllerer zu tun gehabt hatte. Das war gar keine blöde Frage. Nur, dass halt niemand im Ort die Antwort wusste.

Jedenfalls war der Aufruhr echt groß. Sogar der Bezirkskommandant war vor Ort und stellte sich den Reportern. Allerdings hat der Herr Major Schuch noch viel weniger gewusst wie alle anderen. Zwar hat er ganz verzweifelt nach dem Strobel gesucht, aber der war ja bei der Jagdhütte. Und so ist dem Herrn Major nichts anderes übrig geblieben, wie die Presse auf später zu vertrösten.

Natürlich hat es nicht lange gedauert, bis einer der Reporter auch über die Hilde gestolpert ist. Und die war natürlich ein mehr als dankbares Opfer. Sie glaubte tatsächlich, dass jetzt die Chance gekommen war, sich endgültig in den Kreis der gehobenen Tratschener zu befördern. Also hat sie drauflos geredet. Dass ihr Mann bei der örtlichen Gendarmerie ist, hat sie genauso erzählt, wie dass er sie immer über alle Ermittlungen auf dem Laufenden gehalten hatte. Außerdem hatte sie ja noch mit der Fürnkranz Marie reden können, bevor die endgültig ihren Sender abdrehte. Darum, so hat die Hilde weiter erzählt, war sie auch jetzt die einzige Person in Tratschen, die wusste, was genau passiert ist. Damit ist die dumme Hilde diesmal wirklich viel zu weit hinausgeschwommen.

Jetzt musst du natürlich wissen, was sich die Frau dabei gedacht hat. Die Hilde spekulierte nämlich darauf, dass sich der Friedel Karl tatsächlich selbst erschossen hatte. Immerhin hatte die Marie das ja gesagt. Jetzt war der Friedel also mausetot, und die Marie konnte zu dem Thema im Moment auch nichts sagen. Ergo war für die Hilde klar, dass sie nur eine gute Geschichte zusammenbauen musste. Und darin hatte sie in der Zwischenzeit wirklich sehr viel Übung. Ohne lange nachdenken zu müssen, legte sie los.

Schon nach ein paar Sätzen hat der Mann vom Fernsehen sie gebeten, kurz zu warten. Die Leute vom Sender mussten nämlich noch eine Kamera aufbauen. Das war damals noch nicht ganz so einfach wie heute. Na ja. Jedenfalls hat die Hilde wieder einmal ihre eigene Wahrheit konstruiert. Eine Geschichte, die so abenteuerlich war, dass sie für den unwissenden Zuhörer absolut wahr klingen musste. Nach und nach haben sich immer mehr

Dorfbewohner rund um die Hilde und den Reporter versammelt. Wie die Hilde gemerkt hat, dass ihr alle zuhören, erzählte sie immer schneller.

In den Gesichtern der übrigen Dorftratschen erkannte sie eine Mischung aus neugieriger Faszination und grenzenlosem Neid. Viele von ihnen wünschten sich sicher, anstelle der Hilde vor der Kamera stehen zu können. Da wusste sie, dass sie auf der Siegerstraße war. Das war ihr endgültiger Durchbruch. Jetzt war sie fast so etwas wie ein lokaler Star. Zumindest für diesen bewegenden Moment.

Die Sedlak Elfriede hörte sich den Mist von der Hilde erst gar nicht an und ging stattdessen zum Haus vom Strobel. Auf dem Weg dorthin überlegte sie sehr genau, wie sie der Susi sagen sollte, dass ihr Vater sich erschossen hatte. So ein kleines bisschen ahnte sie zwar schon, dass das Verhältnis zwischen der Susi und ihrem Vater nicht ganz so gut gewesen ist, wie es eigentlich hätte sein sollen. Aber trotzdem war er immer noch ihr Vater. Sie nahm sich vor, es dem Mädel so schonend wie möglich beizubringen. Es nicht zu sagen, machte sicher keinen Sinn, weil erfahren würde sie es ohnehin.

Zum Glück für die Elfriede hatte sie sich völlig umsonst Gedanken darüber gemacht, wie sie die Nachricht überbringen soll. Weil der Konrad Peter war schon vor ihr da und der hatte der Susi offenbar schon alles erzählt. Das zumindest dachte die Elfriede, als sie sah, dass die Susi weinte. Ich meine, ganz falsch war der Gedankengang nicht, weil der Peter die Susi wirklich schon informiert hatte. Aber deswegen hat das Mädchen nicht geweint. Zu Tränen gerührt hat sie das, was der Peter anschließend zu ihr gesagt hatte. Er hatte sie nämlich wissen lassen, dass er mit seinem Vater über alles geredet hatte und sie beide beschlossen haben, der Susi auf jeden Fall weiterzuhelfen. Egal, in welcher Form. Darüber hinaus hatte der Vater vom Peter ausrichten lassen, dass er der Susi so viel Geld geben würde, wie sie zur Lösung ihres Problems brauchte.

Das hat die Susi schon sehr gerührt. Aber endgültig zum Weinen brachte sie dann, dass ihr der Peter gestand, in sie verliebt zu sein.

Aber, wie schon gesagt. Das hat die Elfriede natürlich alles nicht wissen können. Darum sprach sie der Susi jetzt mit betretenem Gesichtsausdruck ihr Beileid aus. Über die Reaktion war sie dann so schockiert, dass sie gar nicht wusste, was sie sagen sollte. Die Susi hat nämlich zu ihr gesagt, dass sie unheimlich froh ist, dass dieses Schwein endlich weg ist.

Der Rest des Nachmittags verging damit, dass die Susi der Elfriede die ganze Geschichte erzählte. Am Schluss sind sich die beiden Frauen in Tränen aufgelöst in den Armen gelegen. Der Peter saß ein bisschen verstört daneben und wusste nicht, was er jetzt sagen oder machen sollte. Also hat er sich ruhig im Hintergrund gehalten und ganz einfach nichts gemacht. Nur die Hand hat er der Susi gehalten. Jedenfalls war es auch dieser Nachmittag, an dem die Elfriede endlich ihre Vorbehalte gegen den Strobel ablegte. Ganz geglaubt hatte sie den beiden ihre harmlose Geschichte bis dahin nämlich nicht. Normalerweise würde man ja sagen, dass der Schelm so ist, wie er denkt. In diesem Fall traf das jedoch nicht zu. Aber, wie dem auch sei.

Während all diese Dinge in Tratschen passiert sind, haben die Männer von der Kripo in der Jagdhütte die Spuren gesichert. Und stell dir vor. In einer der Schubladen des Sekretärs fanden sie eine große Schachtel mit Fotos. Allerdings waren es keine schönen Bilder, die da zum Vorschein kamen. Du wirst schon ahnen, was darauf zu sehen war. Unter anderem waren auch Bilder vom Friedel, zusammen mit seinen Kindern dabei. Aber eben nicht nur. Es gab auch jede Menge Abbildungen fremder Kinder. Teilweise sahen ihre Gesichter jung, zerbrechlich und ängstlich aus.

Außer dem Herrn Bürgermeister war aber auch der Herr Stadtbaumeister auf den Bildern zu sehen. Die Gendarmen haben diese Bilder erschreckend gefunden. Wer die übrigen Männer waren, wusste in dem Moment allerdings keiner. Aber die Beamten von der Kripo haben hoch und heilig geschworen, genau das herauszufinden.

Das Problem, das der Strobel zu dem Zeitpunkt noch hatte, war, dass er noch nicht wusste, was du schon weißt. Soll heißen, er kannte die ganzen Zusammenhänge noch nicht. Zum Beispiel wusste er noch nicht, welche Rolle der Leo in der Geschichte wirklich gespielt hatte. Und er wusste auch immer noch nicht, wer den Höllerer umgebracht hatte. Natürlich hatte er schon so eine Ahnung. Aber diese Ahnung nützte ihm ohne schlagkräftige Beweise genau gar nichts. Vor allem war ihm ein Rätsel, wieso der Friedel die Konrad Herta geköpft hatte. Nur so zum Spaß ziemlich sicher nicht. Und nur, weil sie eine unsympathische Ziege gewesen ist, sicher auch nicht.

Am späten Nachmittag erinnerte er den Berti daran,

dass sie noch zum Leo fahren mussten, sobald sie in der Hütte fertig waren. Das war dem Berti nur recht, weil er sowieso ganz dringend eine Abwechslung brauchte. Mit den Eindrücken vom heutigen Tag wollte er nämlich nicht einfach so heimgehen. Ich behaupte sogar, dass der Berti gar nicht mehr nach Hause gewollt hätte, wenn ihm irgendjemand gesagt hätte, was die Hilde den Reportern so alles erzählt hatte.

40

Ich glaube, ich muss dir jetzt nicht lang und breit erzählen, dass der Strobel und der Berti an diesem Abend auch nicht mit dem Leo gesprochen haben. Natürlich nicht. Weil der war ja nicht mehr da. Das haben auch die beiden Gendarmen sehr schnell feststellen können. Das Haus war nämlich nicht versperrt, und es haben sehr viele Sachen vom Leo gefehlt. Unter anderem seine Koffer und sein Auto. Logischerweise haben die beiden in dem Moment nur raten können, warum der Leo einfach verschwunden ist, ohne jemandem was zu sagen. Aber, dass es nichts Gutes war, hat sich der Strobel schon gedacht.

Immerhin sind jetzt fast alle Teile von dem Puzzle auf dem Tisch gelegen, und der Strobel hat sie nur noch irgendwie zusammenbauen müssen. Das heißt, müssen hat er nicht, weil selbstverständlich die Kollegen von der Kripo den ganzen Fall übernommen hatten. Auch den Mord am Höllerer.

So gesehen sollte man denken, der Strobel ist froh gewesen, dass er wieder seine Ruhe hatte. Aber so war es nicht. Wie auch? Wie hätte er all das ignorieren können, was er schon wusste? Vor allem hat ihn der Gedanke an den Friedel Thomas nicht in Ruhe gelassen. Die Kripo wollte ihn am kommenden Tag befragen. Aber der Strobel wurde das drängende Gefühl nicht los, dass er das selbst machen müsste. Das war er sich einfach schuldig. Aber auch der Susi und dem Charlie war er das aus seiner Sicht schuldig. Genauso wie dem Höllerer und nicht zuletzt auch dem Mampfi, wegen dem sich der Strobel ganz schöne Vorwürfe machte. Er war sich jetzt sicher, dass er von Anfang an mehr auf sein Gefühl hätte hören sollen. Dann wäre der Mampfi nie eingesperrt worden. Vielleicht wären dann viele Dinge nicht passiert, die letztlich dazu geführt hatten, dass der arme Kerl völlig ausgezuckt ist. Und weil es noch gar nicht so arg spät war und weder der Strobel, noch der Berti was Besseres zu tun hatten, sind sie in die Stadt gefahren, um dem Herrn Stadtbaumeister ihre Aufwartung zu machen. Ob die Kollegen von der Kripo am nächsten Tag sauer sein würden oder nicht, war dem Strobel jetzt völlig egal. Zu stark war das Gefühl, sofort etwas tun zu müssen.

Was er nämlich ganz sicher wusste, war, dass er keine Sekunde schlafen würde, wenn er diesen Drecksack nicht auf der Stelle befragen würde. Wie immer setzte sich der Berti stillschweigend ans Steuer. Auch diesmal redeten die beiden Männer während der Fahrt nichts miteinander. Es gab ja auch nichts zu sagen. Beide wussten genau, dass sie für diese Aktion ganz schöne Schwierigkeiten bekommen konnten.

Und wieder spielte das Schicksal jemandem einen Streich. Und zwar dem Berti. Der fand es im Auto, aufgrund der fehlenden Kommunikation, nämlich bald ein bisschen fad und drehte deshalb das Radio auf. Zuerst war auch noch alles wunderbar, weil gute Musik lief. Aber um Punkt 19 Uhr brachte der Sender dann die Nachrichten.

Und stell dir vor, das Topthema an diesem Tag waren die Vorgänge in Tratschen. Das war aber gar nicht das Schlimme. Zuerst hat der Nachrichtensprecher ganz einfach eine Zusammenfassung zum Besten gegeben, und der Strobel drehte den Ton lauter, weil er natürlich alles hören wollte. Schließlich ist es ja sein Fall gewesen. Den Berti interessierte die Sendung natürlich auch brennend. Zumindest bis zu dem Teil, wo der Radiosprecher ein Interview ankündigte.

Danach ertönte nämlich eine Stimme, die dem Berti nur allzu bekannt vorkam. Auch der Strobel erkannte die Stimme gleich und zog sichtlich irritiert die Augenbrauen hoch. Der Berti seinerseits wollte das Gerät sofort ein bisschen leiser stellen. Aber das hat der Strobel verhindert. Und so haben beide in aller Deutlichkeit hören können, was die Hilde so alles zum Besten gegeben hatte.

Da wäre der arme Berti am liebsten im Erdboden versunken. Er hat sich gar nicht zu seinem Chef schauen getraut. Dadurch blieb ihm der böse Blick vom Strobel erspart. Nach knapp drei Minuten war alles vorbei. Bis auf den ersten Satz von der Hilde fand der Berti die Sache dann doch nicht ganz so schlimm. Dieser Satz war allerdings für ihn nicht sonderlich gut. In ihm hatte die Hilde nämlich gesagt, dass sie von ihrem Mann jeden Tag über alle Details informiert worden war. Das waren dann bange Minuten für den Berti, solange er darauf wartete, dass sein Chef irgendwas dazu sagt.

Der hat ihn nach einer Nachdenkpause angeschaut und nur einen Satz geäußert: »Darüber reden wir später, mein Freund«, hat er gesagt. Und seine Stimme klang nicht so als hätte die Sache das Zentrum seines Humors auch nur gestreift. Geschweige denn, getroffen.

Insgesamt hoffte der Berti natürlich, mit einem blauen Auge aus der Geschichte herauszukommen. Das wäre ihm vielleicht auch gelungen, wenn das Radiointerview alles gewesen wäre. Immerhin war es ja nur ein Regionalsender.

Was er nicht ahnen konnte, war, dass die Hilde eine halbe Stunde später in den Abendnachrichten im Fernsehen zu sehen sein würde. Und dort brachten sie das ganze Interview, das immerhin fast sieben Minuten gedauert hatte. Und da hatte die Hilde so richtig Mist gebaut. Das Fernsehen war nämlich kein Regionalsender. Die Nachrichten wurden selbstverständlich auch damals schon im ganzen Land gesendet. Also haben auch die Menschen im ganzen Land mitbekommen, was die Hilde so erzählt hatte. Besonders viel Aufmerksamkeit bekam sie für ihre Schlussworte. Da hatte sie nämlich gesagt, dass es ein Jammer ist, dass man nicht einmal mehr auf dem Land vor dem ganzen Verbrechergesindel sicher ist und dass sie überhaupt nicht versteht, warum auch sie selbst in der Nachbarschaft von Einbrechern und Dieben leben muss. Außerdem war die Hilde der Meinung, dass es eine echte Schande ist, dass sich die Gendarmerie offensichtlich nicht für dieses Gesindel interessierte. Tja, von dem Märchen über den Friedel und den Mampfi einmal abgesehen, war das mit Abstand das Blödeste, was die Hilde da in die Kamera gesagt hatte. Der Berti erfuhr das aber erst am nächsten Tag. Und der Strobel zum Glück auch, sonst hätte er ihn wahrscheinlich gleich aus dem fahrenden Auto geschmissen.

Es ist zwar kaum zu glauben, aber die Sache hatte auch etwas Gutes. Der Friedel Thomas hatte sich die Nachrichten nämlich auch angeschaut. Und wie er die ziemlich an den Haaren herbeigezogenen Ausführungen von der Hilde hörte, ging er davon aus, dass er völlig in Sicherheit war. Darum zeigte er sich auch unheimlich selbstsicher, als zehn Minuten später der Strobel und der Berti vor der Tür standen.

Er bat die beiden Gendarmen überaus freundlich hinein und überschlug sich förmlich dabei, seine absolute Hilfsbereitschaft zu betonen. Den Strobel hat das zwar gewundert, aber gestört hat es ihn nicht. Im Gegenteil. Er fand es gar nicht einmal so schlecht, dass der Friedel sich so sicher fühlte. Umso größer, so dachte sich der Strobel, würde am Ende die Überraschung ausfallen.

Aus dem gleichen Grund nahm er auch die Tasse Kaffee dankend an, die ihm der Friedel anbot. Der Berti kapierte nicht gleich, was da vor sich ging und warum sein Chef gar so freundlich mit diesem Schwein umging. Instinktiv machte er aber das Richtige und verhielt sich ganz unauffällig. Den Kaffee lehnte er allerdings ab. Genau wie alles andere, was ihnen der Mann anbot. Von einem Kinderschänder wollte der Berti nämlich ganz sicher nichts annehmen. Im Grunde genommen hat es ihm ganz gehörig in den Fäusten gejuckt. Weil er aber dachte, dass der Strobel mit seinem Verhalten irgendein Ziel verfolgte, beschränkte er sich darauf, zu schweigen. Damit lag er auch ganz richtig, weil dank der Hilde war über diese Sache sowieso schon viel zu viel geredet worden.

An dem Gespräch, das der Strobel mit dem Friedel führte, hast du wieder erkennen können, dass er, trotz seiner Unerfahrenheit mit Mordfällen, ein ziemlich gewiefter Hund gewesen ist. Zuerst stellte er nämlich nur ganz harmlose Fragen über den Karl und fragte auch, ob der Herr Stadtbaumeister vielleicht irgendeine Erklärung habe, warum sein Bruder Selbstmord begangen hatte. Du darfst nämlich jetzt nicht vergessen, dass es offiziell immer noch so geheißen hat. Schließlich wusste mit Ausnahme der Beamten keiner etwas von dem Massaker im Wald. Das war quasi ein Joker vom Strobel.

Der Herr Stadtbaumeister gab sich ziemlich geschockt und sagte, dass er schon fast ein wenig erwartet hatte, dass es mit dem Karl einmal so ein Ende nehmen würde. Der Strobel zeigte sich an dieser Äußerung sehr interessiert und forderte den Mann auf, das doch bitte näher zu erklären.

Die ganze Zeit über ließ er den Thomas nicht aus den Augen. Er studierte ihn richtiggehend, weil er herausfinden wollte, wann der lügt und wann nicht. Das war allerdings überhaupt nicht leicht. Sehr zum Ärger vom Berti hat der Strobel den Friedel dauernd mit »Herr Stadtbaumeister« angesprochen. Wie ein typischer Arschkriecher hörte er sich dabei an. War aber alles Plan. Sogar ziemlich böser Plan.

Und, was soll ich dir sagen, der Friedel ist voll darauf reingefallen. Es war förmlich zu spüren, wie sehr er davon überzeugt war, dass er es mit zwei Idioten zu tun hatte, die keine Ahnung von seinen Machenschaften hatten. Wortreich schilderte er dem Strobel, wie sehr sein Bruder gelitten hatte, weil seine Ehe mit der Margit nicht so gut gelaufen ist und wie sehr die angeblich ihre beiden Kinder gegen den Vater aufgehetzt hatte. Er behauptete sogar, dass der Karl deswegen richtige Depressionen hatte. Der Strobel spielte das Spiel eine ganze Weile mit und ließ sich ausführlich erklären, was denn die Gründe für die Probleme innerhalb der Familie Friedel gewesen seien. Er hörte sich die Antworten geduldig an und nickte immer wieder verständnisvoll.

Ganz beiläufig hat er sich dann noch erkundigt, ob er denn wohl auch mit der Frau Stadtbaumeister sprechen könnte. Der Friedel versicherte daraufhin, dass da im Grunde nichts dagegen sprechen würde. Aber sehr zu seinem Bedauern sei seine Gattin mit den beiden Kindern zur Oma gefahren. Da setzte der Strobel ein ganz liebes Gesicht auf und trällerte ein strahlendes »Wie schön!« in den Raum, dass dem Berti beim Zuhören fast schlecht geworden wäre.

Irgendwann hat der Strobel sich schließlich beim Friedel Thomas bedankt, weil der sich Zeit für sie genommen hatte, und der Berti glaubte echt, dass sie jetzt wieder gehen würden. Der Friedel glaubte das offensichtlich auch und wollte sie schon zur Tür begleiten. Und derweil sich der Berti insgeheim die Frage stellte, wozu dieser Besuch eigentlich gut gewesen sein sollte, fing der Strobel auf einmal an, ganz umständlich in den Taschen seiner Uniform zu kramen und ging dabei keinen Schritt mehr weiter.

Der Friedel schaute ihm verwundert zu und fragte nach einer Weile, was der Strobel denn eigentlich suche. »Ach, nur ein paar Fotos aus dem Besitz Ihres Bruders, zu denen ich Sie gern etwas gefragt hätte«, antwortete der Strobel darauf im Plauderton und tat so, als würde er weitersuchen. Natürlich wusste er ganz genau, wo er die Bilder hatte. Aber er wollte eben wissen, wie der Friedel darauf reagieren würde.

Und stell dir vor, der ist jetzt tatsächlich ein bisschen nervös geworden. Mit einem lauten »Ah, da sind sie ja!« zauberte der Strobel die Bilder schließlich aus der Brusttasche der Jacke hervor und hielt sie gleich so, dass der Herr Stadtbaumeister mit einem Blick sehen konnte, was auf dem ersten Bild drauf war. Nämlich der Karl. Nackt. Mit einem genauso nackten Mädchen auf dem Schoß, das sicher noch keine zwölf Jahre alt war und überhaupt nicht glücklich dreingeschaute.

Der Friedel Thomas erkannte natürlich gleich, dass dieses Mädchen die Susi war. Schließlich hatte er das Foto damals selbst geschossen. Da ist er richtig blass geworden, der Herr Stadtbaumeister.

Obwohl er offensichtlich erschrocken war, schaffte er es, die Fassung zu bewahren und dem Strobel auf seine Frage hin zu erklären, dass das Mädchen seine Nichte und das Bild im Urlaub entstanden ist.

Der Strobel sagte ganz neutral »Aha« und legte das Foto auf den Tisch. Auf dem nächsten Bild war wieder der Karl zu sehen. Diesmal mit einem kleinen Buben, der offenbar geweint hatte. Wieder waren beide nackt. Auch diesmal schaffte es der Friedel noch, halbwegs ruhig zu bleiben, und erklärte, dass das sein Neffe, der Charlie, sei. Dem Strobel ist natürlich gleich aufgefallen, dass der Friedel angefangen hat zu schwitzen und nicht recht wusste, was er mit seinen Händen tun sollte. Wieder sagte er nur »Aha« und legte das Bild neben das andere.

Um es kurz zu machen: Der Strobel hielt dem Friedel ein Foto nach dem anderen vor die Nase. Eines war auf allen gleich. Der nackte Karl mit nackten Kindern. Nur, dass es immer andere Kinder gewesen sind. Und auch die Posen wurden immer eindeutiger. So nach dem zehnten Bild verlor der Friedel seine Sprache und begann sehr heftig zu zittern. In seiner Not machte er dann noch einen letzten Versuch, den Strobel zu täuschen und mimte den Entrüsteten. Er gab so Sachen von sich wie, dass er seinem Bruder so etwas ja niemals zugetraut hätte, und wie schockiert er jetzt sei.

Darauf hat der Strobel jetzt nicht einmal mehr mit seinem »Aha« geantwortet, sondern wortlos und in immer schnellerer Reihenfolge die restlichen Bilder nebeneinander auf dem Tisch ausgebreitet. Und es waren viele Bilder. Natürlich auch welche, auf denen der Herr Stadtbaumeister zugange war. Der war wie gelähmt und starrte nur ungläubig auf die Fotos, während er nach Worten der Rechtfertigung suchte. Als er dann hörte, dass seine Frau die Wohnungstür aufsperrte, brach er endgültig zusammen. Er warf dem Strobel einen flehenden Blick zu und ersuchte ihn mit weinerlicher Stimme, die Fotos wegzunehmen. Der reagierte aber nicht darauf.

»Ich erzähle Ihnen alles!«, winselte der Friedel ganz leise, bevor er ins Vorzimmer ging um seine Frau zu begrüßen. Die hat den Berti und den Strobel natürlich gleich gesehen und ihren Mann gefragt, warum denn die Gendarmerie im Haus sei. Da hat er geantwortet, dass sich der Karl umgebracht hat und er jetzt mit den Gendarmen gehen müsse, weil die einige Fragen hätten. Die Frau Stadtbaumeister war von dieser Nachricht offensichtlich tief betroffen. Anscheinend hatte sie noch nichts gewusst. Sie umarmte ihren Mann und sagte ihm, wie leid ihr das tue.

Der Strobel hatte derweil die Fotos wieder eingesammelt und zurück in die Brusttasche gesteckt. Dann gab er dem Berti ein Zeichen, und sie gingen ebenfalls ins Vorzimmer. Freundlich begrüßten sie die nette Frau und entschuldigten sich für die Unannehmlichkeiten. Der Herr Stadtbaumeister sagte seiner Frau noch, dass er bald zurück sein würde, und gab ihr zum Abschied einen Kuss auf die Wange. Seine beiden Kinder standen mit großen Augen daneben und sagten kein Wort.

Auch der Strobel und der Berti verabschiedeten sich und verließen das Haus mit dem Stadtbaumeister Thomas Friedel im Schlepptau. Gut fühlte sich der Strobel aber trotz allem nicht. Ihm tat die Frau leid. Wie würde sie wohl damit umgehen, wenn sie erst einmal hörte, mit was für einem Mann sie wirklich verheiratet gewesen ist? Und auch die beiden Kinder bemitleidete er. Froh war er nur darüber, dass er die Gesichter der beiden Mädchen auf keinem der Bilder gesehen hatte. Das war wenigstens etwas. Die Wahrheit über ihren Vater würden aber auch sie früher oder später erfahren. Wie sollten sie damit wohl leben?

Bei diesen Gedanken packte den Strobel eine fürchterliche Wut und er musste sich wirklich zusammenreißen. Sonst hätte er dem Herrn Stadtbaumeister höchstwahrscheinlich die Tracht Prügel seines Lebens verabreicht. Bis sie eine Dreiviertelstunde später vor dem Posten in Tratschen standen, hat keiner ein Wort geredet. Beim anschließenden Verhör erzählte der Friedel dann aber alles darüber, was er und sein Bruder mit den Kindern angestellt hatten. Und er verriet auch einige Namen von anderen, ebenfalls sehr angesehenen Männern, die auf den Bildern zu sehen waren.

Zum Schluss hat er dann auch den Mord am Höllerer zugegeben. Diese Geschichte veränderte er zwar ein wenig, weil sich sein toter Bruder ja sowieso nicht mehr wehren konnte, aber viel Unterschied hat das jetzt auch nicht mehr gemacht. Wie er den beiden dann erzählte, wie die Sache mit dem Leo gelaufen war, waren sie fassungslos. Keiner von ihnen hätte dem Burschen das jemals zugetraut. Dem Strobel ist spätestens jetzt klar geworden, dass er wegen dem Leo dringend was unternehmen musste.

Anstandslos hat der Friedel seine Aussage letztendlich unterschrieben, bevor ihn der Berti in eine Zelle steckte.

41

Jetzt hatte der Berti doch noch einmal Glück. Die Geschichte mit dem Leo hat den Strobel nämlich so sehr aufgeregt, dass er ganz vergessen hat, dem Berti einen Anschiss zu verpassen. So sind die beiden noch eine ganze Weile gesessen und haben darüber geredet, was der Leo für ein korrupter Arsch gewesen ist. Der Strobel hat sich fest vorgenommen, eine Fahndung nach ihm einzuleiten.

Der Berti war froh und dankbar, dass es ein neues Thema gab, und bot dem Strobel nach dem Gespräch an, die Nacht über auf dem Posten zu bleiben und auf den Friedel aufzupassen. Natürlich hatte das etwas mit seinem schlechten Gewissen zu tun. Keine Frage. Aber er wollte auch tatsächlich nicht nach Hause, weil er sich zuerst überlegen musste, was er mit der Hilde machen sollte. Er war nämlich unheimlich enttäuscht von seiner Frau. Nie hätte er damit gerechnet, dass sie ihm derart in den Rücken fallen würde.

Der Strobel nahm das Angebot dankbar an. Er musste nämlich unbedingt nach Hause. Immerhin wusste die Elfriede ja noch nicht, dass der Mampfi sich umgebracht hatte, und der Strobel wollte nicht, dass sie es von jemand anderem erfährt. Dass die Susi über den Tod ihres Vaters schon Bescheid wusste, da war er sich ganz sicher. In der Zwischenzeit hatte er schon gelernt, dass sich manche Dinge in Tratschen rasend schnell herumgesprochen haben. Er hat sich ganz schön vor dem Gespräch mit der Elfriede gefürchtet. Aber es musste einfach sein. Weil, auch solche Sachen gehörten zu seinen Aufgaben.

Dazu kam, dass er sich immer wieder fragte, ob er nicht einen großen Fehler gemacht hatte. Speziell wegen dem Leo. Er war sich gar nicht so sicher, wie sehr auch er sich von ihm hatte beeinflussen lassen. Wenn auch nur indirekt.

Damit hat der Strobel ganz schön zu kämpfen gehabt. Je länger er darüber nachdachte, desto mehr gelangte er zu der Überzeugung, dass er selbst den Mampfi nicht eingesperrt hätte. Nicht bei der dünnen Beweislage. Er hatte sich vom Leo einfach überrumpeln lassen. Und siehst du, wenn der Geist einmal mit einem Gedanken infiziert ist, braucht es schon eine gehörige Portion Objektivität, um ihn wieder loszuwerden.

Vorwerfen kannst du dem Strobel aber nicht, dass er sich da so beeinflussen hat lassen. Das ist eben die menschliche Natur. Er wollte sich halt allein in dieser Situation nicht recht festlegen. Vielleicht ist er im Unterbewusstsein sogar froh gewesen, dass ihm der Leo die Entscheidung quasi abgenommen hatte. Und nachträglich ist man bekanntlich immer klüger. Jetzt wusste der Strobel zwar, welche Motive den Leo zu dieser Entscheidung getrieben hatten. Aber zum Zeitpunkt der Verhaftung hat er das nicht einmal ahnen können.

Natürlich ist das dem Strobel auch klar gewesen. Trotzdem konnte er nicht anders, als sich zumindest einen Teil der Schuld zu geben. Er hatte aber immerhin noch etwas aus dieser Geschichte gelernt. Nämlich, dass es in Zukunft besser wäre, mehr auf sein Gefühl zu hören.

Für den Leo war die Geschichte zu diesem Zeitpunkt schon ganz weit weg. Vier Stunden musste er noch im

Flieger sitzen. Dann war er endlich am Ziel. Es war eine Mischung aus Triumph und nervöser Anspannung, die er spürte. Immerhin fing er jetzt ein komplett neues Leben an. Dass er dafür ein paar andere Leben zerstört hatte, ist ihm gar nicht in den Sinn gekommen.

Du musst ihm aber zugute halten, dass er nicht wusste, wie sehr die Situation eskaliert war. Ich meine, eine Entschuldigung ist das für ihn trotzdem nicht. Für das, was er getan hat, gibt es einfach keine Entschuldigung. Ich glaube aber trotzdem, dass er das so, wie es sich letztendlich entwickelt hat, nicht gewollt hatte. Viel eher glaube ich, dass er sich gar nicht viel dabei gedacht hat. Vielleicht ist er der Meinung gewesen, dass sich die Dinge wieder einrenken und auch der Mampfi glimpflich davonkommen wird.

Dass er sich seinen Traum auf Kosten einiger Kinderseelen erkauft hatte, ist natürlich eine Geschichte, die kein sonderlich gutes Licht auf seinen Charakter wirft. Ich kann nur spekulieren, ob er tatsächlich so abgebrüht war oder einfach nur jung und dumm. Aber wie auch immer. Es ist nicht meine Aufgabe, ein Urteil über den Leo zu fällen.

Jedenfalls hat der Strobel auf dem Heimweg noch einmal darüber nachgedacht, wie er mit dem Berti verfahren sollte. Eigentlich glaubte er ja nicht, dass der irgendeine böse Absicht verfolgt hatte, als er seiner Frau alles brühwarm erzählte. Dass er sich nicht an die Amtsverschwiegenheit gehalten hatte, war natürlich ein Verstoß gegen die Dienstvorschrift. Keine Frage. Aber der Strobel war jetzt eben in einer sehr selbstkritischen Phase. Deshalb ist ihm auch ein Argument eingefallen, das sehr für den Berti gesprochen hat. Nämlich, dass jeder Mensch es braucht, sich seinen Kummer irgendwo von der Seele zu reden.

Der Strobel hat das früher bei der Sabine auch gemacht, wenn ihn im Dienst irgendwas belastet hatte. Vielleicht, so überlegte er sich weiter, war auch er an der Verfehlung vom Berti nicht ganz unbeteiligt. Hätte es nicht zu den Aufgaben eines guten Vorgesetzten gehört, das Gespräch mit seinem Untergebenen zu suchen? Überhaupt in einer solchen Ausnahmesituation. War der Strobel eventuell viel zu sehr mit sich selbst beschäftigt gewesen und bemerkte deshalb nicht, dass die Sache den Berti sehr belastete? Fragen über Fragen.

Auf jeden Fall haben diese Fragen den Strobel dazu gebracht, dass er sich vornahm, dem Berti keine großen Schwierigkeiten zu machen. Dafür würde, wenn der Berti Pech hatte, ohnehin der Herr Major sorgen. Wozu sollte das also gut sein? Nein. So wollte der Strobel Poldi nicht vorgehen. Er wollte viel lieber damit anfangen, ein besserer Kommandant zu werden und einfach mit dem Berti reden.

Bei seinem Haus angekommen sah er, dass noch Licht brannte, obwohl es schon weit nach Mitternacht war. Gewundert hat ihn das aber nicht wirklich. Er konnte sich schon vorstellen, dass speziell die Susi nicht einfach so schlafen gehen konnte. Das arme Mädchen war sicher total durcheinander.

Bevor er hineinging, atmete er noch einmal tief durch und bereitete sich mental auf das Gespräch mit der Elfriede vor. Er hatte nämlich nicht den geringsten Zweifel daran, dass sie noch da sein würde. Und damit hatte er auch recht.

Die Elfriede war noch da. Und nicht nur sie. Der Strobel hat Bauklötze gestaunt, wie er gesehen hat, wer da alles in seinem Wohnzimmer saß. Und er wusste gleich, dass es eine sehr kurze und sehr anstrengende Nacht werden würde. Weil, es waren alle da, denen er etwas zu sagen hatte.

Neben der Susi und der Elfriede ist nämlich die Friedel Margit gesessen. Den Frauen gegenüber hatten sich Vater und Sohn Konrad platziert. Die Höllerer Kathi hätte der Strobel fast übersehen, weil die gerade in der Küche war und noch eine Flasche Wein holte. Darauf war der Strobel nicht vorbereitet gewesen. Dementsprechend blöd schaute er auch aus der Wäsche. Im ersten Moment wollte er gleich wieder flüchten.

Dafür ist es aber zu spät gewesen, weil ihn die Susi schon gesehen und freundlich begrüßt hatte. Da haben gleich alle zu ihm geschaut und ihm damit die Möglichkeit genommen, sich aus dem Staub zu machen. Dem Mann ist nichts anderes übrig geblieben, als sich in sein Schicksal zu fügen. Zu seiner Überraschung war die Stimmung unter den Anwesenden lange nicht so düster, wie er erwartet hatte. Aber das ist wahrscheinlich auch daher gekommen, weil noch keiner wissen konnte, was sich an dem Tag tatsächlich abgespielt hatte.

Die Kathi hat ihm im Vorbeigehen ein Glas Rotwein in die Hand gedrückt, das er vorsichtshalber gleich bis zur Hälfte leerte. Der Konrad Peter stand auf und überließ dem Strobel seinen Sitzplatz. Die ganze Situation wirkte so selbstverständlich, als hätten sie sich dieses Treffen schon vor Wochen ausgemacht. Ein Abend unter Freunden, quasi. Nur, dass die Anwesenden vorher nicht wirklich befreundet waren. Aber so ist es manchmal.

Wenn dir was passiert, mit dem du nicht gerechnet hast, was wirklich Arges quasi, dann kommen manchmal Menschen, um dir zu helfen, mit denen du vorher nicht viel zu tun hattest. Wenn du Glück hast, geschieht das in den Augenblicken im Leben, wo sich die, von denen du immer geglaubt hast, dass sie deine Freunde sind, von dir abwenden.

Der Strobel beschloss für sich, dass die Sache für ihn durchaus auch etwas Positives gebracht hatte. Er musste die Geschichte nämlich jetzt nur einmal erzählen. Genau betrachtet wäre es auch für sein Seelenleben nicht gut gewesen, jeden einzelnen dieser Menschen aufsuchen zu müssen. Hier und jetzt konnten sie sich gegenseitig Trost spenden. Sein größtes Problem war aber, dass er nicht wusste, wie er anfangen sollte. Also sagte er zuerst gar nichts.

Der Konrad Christian war es schließlich, der das Gespräch eröffnete. Und zwar mit der Frage, ob der Strobel vielleicht wisse, wo die Herta abgeblieben ist, weil die schon seit zwei Tagen verschwunden sei. Da musste sich der Strobel erst einmal räuspern und trank sein Weinglas aus. Danach schaute er ganz ernst in die Runde. Begonnen hat er seine Geschichte mit den Worten »Ich muss euch etwas sagen, dass jeden von euch betrifft.« Dabei nahm er die Flasche vom Tisch und füllte sein Glas auf. Nach einem weiteren herzhaften Schluck erzählte er dann die ganze Geschichte von Anfang an. Er dachte sich nämlich, dass seine Zuhörer ein Recht darauf hatten, die volle Wahrheit zu erfahren. Die grausigen Details hat er natürlich weggelassen.

42

Ab dem nächsten Tag war in Tratschen nichts mehr so, wie es sonst war. Im ganzen Ort konntest du die Aufregung spüren, die sich breit gemacht hatte wie ein Riesenkrake. Diesmal gab es kaum jemanden, den die Geschichte nicht interessierte. Schon ab dem frühen Morgen waren überall Gruppen von Leuten zu sehen, die herumstanden und teils heftig diskutierten. Und wieder herrschte in den Wirtshäusern ein für diese Tageszeit ungewohnter Hochbetrieb. Genau wie beim Hörmann.

Der kranke Plan von der Hilde ging an diesem Tag voll auf. Viele sind gekommen, um den neuesten Tratsch zu hören. Und die Hilde war selbstverständlich im Mittelpunkt. Eifrig hat sie alle Fragen beantwortet und immer weiter Blödsinn erzählt. Die Wahrheit war ja immer noch nicht an die Öffentlichkeit gedrungen. Und weil weder die Sedlak Elfriede, noch der Konrad Christian bis jetzt irgendwas hatten verlauten lassen, hatte im ganzen Ort auch noch niemand bemerkt, dass der Mampfi und die Frau Gemeinderat verschwunden waren.

Lange dauerte das Schauspiel beim Hörmann aber nicht. Weil, eines der Dinge, die an diesem Tag anders gewesen sind, war, dass der Berti unter den Zuhörern stand. Für eine Viertelstunde hat er seiner Frau ihren Auftritt gelassen. Dann schritt er ein und unterbrach den Redeschwall seiner Angetrauten. Die Überraschung war ihr mehr als deutlich anzusehen. Und dem Berti seine Wut war auch nicht zu übersehen. »Halt deinen Mund!«, sagte er in einem Befehlston zu ihr, den die Hilde von ihrem Mann überhaupt nicht gekannt hatte, und packte sie gleichzeitig beim Ellenbogen, um sie aus dem Geschäft zu bringen.

Kaum hatte die Hilde ihre Überraschung verdaut, fing sie an, wild zu protestieren und sich zu wehren. Sie glaubte ganz fest, der Berti würde nachgeben. So war es nämlich normalerweise immer zwischen ihnen. Der Berti gab nach. Bis zu diesem Tag. Da hat er nicht nachgegeben. Im Gegenteil. Die Festnahme hat er seiner Frau angedroht. Mitten im Geschäft. Vor allen Leuten. Da traute sie ihren Ohren nicht und machte einen schweren Fehler. Sie sagte nämlich: »Das wagst du nicht, du Waschlappen!«

Spätestens jetzt ist es mucksmäuschenstill in dem Laden geworden. Alle waren gespannt, was der Berti jetzt machen würde. Der hat zuerst so getan, als hätte er die Bemerkung seiner Frau nicht gehört, und versucht, sie zum Weitergehen zu bringen. Die Hilde versuchte aber weiterhin, sich loszureißen. Sogar schlagen wollte sie den Berti. Und da ist es dann wirklich passiert. Der Berti fasste an seinen Gürtel und holte die Handschellen aus dem Etui. So schnell konnte die Hilde gar nicht schauen, wie er ihr die Dinger um die Handgelenke legte und sie zuschnappen ließ. Diese Schnelligkeit hatte dem ansonsten so gemütlich wirkenden Gendarmen niemand zugetraut.

Auch die Hilde nicht, die ihn ungläubig anstarrte. Noch viel ungläubiger schaute sie dann aber, als sie hörte, was der Berti danach zu ihr sagte:

»Frau Schulz«, hat der Berti in einem ganz amtlichen und strengen Ton zu ihr gesagt, »ich verhafte Sie wegen Störung der öffentlichen Ordnung und Widerstand gegen die Staatsgewalt!«

Da ging aber doch ein Raunen durch das Geschäft. Die Leute waren genauso überrascht wie die Hilde selbst. Der hatte es jetzt nämlich die Sprache verschlagen. Gewehrt hat sie sich dann auch nicht mehr, wie der Berti sich bei ihr einhakte und sie aus dem Geschäft zog. Und ob du es glaubst oder nicht, er hat die Sache voll durchgezogen und die Hilde tatsächlich in die Zelle gesperrt. Direkt neben den Herrn Stadtbaumeister.

In dem Moment, als der Berti die Tür zusperrte, verlegte sich die Hilde zuerst aufs Jammern, dann aufs Bitten und schließlich aufs Flehen. Aber der Berti hatte dafür völlig taube Ohren. Vielleicht denkst du jetzt, dass das gar nicht nett von ihm gewesen ist, seine eigene Frau ins Gefängnis zu werfen. Und vielleicht hast du damit ja recht. Aber was hätte er denn sonst machen sollen? Erstens musste er versuchen, so gut wie irgendwie möglich sein Gesicht zu wahren und den Schaden für sich in Grenzen zu halten. Und zweitens brauchte die Hilde unbedingt eine Lektion. Sie musste lernen, dass es kein Spaß ist, andere Leute nach Lust und Laune zu denunzieren, zu verleumden und bloßzustellen. Sie hatte in den letzten Tagen und Wochen so viele Lügen verbreitet, dass sie wahrscheinlich selbst nicht mehr wusste, was davon die Wahrheit war und was nicht. Was der Berti aber am allerschlimmsten fand, war, wie schamlos sie sein Vertrauen missbraucht hatte.

Der Strobel hockte hinter seinem Schreibtisch und beobachtete die ganze Szene. Amüsiert hat ihn das aber nicht. Eingemischt hat er sich aber auch nicht. Er dachte sich nur, dass der Berti schon seine Gründe haben würde. Der Mann war schließlich alt genug, um zu wissen, was er macht. Außerdem war der Strobel mit wesentlich wichtigeren Dingen beschäftigt. Er verfasste eine Strafanzeige, in der er jetzt alle Geschehnisse zusammenfassen musste. Es war aber gar nicht so einfach, alles halbwegs verständlich zu erklären.

Der Bezirkskommandant hatte auch schon dreimal angerufen. Der wollte unbedingt ein Statement bei der Presse abgeben und hat wie immer nicht viel über den Fall gewusst. Der Strobel hat ihn auch in dieser Unwissenheit gelassen. Er hatte für so was jetzt gar keine Zeit. Die Presse, so dachte sich der Strobel, konnte ruhig warten. Er nickte kurz zum Berti hinüber und arbeitete weiter.

Im Ort verbreitete sich die Kunde von der Verhaftung der Hilde durch ihren eigenen Ehemann natürlich blitzartig. Weil, auch ohne das lose Mundwerk der Hilde blieben noch genügend tratschwütige Weiber übrig.

Eine Person beobachtete all diese Vorkommnisse mit großer Sorge aus der Distanz. Nämlich der Pfarrer Römer. Langsam aber sicher packte den Gottesmann die pure Verzweiflung. Er konnte einfach nicht verstehen, warum die Menschen in Tratschen überhaupt nicht bereit waren, auf ihn zu hören. Jeden Sonntag kamen sie brav in seine Kirche und hörten seinen Predigten zu. Aber verstanden hatten sie alle miteinander offensichtlich gar nichts. Der Gemeindehirte fragte sich allen Ernstes, ob es vielleicht reine Zeitverschwendung war, in diesem Ort Dinge wie Nächstenliebe, Verständnis, Nachbarschaftshilfe und vor allem Menschlichkeit zu predigen. Seine Schäfchen, wie er die Menschen in der Gemeinde früher gern bezeichnet hatte, hatten sich in den letzten Tagen und Wochen immer mehr in eine Richtung entwickelt, die ihm gar nicht gefallen wollte. Mit einem Gefühl der Traurigkeit zog er sich schließlich ins Pfarrhaus zurück, um über seine Predigt für den kommenden Sonntag nachzudenken. Viel ist ihm dazu aber nicht eingefallen. Und damit hat sich für den Pfarrer Römer in diesen Tagen auch etwas gravierend verändert. Zum ersten Mal in seiner Priesterlaufbahn ging er am Sonntag in die Kirche, um die Messe zu lesen, ohne auch nur ein Wort für seine Predigt vorbereitet zu haben.

Mitten unter den ganzen aufgeregt miteinander redenden Ortsbewohnern liefen nach wie vor die Presseleute und die Fotografen herum, stellten ihre Fragen und schossen unzählige Bilder. Es war deutlich zu sehen, dass die Leute es genossen, sich vor den Reportern wichtig zu machen. Unglaublich, wie viele von ihnen plötzlich das Bedürfnis verspürten, in eine Kamera zu lachen und irgendwelchen sinnlosen Mist zu erzählen.

In Wirklichkeit war das für die Zeitungsmenschen aber nur Zeitvertreib. Sie haben allesamt auf die für den Nachmittag angekündigte Pressekonferenz gewartet. Aber weder die Reporter noch die Einwohner von Tratschen waren auf die Bombe vorbereitet, die bei dieser Pressekonferenz platzen sollte.

Ein wenig abseits von dem ganzen Rummel stand die Jocha Mutter. Sie betrachtete die Szenerie mit einem weinenden Auge. Sie stellte sich in dem Moment nämlich vor, wie ihr Leben wohl verlaufen wäre, wenn die Tratschener ihr in den Zeiten ihrer Not nur einen Bruchteil dieser Aufmerksamkeit geschenkt hätten. Deshalb weinte sie aber nicht. Nein. Es war die Erkenntnis, dass sie damals wahrscheinlich hätte sterben müssen, um die Leute dazu zu bringen, mehr Notiz von ihrem Schicksal zu nehmen, die ihr die Tränen in die Augen trieb.

Da kannst du sagen, was du willst. Trotz ihres Alters und trotzdem ihr ein Auge fehlte, hatte diese Frau den vollen Durchblick. Wenn du ganz ehrlich bist, hat sich das bis heute nicht geändert, dass die Leute den Toten oft viel mehr Aufmerksamkeit schenken als den Lebenden. Im Gegenteil. Es ist noch viel, viel schlimmer geworden. Heutzutage braucht es schon mehr als ein oder zwei Morde, um bei den meisten Menschen Interesse zu wecken. Je spektakulärer und grausamer, desto besser. Das siehst du schon bei der Unterhaltung. Filme, Spiele, Bücher. Alles immer grausamer, weil es sonst keinen interessiert.

Nur die Kinderschänder haben heutzutage ein schwereres Los. Da ist man nämlich viel sensibler geworden. Beinahe jeder Fall wird an die Öffentlichkeit gebracht. Und wenn du dann den Leuten beim Reden zuhörst, bekommst du den Eindruck, dass das eine ganz neue Zeiterscheinung ist. Von einer Reizüberflutung in sexuellen Dingen ist da immer wieder die Rede. Und von kranken Tätern. Die traurige Wahrheit aber ist, dass es immer schon so gewesen ist. Ja, so etwas hat es immer schon gegeben. Nur eben viel heimlicher. Der Unterschied zu heute liegt nicht in der Häufigkeit der Übergriffe. Es werden einfach nur mehr Fälle bekannt. Zum Teil natürlich, weil die Täter immer frecher werden. Neu ist das Phänomen aber bei Gott nicht. Aber wie dem auch sei.

Jetzt denkst du sicher, dass die Geschichte im Grunde aus ist. Die Morde sind ja alle aufgeklärt. Stimmt. Nur, dass mit der Klärung dieser Morde die Geschichte natürlich nicht vorbei war. Nicht für die Familie Sedlak, nicht für die Familie Konrad, nicht für die Familie Höllerer und nicht für die Familie Schulz. Und nicht zu vergessen das Ehepaar Maier. Für die war damit natürlich auch nichts vorbei. Alle diese Menschen haben unter den Folgen der Vorfälle leiden müssen. Manche ihr ganzes Leben.

Ich will es kurz machen. Die Pressekonferenz war ein ziemlicher Schock für einige der Anwesenden. Für die meisten aber war es einfach nur eine Sensation, die viel Stoff zum Reden hergegeben hat. Und das, obwohl von der Sache mit dem Kindesmissbrauch gar nicht geredet wurde.

Weder der Strobel noch der Berti erschienen zu diesem Termin. Obwohl der Major sie extra dazu aufgefordert hatte. Die beiden wollten damit aber nichts zu tun haben. Es war sowieso schon viel zu viel geredet worden. Außerdem sollte der Major ruhig seinen großen Auftritt haben und der Presse erzählen, wie gut er als Bezirkskommandant die Ermittlungen koordiniert und geleitet hatte. Wen, außer dem Major, interessierte das schon?

Dem Strobel war es um vieles wichtiger, mit dem Berti ein Bier zu trinken und sich mit ihm auszusprechen. Immerhin würden die beiden noch eine ganze Weile zusammenarbeiten müssen. Und in der Zukunft wollte der Strobel nicht wieder die gleichen Fehler machen. Und der Berti auch nicht.

Für den nächsten Tag hat sich der Strobel noch vorgemerkt, dass er die Strafanzeige selbst zur Untersuchungsrichterin bringen wollte. Vielleicht hatte sie ja die eine oder andere Frage. Zumindest war das der offizielle Grund, den sich der Strobel da selbst zusammenkonstruierte. In Wirklichkeit wollte er sie einfach wiedersehen. Trotz der ganzen Aufregung in den letzten Tagen hatte er immer wieder an diese grünen Augen und dieses milde Lächeln denken müssen.

Der wahre Grund war, dass er sie zum Essen einladen wollte. Eine Verabredung, quasi. Weil, eine kleine Abwechslung, so hat sich der Strobel überlegt, würde ihm sicher nicht schaden. Außerdem war ihm in den letzten Tagen bewusst geworden, dass er damit aufhören musste, sich zu isolieren. Es war höchste Zeit für ihn, wieder mit dem Leben anzufangen. Getrauert hatte er lange genug. Und für einen lebenden Leichnam war er sich einfach noch zu jung.

43

Am darauffolgenden Sonntag kamen die Tratschener wieder alle schön brav in die Kirche. Warum auch nicht? Sie waren doch alle gute Christen. Aber an diesem Sonntag mussten sie ungewohnt lange auf den Herrn Pfarrer warten. Der stand nämlich in der Sakristei und las im Stillen eine Messe für die Opfer und deren Angehörige.

Wie er damit fertig gewesen war, trat er hinaus und sah sich aufmerksam in den Reihen der Anwesenden um. Und stell dir vor, er hat jedem einzelnen in die Augen geschaut. Ohne auch nur ein Wort zu sagen. Und, weißt du was? Einer nach dem anderen hat den Blick gesenkt. Keiner konnte dem Pfarrer Römer in die Augen schauen. Traurig stieg er dann auf seine Kanzel. Dort stand er wieder minutenlang, ohne etwas zu sagen. Er beobachtete nur mit einer gewissen Genugtuung, wie viele der Leute anfingen, unruhig auf ihren Bänken herumzurutschen.

Und schließlich fing er doch noch an zu reden. Und was er sagte, traf alle Anwesenden ziemlich unerwartet. Er verkündete nämlich, dass er an diesem Sonntag keine Messe lesen würde, weil er keine Lust dazu habe, seine Worte an eine solche Gemeinde zu verschwenden. Da haben die feinen Herrschaften aber alle miteinander die Augen aufgerissen. Das kannst du ruhig glauben. Aber der Herr Pfarrer war noch nicht mit ihnen fertig. Er hat ihnen nämlich unbedingt noch sagen müssen, dass sie erst wieder kommen sollen, wenn sich jeder von ihnen die christlichen Lehren noch einmal in Erinnerung gerufen und sie auch ganz sicher verstanden hatte. Vorher, so hat er ihnen mitgeteilt, brauchte keiner von ihnen kommen.

Niemand hat auch nur ein Wort gesagt. Wo du auch hingeschaut hast, herrschte betretenes Schweigen. In vielen Gesichtern konntest du das schlechte Gewissen erkennen. Der Herr Pfarrer ließ seine Worte kurz wirken, bevor er so richtig losbrüllte: »Und jetzt schert euch hinaus aus dem Haus Gottes, ihr Pharisäer!«

Ja, wirklich! Das hat er der Meute ins Gesicht gebrüllt und dabei mit einer heftigen Armbewegung zur Tür gezeigt. Während sich die ersten Kirchgänger aus ihrer Erstarrung lösten und in Richtung Ausgang eilten, brüllte er mit seiner donnernden Stimme weiter: »Möge Gott euch auf den richtigen Weg zurückführen und euch eure Sünden vergeben!«

Ja, das war ein richtiger Kirchenskandal. Aber nicht, dass du glaubst, der Pfarrer Römer hat sich je dafür entschuldigt oder gar dem Druck vom Bischof nachgegeben, der unbedingt wollte, dass der Herr Pfarrer am nächsten Sonntag wieder eine Messe liest. Weit gefehlt. Da ist er stur geblieben. Erst nachdem viele Ortsbewohner zur Beichte erschienen waren und er das Gefühl hatte, dass sie wenigstens ein bisschen was verstanden hatten, hat er wieder eine Messe gelesen. Bis es allerdings so weit war, vergingen immerhin mehrere Wochen.

Im Laufe dieser Wochen meldete sich das Schicksal in Sachen Leo zu Wort und schlug zurück. Mit anderen Worten, die Scheiße, die der Leo ins Universum geschickt hatte, fand wieder den Weg zu ihm. Mitten in sein Gesicht, quasi. Ab dem Zeitpunkt, wo der Leo in New York angekommen war, lief alles schief. Zuerst hatte man ihm seine Geldbörse und seinen Reisepass gestohlen. Dann musste er feststellen, dass ein Koffer mit 500.000 Schilling zwar ein schöner Anblick war, aber in Amerika kein Schwein interessierte. Es sah fast so aus, als hätten die Amis gar nicht gewusst, dass es auf dieser Welt ein Land gab, in dem mit Schilling bezahlt wurde.

Jedenfalls wollte der Leo das Geld natürlich in Dollar wechseln. Aber, was soll ich dir sagen? Probier das einmal, wenn du keinen Reisepass und auch sonst keine Dokumente hast. Ohne Dokumente, ohne Geld und folglich auch ohne Essen und Unterkunft ist er dann dagestanden, der Leo. In seiner Verzweiflung machte er dann einen ganz schweren Fehler. Er wollte das Geld nämlich bei einem illegalen Devisenhändler wechseln. Das allein war schon dumm genug. Aber, dass er vor dem Mann seinen Koffer geöffnet hat, war mehr als nur dumm. Zuerst hat der Mann dem Leo die paar tausend Schilling natürlich gewechselt. Der Kurs war allerdings alles andere als gut. Als der Leo dann wegging, verfolgte ihn der Geldmann zusammen mit einem Freund. Die beiden zerrten ihn in eine enge Gasse und einer hielt ihm eine ziemlich große Kanone unter die Nase. Da hat der Leo keinen Dolmetscher gebraucht, um zu kapieren, was die beiden Typen von ihm wollten.

Jetzt musst du dich aber in die Lage vom Leo versetzen. Fremdes Land, keine Dokumente. Alles, was du hast, ist ein Koffer voll Geld. Deine Lebensgrundlage, quasi. Würdest du dich gern davon trennen? Natürlich nicht! Und auch der Leo wollte sich nicht trennen und versuchte davonzulaufen. Aber mit einem Koffer in der

Hand kannst du keinen 100-Meter-Sprint gewinnen. Und schon gar keinen Langstreckenlauf. Das musste jetzt auch der Leo lernen. Noch bevor er die nächste Ecke erreichen konnte, hatten ihn die beiden schon wieder eingeholt, und es kam zu einem Handgemenge.

Aber, was soll ich dir sagen? Mit nur einer freien Hand bist du beim Boxen schwer im Nachteil. Das allein war aber nicht das Problem vom Leo. Was ihm wirklich geschadet hat, war, dass der Kerl mit dieser unendlich großen Kanone offenbar keinen Sportsgeist hatte. Der ließ sich nämlich auf die Boxerei vom Leo nicht ein, sondern drückte ganz einfach ab. Der Leo spürte sofort, dass er in den Bauch getroffen worden war. Das tat nämlich ganz schön weh. Überrascht schaute er auf seinen Bauch, aus dem schon das Blut kam. Er wunderte sich fast ein bisschen, dass so eine große Kanone nur ein relativ kleines Loch in seinen Bauch gestanzt hatte. Aber, na ja, der Leo konnte sich ja nicht von hinten sehen. Da war das Loch nämlich so groß wie seine Handfläche. Wie dem auch sei.

Der Leo rutschte langsam an der Wand hinunter und bekam nicht einmal mehr richtig mit, dass seine neuen Bekannten mit dem Koffer auf und davon liefen. Er hatte das Bewusstsein verloren. Und weil New York halt nicht Tratschen ist, hat sich kein Mensch um den Schuss in der Seitengasse gekümmert. Außer einem streunenden Hund, der den Leo aber auch keines Blickes würdigte, kam niemand, um zu helfen. Langsam aber sicher verblutete der Leo in der schäbigen Gasse seiner neuen Heimat. Dumm gelaufen.

Identifizieren konnte ihn die Polizei dann aber trotzdem. Stell dir vor, der Leo hatte seinen Dienstausweis in der Jackentasche. Als Andenken, quasi. Und so ist einen Monat später die Kunde von seinem Ableben auch bis zum Strobel durchgedrungen, der daraufhin die Fahndung widerrief. Seine letzte Ruhestätte fand der Leo auf einem Armenfriedhof in der Bronx. Umgeben von Dieben, Mördern, Dealern und sonstigen Strauchdieben. Du kannst ja darüber denken, wie du willst, aber es ist schon eine komische Sache mit der Scheiße und dem Universum.

44

Nun denn. Jetzt hast du dir alles so brav angehört, dass ich dir auch noch erzählen will, wie es für die Opfer und ihre Hinterbliebenen weitergegangen ist. Weil, ganz so uninteressant ist das vielleicht gar nicht.

Am besten fange ich bei dem Ehepaar Maier an. Als sich die Lage in Tratschen wieder ein bisschen beruhigt hatte, ist der Berti hergegangen, hat die Hilde geschnappt und ist mit ihr zu den Maiers marschiert. Er wollte nämlich, dass sie sich bei den beiden entschuldigt. Jetzt kannst du dir sicher vorstellen, wie peinlich ihr das war.

Was du nämlich noch nicht weißt, ist, dass in der Zwischenzeit die Kripo bei den armen Leuten war und auf der Suche nach Diebesgut das ganze Haus auf den Kopf stellte. Gefunden haben sie wahnsinnig viele Sachen. Bilder, alte Möbel, ein paar Grammofone, Geschirr und jede Menge Schmuck. Nur gestohlen waren die Sachen halt nicht. Der Herr Maier war nämlich Händler von Beruf. Und zwar auf dem Flohmarkt in Wien. Darum ist er am Wochenende immer so früh weggefahren und am Sonntag spät in der Nacht erst zurückgekommen. Dieses Geschäft ist wirklich gut gelaufen. Darum hatten es die Maiers in den letzten fünfzehn Jahren zu einem beträchtlichen Batzen Geld gebracht. Alles legal.

Durch die Gerüchte, die die Hilde über sie verbreitet hatte, waren sie im Ort in Verruf gekommen. Das konntest du besonders gut an ihrem ganz frisch renovierten Haus sehen. Du erinnerst dich sicher an die Aufschriften an der Fassade. Von daher war es nicht wirklich verwunderlich, dass die beiden von der Entschuldigung nichts wissen wollten, sondern die Hilde wegen Verleumdung angezeigt haben.

Weitere zwei Wochen später war wieder ein Schild an dem Haus. Und wieder stand ›zu verkaufen‹ darauf. Das Ehepaar Maier zog weg aus Tratschen. Mit Menschen, wie sie ihnen hier begegnet waren, wollten sie sich nicht umgeben. Da war es ihnen weitaus lieber, wieder in die Anonymität der Großstadt zurückzukehren. Sie hatten nämlich die Erfahrung gemacht, dass es durchaus seine Vorteile hat, in einer Gegend zu leben, wo sich keiner um den anderen kümmert.

Und auch das Haus der Familie Sedlak stand zum Verkauf. Es sah wieder ganz gut aus. Der Strobel und der Berti hatten nämlich zusammen mit den beiden Konrads die Fassade neu gestrichen und die nötigsten Reparaturen durchgeführt. Die Elfriede zog mit dem Jakob für eine Weile zu ihren Eltern ins Waldviertel. Für die beiden gab es viel zu verarbeiten. Einen genauen Plan hatte die Elfriede nicht, wie es in Zukunft weitergehen sollte. Aber in Tratschen wollte sie auf keinen Fall bleiben.

Die Höllerer Kathi ist mit den Kindern auch umgezogen. Und zwar zum Konrad Christian. Allerdings sind sie im Ort geblieben. Warum sie nicht weggegangen sind, haben sie selbst nicht so genau sagen können. Aber wahrscheinlich, weil sie nichts anderes gekannt haben. Geboren, gelebt und gestorben in Tratschen. So oder so ähnlich wird es vielleicht einmal auf ihren Grabsteinen stehen.

Die Friedel Margit hat ebenfalls das Haus verkauft. Zu ihrem Glück ist der Karl ein wohlhabender Mann gewesen. So ist es halt gekommen, dass sie eine stattliche Summe geerbt hat. Nebenbei bemerkt, hat auch das Haus ein kleines Vermögen eingebracht. Aber in Anbetracht dessen, was sie und ihre beiden Kinder durchmachen mussten, war das nur ein kleiner Trost. Aber immerhin haben sie es sich dadurch leisten können, sehr weit von Tratschen wegzuziehen. In die Schweiz sind sie nämlich gegangen. Dort haben sie versucht, sich zu erholen.

Es wird dich jetzt vielleicht überraschen, aber die Susi hat irgendwann beschlossen, das Kind zu behalten. Sie hat sich gesagt, dass das Baby nichts dafür kann, wie alles gelaufen ist. Es ist ihr einfach ungerecht vorgekommen, das Kind deshalb zu bestrafen. Allein ist sie damit auch nicht dagestanden. Abgesehen von ihrer Mutter und ihrem

Bruder hat sich auch der Konrad Peter ganz rührend um sie gekümmert. Und, der Peter ist gleich, nachdem er sein Studium abgeschlossen hatte, auch in die Schweiz gezogen. Irgendwie hat die Sache zumindest in diesem Punkt doch noch so etwas wie ein Happy End gefunden. Stell dir vor, die beiden leben heute noch zusammen und haben insgesamt schon fünf Enkelkinder.

Der Berti und die Hilde sind damals auch zusammengeblieben. Allerdings haben sich die Spielregeln im Hause Schulz ganz schön verändert. Die Hilde ist, nachdem herausgekommen ist, dass fast alles gelogen war, was sie so gesagt hatte, zur neuen persona non grata in Tratschen geworden. Nur, dass es so schlimm war, dass wirklich niemand mehr ein Wort mit ihr reden wollte. Da war die Geldstrafe, zu der sie wegen Verleumdung verurteilt wurde, das viel kleinere Übel.

Der Berti selbst hat nicht viel abgekriegt vom Ärger der Leute. Er machte weiter seinen Dienst und bemühte sich wirklich. Den neuen Kollegen, der später als Ersatz für den Leo kam, konnte er sehr gut leiden, und auch mit seinem Chef ist er prima zurecht gekommen. Auf die Hilde war er nicht mehr lange böse Immerhin waren die beiden damals schon ewig verheiratet. Außerdem hat er seine Frau, trotz all ihrer Fehler, wirklich von ganzem Herzen geliebt. Oder vielleicht gerade deshalb. Wer weiß?

Der Herr Stadtbaumeister landete in der Justizanstalt Stein. Die lebenslängliche Haftstrafe, zu der er wegen Mordes und Kindesmissbrauch verurteilt worden ist, hat er aber nur zum Teil absitzen müssen.

Aber nicht, dass du jetzt glaubst, er ist frühzeitig entlassen worden. Nein. Ganz und gar nicht. Er hat nur mit den falschen Leuten Karten gespielt. Du musst wissen, dass der Friedel mit einem ehemaligen Gendarmen in der Zelle gesessen ist. Ja, wirklich!

Ich weiß jetzt nicht, wie der genau hieß, aber in Stein haben alle Inspektor Karl zu ihm gesagt. Eine echte Ironie, wenn du bedenkst, dass dem Friedel sein Bruder auch Karl geheißen hatte. Aber wie auch immer. Jedenfalls hatte man den Inspektor Karl wegen fünf Morden verurteilt. Der hatte nämlich im Laufe seiner dienstlichen Tätigkeit ein seltsames Hobby für sich entdeckt. Er erschoss Vergewaltiger. Da waren die Meinungen im Volk sehr geteilt, wie sie ihn dann erwischt haben. Die einen haben gesagt, dass das so nicht sein kann, dass ein Hüter des Gesetzes loszieht und ganz einfach Leute erschießt. Egal, was sie gemacht haben. Die anderen haben gemeint, dass es schon gut ist, wenn einer all diejenigen bestraft, die bei der Justiz ungeschoren davonkommen. Er war also quasi ein Henker.

Jedenfalls hat der irgendwann erfahren, warum der Herr Stadtbaumeister im Gefängnis gesessen ist. Die Sache mit dem Mord war ihm herzlich egal. Aber für Kinderschänder hat er nicht viel übrig gehabt, der Inspektor Karl. Ergo hat er beschlossen, diese Wohngemeinschaft aufzulösen. Mit dem Friedel wollte er nichts zu tun haben. Zu seinem Leidwesen war ein Umzug im Gefängnis aber mit gewissen Schwierigkeiten verbunden. Weder er noch der Friedel wurde in eine andere Zelle verlegt. Und was soll ich dir sagen? Eines Nachmittags, beim Kartenspielen in der Zelle, ist der Inspektor Karl, nachdem er dem Friedel ein Bummerl angehängt hatte, wortlos aufgestanden und hat ihm das Genick gebrochen. Einfach so. Knacks.

Und stell dir vor, er hat dafür viele Sympathien geerbt in Stein. Sogar bei den Wärtern.

Der Strobel Poldi hat seine Verabredung mit der Frau Doktor tatsächlich bekommen. Zu seiner Freude hat ihn sein Eindruck, dass sie ihn auch mochte, bestätigt. Und eine ganz Liebe war sie auch noch dazu. Ganz langsam sind die zwei die Sache angegangen. Weil auch die Frau Doktor in dieser Beziehung ein gebranntes Kind war.

Nebenbei hat der Strobel irgendwann die Eltern von der Sabine angerufen und sich entschuldigt. Seine Freude und Erleichterung war schon sehr groß, wie er gemerkt hat, dass sie nie auf ihn böse waren. An einem Wochenende ist der Strobel dann nach Salzburg gefahren und hat die beiden besucht. Es war ein sehr herzlicher Empfang. Komisch hat sich der Strobel trotzdem gefühlt, wie er da bei den Eltern seiner toten Frau im Wohnzimmer gesessen ist. Dass die Leutchen sein Haus in all den Jahren offenbar sehr liebevoll gepflegt hatten, hat ihn sehr berührt. Tipptopp hat es ausgeschaut. Und was soll ich dir sagen? Auch die Frau Doktor fühlte sich bei diesem Besuch wohl. Und willkommen war sie auch. Jedenfalls hat der Strobel später immer öfter darüber nachgedacht, wieder nach Salzburg zu gehen. Aber das, so hat er sich gedacht, hing viel von der Frau Doktor ab.

Vielleicht fragst du dich jetzt, wie die Ermittlungen gegen die anderen Herren verlaufen sind, die sich an dem Bildertausch so rege beteiligt hatten. Nun ja. Das ist eine weniger erfreuliche Geschichte. Offiziell sind die nämlich niemals identifiziert worden. Und das, obwohl der Herr Stadtbaumeister einige von ihnen mit Namen genannt hatte. Aber offenbar hat da irgendjemand nicht gewollt, dass es einen ausgewachsenen Skandal gibt. Zumindest könnte man das annehmen. Aber, wie schon gesagt, man hat sie nie gefunden. Wie dem auch sei.

Natürlich hatte sich auch in Tratschen etwas gravierend geändert. Die Tratschener haben einen neuen Bürgermeister gewählt, und der Fußballverein hat nie wieder so gut gespielt wie früher.

NACHWORT

Da ich selber zu jenen Vertretern der Leserschaft zähle, die einem Vorwort für gewöhnlich keine Beachtung schenken, habe ich mich dazu entschlossen, am Ende ein paar erklärende Worte zu platzieren.

Liebe Leser, liebe Kritiker und Rechtschreibpäpste, ich möchte um schonenden Umgang mit meinem etwas ungewöhnlichen Schreibstil bitten. Das hat einfach so sein müssen. Die Geschichte wurde ganz bewusst in einem an die Mundart angelehnten Stil verfasst und die durchaus vorhandenen Grammatikfehler damit, zum Leidwesen meiner Lektorin, die sicher sehr gelitten hat, bewusst in Kauf genommen. So wurde oft ein ›als‹ zum ›wie‹, ein ›denn‹ zum ›weil‹ und die Existenz verschiedener Zeitformen schlichtweg ignoriert. Aber wer den Leuten in dieser Gegend aufs Maul schaut, wird feststellen, dass sie genauso reden. Niemand ›war gewesen‹ oder ›hat gestanden‹. Alle ›sind‹ gewesen und gestanden. Warum? Keine Ahnung. Es ist einfach so.

Darum möchte ich mich an dieser Stelle bei meinem Verleger, Herrn Armin Gmeiner, und meiner Lektorin, Frau Claudia Senghaas, dafür bedanken, dass sie meine Sturheit gegenüber ihren Bedenken und Änderungswünschen zur Kenntnis, die Mühe, einen stilistischen Kompromiss zu erarbeiten, das Risiko, dieses Buch zu veröffentlichen und sich eventuell herbe Kritik an der Sprache gefallen lassen zu müssen, auf sich genommen und mir diese Chance gegeben haben. Leider kann ich nicht versprechen, dass ich mich bessern werde.

Besonders bedanken möchte ich mich bei meinen Testlesern Stella, Harald und Lilly, die sich mittlerweile durch drei Manuskripte gearbeitet und sich in ungezählten Stunden mit konstruktiver Kritik eingebracht haben.

Und noch ein paar Antworten auf nicht gestellte Fragen:

Nein, der Ort Tratschen existiert nicht. Wirklich nicht. Zumindest habe ich keinen Ort mit diesem Namen im deutschsprachigen Raum gefunden. Sollte es dennoch irgendwo ein Tratschen geben, so bitte ich die Einwohner für die Verwendung des Namens um Verzeihung und betone an dieser Stelle ausdrücklich, dass weder Dorf noch Bewohner gemeint sind.

Und wieder ein klares Nein. Keine der handelnden Personen hat tatsächlich jemals gelebt. Sowohl sie, als auch große Teile der Handlung sind frei erfunden. Sollte sich dennoch irgendjemand in einer der Figuren wiedererkennen, so hoffe ich für denjenigen, dass es eine der guten ist. Andernfalls würde ich zum Nachdenken raten. Jedwede Ähnlichkeit wäre jedenfalls unerwünscht und zufällig!

Obwohl bei näherer Betrachtung schon festgehalten werden muss, dass Tratschen in dieser oder einer ähnlichen Form vielleicht doch irgendwo existiert. Vielleicht sogar mehr als nur einmal. Im schlimmsten Fall mehr als hundert Mal. Im ganzen Land. Auf der ganzen Welt.

Denn die Handlung und die darin vorkommenden Personen mögen frei erfunden sein, aber Neid, Missgunst, Vorurteile und das Streuen von Gerüchten sind es leider nicht. Dies sind zutiefst menschliche Eigenschaften, die nicht der Fantasie des Autors entsprungen sind.

ENDE

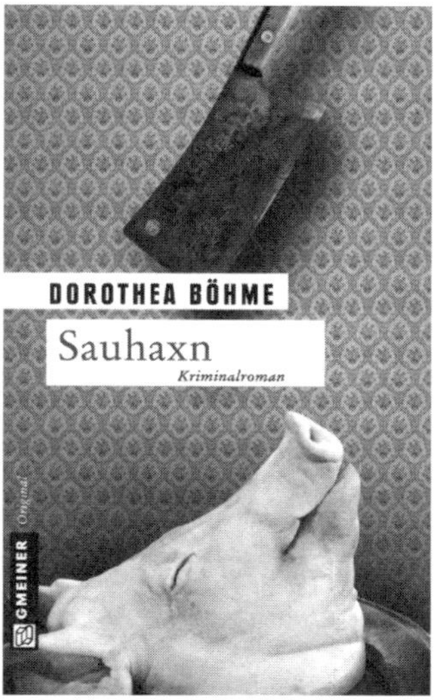
DOROTHEA BÖHME
Sauhaxn
Kriminalroman
GMEINER

Verena Wyss
Föhnfieber
978-3-8392-1320-9

»Eine fesselnde Geschichte zwischen Politik, Geheimdiensten und Machteliten in der sonst so behäbigen Schweizer Hauptstadt Bern.«

In Bern läuft der Countdown zu einem Terroranschlag im Wankdorfstadion. Pamela Thoma betreut das Haus ihrer Freundin in der Altstadt, den Pudel und ihren 17-jährigen Patensohn Francis. Als sie mit dem Jungen ein Fußballspiel besucht, gerät sie in eine Massenschlägerei und wird beinahe von einem Steinbrocken erschlagen, der von der Münsterplattform herabstürzt. Ihr Schützling verhält sich zunehmend merkwürdig. Hat er etwas mit den Vorfällen zu tun? Und welche Rolle spielt seine beharrliche Verehrerin?